Sv

Gerd Zipper

Der Übervater

Originalausgabe 1. Auflage 2014

Tel.: 0561/766 449 0, Fax: 0561/766 449 29

Lektorat: Anette Kleszcz-Wagner
Korrektur: Christiane Helms
Titelfoto: © olly - Fotolia.com
Druck: CPI, Clausen & Bosse, Leck
ISBN: 978-3-95475-081-8

www.prolibris-verlag.de

Gerd Zipper

Der Übervater

Kriminalroman aus Schwäbisch Gmünd

Prolibris Verlag

Dieser Roman spielt in Schwäbisch Gmünd und im Ostalbkreis. Die Schauplätze sind also authentisch. Der Autor hat sich jedoch die Freiheit genommen, bei einigen »Spielstätten« von der Realität abzuweichen, wenn die Geschichte es erforderte.

Figuren, Namen, politische Parteien, Handlungen und Ereignisse entspringen allein der Fantasie des Autors. Übereinstimmungen oder Ähnlichkeiten mit lebenden oder verstorbenen Personen und tatsächlichen Begebenheiten sind nicht beabsichtigt und wären rein zufällig.

Prolog

Rosemarie Hackstock wälzte sich auf der Chaiselongue hin und her, schreckte plötzlich auf und lauschte. Länger als eine Stunde in einer Stellung zu liegen, das ging mit Mitte siebzig und kaputten Rücken auf diesem alten Möbel einfach nicht mehr.

Sie rieb sich die Augen, der Fernseher lief noch. Ihr Blick auf die Wanduhr war überflüssig, denn ohne Brille konnte sie die Zeit sowieso nicht erkennen. Stöhnend richtete sie ihren Oberkörper auf. Die Brille lag auf dem Boden, sie hob sie auf und behielt sie in der Hand. Mühsam erhob sie sich vom Sofa, strich mit beiden Händen ihren Rüschenschlafanzug zurecht. Nachdem ihre Füße die Öffnungen der Hausschuhe gefunden hatten, schlurfte sie zum Fenster hinüber. Von hier hatte man aus ihrer Einliegerwohnung eine gute Sicht auf einen Großteil des Parks, den oberen Bereich der Zufahrt und den Hof. Sie setzte ihre Brille auf. Das Garagentor war geschlossen.

Es musste schon eine Weile her sein, als sie im Halbschlaf vernommen hatte, wie ein Wagen den Weg zum Anwesen heraufgekommen war. Wie immer hatten die Lichtkegel der Scheinwerfer die Wand hinter dem Fernsehapparat gestreift. Das Rolltor hatte sich gleich mit dem ihr vertrauten mahlenden Geräusch geöffnet.

Ein leises Wummern war zu hören. Sie öffnete das Fenster einen Spalt und lauschte. Kein Zweifel, das Geräusch kam aus der dunklen Parkkaverne. Das Blubbern hörte sich nach einem PS-starken Motor an. Sie spürte die Gänsehaut, die sie überkam, als sie sich langsam über die Unterarme strich. Dann griff sie nach ihrem Morgenmantel und schlüpfte hinein.

Plötzlich wurde sie unsicher, fürchtete sich weiterzugehen. Doch sie musste nachsehen, was los war. Sie war ganz allein auf dem Anwesen, das konnte ihr keiner abnehmen. Sie fühlte einen Druck auf der Brust, diese Beklemmung war sehr unangenehm. Unsicher schlurfte sie durch das Untergeschoss des Hauses, das durch einen Gang mit der gemeinsamen Garage verbunden war.

Von der konnte man in das daneben liegende neue Flachdachhaus von Heiner und Anke Bamberger gelangen. Das Gebäude war zusammen mit der Parkkaverne vor ein paar Jahren neben das bestehende Anwesen der Bambergers in den Südhang gebaut worden.

Das Motorengeräusch wurde lauter. Kurz vor der Brandschutztür zur Garage wusste sie, dass es nur der Wagen des Hausherrn, des alten Bamberger sein konnte. Vorsichtig drückte sie die Tür auf. In der Dunkelheit war nichts zu erkennen. Nur der schwache Schein der Gangbeleuchtung fiel in die Garage.

»Herr Bamberger?«

Erster Tag – später Samstagabend

Das Kapuzenshirt war viel zu weit geschnitten und die Sturmhaube so tief in die Stirn hinuntergezogen, dass sie fast die Augen verdeckte. Langsam ging die Gestalt die enge, schummrig beleuchtete Gasse an den Häuserwänden entlang. In ihrer dunklen Kleidung war sie nur schemenhaft zu erkennen. Autos parkten in Reihe direkt hinter dem mehrstöckigen Gebäudekomplex in der historischen Altstadt von Schwäbisch Gmünd. Vom Glockenturm des nahen Heilig-Kreuz-Münsters schlug ein Glöckchen halb zwölf. Im Schein einer Straßenlaterne bewegte sich die Person direkt auf die Rückseite des Kulturzentrums Prediger zu, schlich zielstrebig und um sich schauend an den Wagen entlang. Vor einem der Holzfenster im Erdgeschoss blieb sie stehen und trat einige Schritte zwischen die parkenden Autos zurück. Prüfend schweifte ihr Blick an der vom schwachen Mondlicht beleuchteten weißen Westfassade umher, der braune und graue Farbverzierungen einen neobarocken Touch verliehen. Das Interesse der Person galt einem Fenster mit gerippten Milchglasscheiben neben dem Lieferanteneingang. Vorsichtig drückte sie gegen den Fensterflügel, der sich mit einem leisen Quietschen langsam nach innen bewegte.

In diesem Moment kam ein junges Pärchen laut lachend und Händchen haltend die Gasse entlang. Die Person zuckte zusammen. Gerade noch gelang es ihr, hinter einem Geländewagen in Deckung zu gehen. Allerdings hätten die beiden um sich herum ohnehin nichts wahrgenommen, sie hatten nur Augen füreinander.

Als sie außer Sicht waren, ging alles ganz schnell. Die Stoßstange und das Heck eines Wagens als Einstiegshilfe nutzend, zwängte sich der ungelenke Körper durch die Fensteröffnung. Die Gestalt zog die Sturmhaube über das ganze Gesicht. Nur noch die Augen in den beiden Schlitzen waren zu sehen. Im schwachen Schein der Notbeleuchtung durchschritt sie die Flure. Ihr Blick fiel auf ein rot blinkendes Lämpchen seitlich unter der Decke – der Bewegungsmelder einer Kamera, die den Großteil des überdeckten Innenhofes überwachte. Um ihn zu umgehen, schlich sie an den Wänden des Kreuzganges entlang, der das Atrium umschloss. Es gelang ihr, das Gebäude zu durchqueren, ohne einen Alarm auszulösen. Direkt unter der Kamera, in deren totem Sichtwinkel, trat sie in den mit Glas überdachten Innenhof des ehemaligen Dominikanerklosters. Dort deuteten hohe Stahlgerüste, die bis unters Dach reichten, und mit Kunststofffolien verhängte Leuchten und Kunstwerke auf Umbauarbeiten hin.

Ab und zu verschwand der schlanke Körper hinter den wuchtigen Pfeilern des Kreuzganges. Nach einem kurzen Blick auf den Zettel in ihrer Hand ging die Person zielstrebig auf das Treppenhaus zu. Jede der hölzernen Stufen knarrte beim Auftreten. Langsam arbeitete sie sich nach oben vor. Gelegentlich flackerte der schwache Lichtkegel ihrer Taschenlampe unruhig und Orientierung suchend hin und her. Der Geruch von Bohnerwachs lag in der Luft. Plötzlich ertönte ein kurzer Schmerzensschrei, die Person fuhr mit der Hand an ihr Schienbein, während ein Gegenstand die Stufen hinunterpolterte und auf dem nächsten Podest liegen blieb. Der Strahl der Lampe erfasste ihn. Es war eines der kniehohen gelben Klappschilder, die auf die frisch gebohnerten Holztreppen hinwiesen. Die Gestalt schnaufte erleichtert und setzte dann unbeirrt ihren Weg zum Dachgeschoss fort.

*

Draußen auf dem Johannisplatz drang die Geräuschkulisse der gut besuchten Straßencafés bis zur Ostseite des Predigers hinüber. Ein heller Kombi fuhr heran und hielt vor dem östlichen Seiteneingang. Ein kahlköpfiger, ganz in schwarz gekleideter Mann stieg aus. Er ging auf das Gebäude zu und machte sich am Türschloss zu schaffen. Auf der Rückseite seines T-Shirts war im schwachen Licht der Fassadenbeleuchtung der weiße Schriftzug »Schutz- und Wachdienst Staufen GmbH« zu lesen. Hinten an seinem Gürtel waren Handschuhe, Taschenlampe, Elektroschocker, Knüppel und Handschließen befestigt. Mehr hätte daran nicht

Platz gehabt. An der Seite baumelte ein knallrotes Baseball-Cap mit der Aufschrift »Bud-Spencer-Bad«. Der Wachmann betrat den ausgedehnten Gebäudekomplex des Kulturzentrums, prüfte im Erdgeschoss Türschloss für Türschloss, beginnend mit der Ostseite im Kreuzgang, und arbeitete sich so an den Räumen vorbei in Richtung des Treppenhauses vor. Auf dem ersten Treppenpodest erregte ein umgekipptes Schild seine Aufmerksamkeit.

*

Die Gruppe gut gelaunter Männer war laut flachsend auf dem ehemaligen Bauernhof von Anton Hechts Eltern eingefallen. Erleichtert hatten sie sich nacheinander ihrer Tagesrucksäcke entledigt und die Walkingstöcke an die Scheunenwand gelehnt. Jedes Jahr traf sich die lustige Runde mindestens zwei Mal zu Ausflügen, Wanderungen oder Kegelabenden, die immer ein anderer Teilnehmer organisierte, diesmal war Hecht an der Reihe gewesen. Fast alle kannten sich schon aus der Schulzeit, waren Altherren-Fußballer oder Binokel- und Kegelbrüder und Anfang bis Mitte fünfzig.

»Des wäre fast noch in eine richtige Nachtwanderung ausgeartet«, hatte Hecht, seine laute Stimme an alle richtend, erleichtert festgestellt.

»Wenn Knolle nur ein klein wenig Kondition hätte, dann hätte ich jetzt schon lange keinen Durst mehr«, hatte einer der Wanderer gescherzt und auf den kleinen untersetzten Mann gedeutet, der schnaufend unter dem Applaus der bereits Anwesenden und ihren johlenden Anfeuerungsrufen zum Endspurt ins Ziel eingelaufen war. »Knol-le! Knol-le!« Warum er so genannt wurde, wusste man, wenn man ihm mitten ins Gesicht sah.

Auch alle anderen waren froh gewesen, endlich ihr Ziel, die Scheune von Hechts Vater, erreicht zu haben und das Fass Bier anstechen zu können. »Hebbe, des Fässle, des steht da drin. Und die Flaschen Kalte-Feld-Geist gleich daneben. Könntest du des übernehmen?«, hatte Hecht seinem schnauzbärtigen, rotbackigen Kumpel zugerufen und auf den Eingang zur ehemaligen Melkkammer gedeutet. Herbert hatte mit der flachen Hand an der Stirn seine Zustimmung signalisiert und auf dem Absatz kehrtgemacht, um in dem kleinen Raum zu verschwinden. Unter dem langgezogenen, stimmungsvoll beleuchteten Vordach hatte Hechts Frau Simone für ein gutes Dutzend Personen eine Tafel eingedeckt, die von seiner Tochter Marie-Luise liebevoll mit kleinen bunten Blumengestecken geschmückt worden war. Nach und nach hatten alle erleichtert auf den grob behauenen, rustikalen Holzbänken ihren Platz gefunden, nur Knolle hatte sich erst noch unter großer Anstrengung schnaufend seine Bergstiefel ausziehen müssen, was jemand mit Naserümpfen und Kopfschütteln quittierte. Zwei weitere fielen stichelnd in seinen Protest ein.

Die Schweißflecken unter Knolles Achseln hatten sich vorn auf der Brust zu einem großen Fleck vereinigt. Davon unbeeindruckt war er auf Simone zugelaufen und hatte sie überschwänglich abgebusselt. Nicht nur auf die Wangen. Sie machte gute Miene zum bösen Spiel.

»Hoch den Kolben, rein den Zinken, morgen müssen wir Wasser trinken«, prostete einer der Wanderer seinen Kameraden zu.

Hauptkommissar Hecht war ein wenig unruhig. Er hatte ausgerechnet an diesem Wochenende außerplanmäßig den Bereitschaftsdienst übernehmen müssen und hoffte nun, dass außer kleineren Routinefällen nichts Außergewöhnliches anfallen würde. Und die würde dann sein Kollege, Kriminalkommissar Sascha Obergfell, in den nächsten Stunden allein bearbeiten können. Vorsichtshalber begnügte er sich jedoch mit alkoholfreien Getränken und verzichtete auf seinen Vollkornsprudel, wie er sein geliebtes Hefeweizen nannte.

Ein alter Mann in blauer Arbeitskleidung kam langsam in gebückter Haltung über den Hof und ging zum Wohnhaus von Anton Hecht hinüber. »Ja, Grüß Gott, Herr Hecht«, ertönte eine laute Stimme aus der Gruppe der fröhlichen, sich gut gelaunt unterhaltenden Mittfünfziger. Der Weißhaarige drehte sich um. Er blinzelte. Sein buschiger weißer Schnurrbart begann zu vibrieren. »Ja Bua«, er kniff seine Augen zusammen, »du bisch doch der, ähm ... der Knolle.«

»Dass Sie mich noch kennen«, freute sich der Angesprochene. »Wie geht's Ihnen denn so?«

»Ja mei, ich freu mi jeden Morga, wenn mir mal nix weh tut, mei Proschtata-Wert isch dreikommanull, und ich hab an ordentlicha Stuhlgang.«

»Ich sehe schon, Ihnen geht's bestens«, rief ihm Knolle zu. Der Mittachtziger mit der wettergegerbten Haut spürte, dass diese Freude ehrlich gemeint war. Er lächelte. Dann lag ein breites Grinsen in seinem Gesicht. »An Gruß an dei Mutter und an schöna Obend noch«, wünschte er, drehte sich um und schlurfte langsam weiter in Richtung Wohnhaus.

Hätte Hecht am Nachmittag während der Rundwanderung über die Berge rund um seinen Wohnort Weiler zum Einsatz gemusst, so wären sofort Simone oder Marie-Luise mit dem Wagen zur Stelle gewesen und hätten ihn abgeholt. Es war alles ruhig geblieben, und so hatte er mit den anderen das Museum und Institut für Mikrofotografie im Schloss Weißenstein besichtigen und eine interessante exklusive Führung genießen können. Dann hatte der Rückmarsch nach Weiler begonnen. Vor allem die von Simone bestens mit Speis und vor allem Trank bestückten Boxenstopps hatten großes Lob bei den Teilnehmern gefunden.

Die fröhliche Runde prostete Hecht auf die gelungene Veranstaltung zu. Sie konnten es nicht lassen, ihn zu bedauern und zu sticheln, weil für ihn nur alkoholfreies Hefeweizen angesagt war. Tatsächlich kam er sich als einzig Nüchterner unter ihnen schon etwas merkwürdig vor. Lautstark und nicht ganz rein in den Tönen begann die Wandergruppe, das Lied »Der Paul und sein Gaul« anzustimmen.

»Was soll schon passieren in Gmünd, diesem Kaff?«, schrie einer der Teilnehmer gegen den Gesang an zu Hecht hinüber. Er stammte aus der Kreisstadt Aalen und war in den Augen der anderen ohnehin in ihrer Runde nur geduldet, woran die Gmünder ihn ständig scherzhaft erinnerten.

»Pass auf, nächste Woche läuft dein Visum ab«, frotzelte Knolle, der sich damit für dessen Naserümpfen beim Ausziehen seiner Schuhe rächte. Der Stimmung tat das keinen Abbruch.

»Es muss ja nicht gleich was Schlimmes sein.« Mord zum Beispiel, das war Hechts eigentliches Einsatzgebiet. Aber wenn er Bereitschaft hatte, war er für alle Delikte zuständig, bei denen die Kripo eingeschaltet werden musste. Weitere Erläuterungen gab er aber wegen des immer lauter werdenden Gesanges auf. Er fühlte sich wohl im Kreise seiner Freunde – bis jetzt war er nicht zu einem Einsatz gerufen worden und er hoffte auf eine ruhige, ungestörte Nacht.

*

Die Gestalt sah erneut kurz auf ihren Zettel, orientierte sich dann an der Beschilderung im Dachgeschoss und verschwand durch eine Tür, die sie aufgebrochen hatte und die sie nun offen stehen ließ. In den weitläufigen Ausstellungsräumen des dort untergebrachten Museums standen Skulpturen, Silbergerät, Schaukästen mit wertvollen sakralen Gegenständen, mit einem Teil des Kirchenschatzes aus dem Heilig-Kreuz-Münster und Exponaten aus der Stauferzeit.

Das Licht der Taschenlampe fiel auf eine Glasvitrine, die etwa die Größe eines Sarges hatte. Sie war leer! Die Person blieb stehen und überlegte. Nach einigen Sekunden blickte die Gestalt wieder auf ihren Plan und bewegte sich dann zielstrebig weiter, bis zu einer Tür am Ende des langgezogenen Raumes. Sie war nicht verschlossen.

*

Der Wachmann wunderte sich über das umgekippte gelbe Warnschild, stellte es wieder auf und ging weiter die Treppen hoch in Richtung Dachgeschoss. Unsicherheit überkam ihn, ihm war ein wenig mulmig zumute. Deswegen hatte er inzwischen die Beleuchtung des Innenhofes und die des unteren Treppenhausbereichs eingeschaltet. Während der Umbauarbeiten waren wegen der Staubentwicklung provisorische, mit einfachen Schlössern versehene Zwischentüren eingebaut worden, die die einzelnen

Gebäudeteile voneinander trennten. Anders als sonst kontrollierte er jetzt deren Verschluss. Hektisch zuckte der starke Schein seiner Taschenlampe in den unbeleuchteten Ecken und Nischen des Gebäudes hin und her. Den Ehrgeiz, sich möglichst lautlos fortzubewegen, hatte er auf den knarrenden Holzstufen der Treppe längst aufgegeben.

*

Im Magazin des Museums standen dichtgedrängt mehrere offene Regalreihen aus Stahlblech, die bis unter die Decke reichten. Darin lagerten fein säuberlich archiviert und beschrieben die nicht ausgestellten Exponate. Helles Mondlicht drang durch ein halbes Dutzend Dachgaubenfenster in den Raum und warf schräge, helle Flecken auf Boden und Regale. Der Lichtkegel der Taschenlampe fiel auf einen Tisch. Die Person blieb davor stehen, hielt kurz inne und spitzte die Ohren. Zwischen dem Knarren der Treppenstufen nahm sie das feine Klirren eines Schlüsselbundes wahr, das immer näher kam. Sie klemmte die Lampe unter ihre Achsel, so dass der vor ihr liegende Behälter ausgeleuchtet war. Eine gewisse Hektik überkam den schlanken Körper. Rasch senkten sich die Hände auf die schmale, etwa zwei Meter lange Aluminiumbox hinunter und öffneten sie. Ein mit einem Tuch verhüllter, länglicher Gegenstand befand sich darin.

Ehrfürchtig schlug die Gestalt den weichen Stoff beiseite und trat einen Schritt zurück. Ihr Kopf fuhr herum, sie lauschte. Das hölzerne Knarren hatte plötzlich aufgehört. Ihre Augen begannen ängstlich zu flackern. Dann starrten sie auf das Objekt, das in roten Samt gebettet war.

*

Langsam arbeitete sich der Wachmann durch die Ausstellungsräume in Richtung Magazin vor. Seine Schritte waren jetzt kaum mehr wahrnehmbar, sie wurden vom sich gerade eingeschalteten Gebläse der Klimaanlage übertönt.

Einen kurzen Augenblick streifte der zuckende Lichtschein des Wachmannes den Zugangsbereich zum Magazin. Die Gestalt darin hatte es wohl bemerkt, machte schnell die Lampe aus und wich hinter die schweren Stahlregale zurück. Hektisch suchend fuhr ihr Kopf hin und her. Ihre Hand ertastete ein schweres Exponat, ein mit Ornamenten verziertes, tönernes Gefäß in Form einer Schüssel mit zwei Griffen.

Vorsichtig lugte der Wachmann in das vom Mondlicht schwach erhellte Magazin hinein. Sein Blick fiel auf die offen stehende Aluminiumkiste. »Hallo? Herr Caspari, sind Sie das?«, rief er und ging langsam weiter. Ein Geräusch hinter ihm veranlasste ihn, sich umzudrehen. Noch ehe es vollständig dazu kam, sauste das Gefäß auf seinen Nacken hinunter, streifte ihn jedoch nur. Trotzdem taumelte er, hakte sich reflexartig mit seinem Arm an einem leeren Regal ein, das bedrohlich zu schwanken begann. Ein weiterer, gezielter Schlag auf den Hinterkopf verfehlte seine Wirkung nicht. Diesmal war die Wucht so groß, dass der Gegenstand in unzählige Scherben zerbarst. Das immer noch schwankende Stahlregal kippte nun endgültig und begrub den Wachmann unter sich. Regungslos blieb der Security-Mann liegen.

*

Es war bei den Männern bereits lustig zugegangen, als Marie-Luise endlich unter lautem Gejohle den Polo ihrer Mutter bis zur Scheune vorgefahren und ihn neben Hechts Dienstwagen geparkt hatte.

»Auf geht's, Hebbe, beweg deinen Arsch!«, hatte Knolle gerufen. Mit Hilfe von Herbert hatte sie die schweren Warmhalteboxen mit dem Essen aus dem Kofferraum geladen. Das Essen war schnell verteilt. Alle hatten genüsslich die kroatischen Krautwickel mit handgestampftem Kartoffelbrei der Mondscheinwirtin verdrückt, die sie für die Keglergruppe zubereitet hatte, und Hecht hatte für diese Sarmas regelrecht geschwärmt: »Oh Mann, zwischen die zwei Krautwickel, da könnt ich mich glatt hineinlegen.«

Nach dem Essen war mit jeder Schnapsrunde das Gelächter größer und der Gesang lauter geworden. Und trotz alkoholfreiem Hefeweizen gab Hecht den Ton vor und freute sich über die ausgelassene Feier bis spät in die warme Sommernacht. Doch gerade als Knolle zum vierten Mal »Schwarzbraun ist die Haselnuss« anstimmte, schrillte plötzlich ein Handy.

Hecht erstarrte und blickte vorwurfsvoll auf sein rechtes Hosenbein. »Des darf doch nicht … Ausgerechnet!«, entfuhr es ihm. Enttäuscht blies er seinen Atem hinaus, fingerte das Telefon aus der Tasche seiner Trekkinghose und betrachtete das Display.

»Zifixaberauch! Ausgerechnet jetzt rufen die an«, grummelte er, stand auf und entfernte sich ein paar Schritte von seinen Kameraden. »Was gibt's denn, Sascha?«, wollte er von seinem jungen Kollegen wissen, mit dem er sich die Rufbereitschaft teilte.

»Hätte der Ganove nicht bis morgen warten können?«, rief Knolle kopfschüttelnd zu ihm hinüber und warf ihm einen bedauernden Blick zu.

»Ne, ne, lass gut sein, Sascha, ich komme selbst«, sagte der Kriminalhauptkommissar, verzog das Gesicht und zuckte mit den Schultern.

*

Der Oldtimer fuhr durch die laue Sommernacht in Richtung Weiler. Der Mond hatte fast seine volle Größe erreicht. Am Steuer des Audi 100 C1, Baujahr 1968, saß Rechtsmediziner Dr. Krautschneider. Daneben streckte Mona Hering ihre Hand durch das offene Wagenfenster hinaus und genoss den sternklaren Himmel. So sah sie nicht das Zucken eines Blaulichtes in der Ferne, das rasch näherkam.

»Sie trinken nur wenig Alkohol?«, wandte sich Hering an den Rechtsmediziner. Nach dem Konzert der Europäischen Kirchenmusik im Gmünder Heilig-Kreuz-Münster hatte er den ganzen Abend nur an einem Radler genippt.

»Schon«, erwiderte er knapp und überlegte einen Moment. »Nur nicht, wenn ich so kostbare Fracht an Bord habe«, formulierte er sorgfältig und warf ihr ein kurzes Lächeln zu.

Sie errötete wie ein Schulmädchen und rutschte etwas unruhig auf ihrem Sitz herum. Vielleicht lag es an den Vierteln Rotwein, die sie noch im »Unicorn House«, der Gmünder Szenekneipe Nummer eins, getrunken hatte.

Ein silberfarbener Daimler mit einem seitlich auf dem Wagendach aufgesetzten Blaulicht rauschte mit hoher Geschwindigkeit an ihnen vorbei. »Das muss der Hecht sein, der hat dieses Wochenende Bereitschaft«, sagte Hering.

»Ich dachte, der Stoll hat Dienst.«

»Normal ja, aber Hecht ist für ihn eingesprungen. Und das, obwohl er heute seine Wanderung mit den Kegelbrüdern hatte«, legte Hering nach.

Krautschneider nickte anerkennend. »Das macht nicht jeder.«

»Wenn der jetzt in den Einsatz fährt, dann, dann muss es was Größeres sein«, mutmaßte sie. »Etwas, was Obergfell nicht, hicks«, erschrocken hielt sie ihre Hand vor den Mund, »Verzeihung, was er nicht alleine stemmen kann.«

Krautschneider sah kurz zu seiner blonden Beifahrerin. »Wird doch nicht noch Arbeit für mich geben«, murmelte er vor sich hin.

Hering, zwar leicht beschwipst, aber dennoch ganz Chefin der Gmünder Kriminalpolizei, öffnete ihre Handtasche und kramte umständlich darin herum. Sie holte ihr Smartphone heraus und begann, es zu bearbeiten. Dann zögerte sie, sah auf das Display, und ließ das Handy wieder in ihrer Tasche verschwinden. Was vorgefallen war, hätte sie natürlich schon interessiert. Wegen des Schluckaufs beschloss sie jedoch schweren Herzens, heute von einem Anruf bei Hecht abzusehen.

»Na ja, dann lass ich ihn, hicks«, sie legte ihre Finger an den Mund, wartete auf den nächsten Anfall, »dann lass ich ihn erst mal in Ruhe bis er, hicks, selbst Näheres weiß.« Sie wedelte mit der Hand vor ihrem Gesicht, versuchte eine Weile, die Luft anzuhalten, um damit den Schluckauf einzudämmen.

Krautschneider warf ihr einen verständnisvollen Blick zu, den sie erfreut zur Kenntnis nahm. Sie blies ihren Atem aus und klappte die Sonnenblende so weit herunter, bis der Schminkspiegel voll zum Vorschein kam. Prüfend sah sie hinein und fuhr langsam mit den Fingern über ihr Gesicht. Sie bildete sich immer ein, ihre wenigen Sommersprossen im Gesicht würden nach einer gewissen Menge Wein stärker hervortreten.

»Was ist denn?«, fragte Krautschneider besorgt.

»Ich prüfe nur meine Haut, meine Sommersprossen.« Sie sagte es leichthin, als wenn es das Selbstverständlichste auf der Welt wäre.

»Wie, ob sie noch alle da sind?«

Hering sah ihn an, dann brach ein Lachen aus ihr heraus, das in einem unrhythmischen Glucksen endete. Dabei kippte ihr Kopf nach vorne und ihre langen Haare verdeckten ihr Gesicht.

Einen Augenblick herrschte Stille zwischen den beiden. Sie hielt erneut den Atem an, ging in sich, ob nicht ... »Hicks.« Da war es immer noch.

»Die Luft so lange wie möglich anhalten. Oder nachher ein Glas Wasser in einem Zug austrinken, das hilft bestimmt.«

»Geht wieder«, sagte sie und atmete ein paar Mal tief durch.

»Wirklich?«

Sie antwortete nicht, sah ihn nur mit leicht verklärtem Augenausdruck an. Dann starrte sie stur geradeaus und wunderte sich, dass es am Ortseingang des kleinen Dörfchens anstatt zwei plötzlich vier Fahrspuren zu geben schien. Krautschneider nahm das Gas zurück, als sie das Ortschild von Weiler in den Bergen passierten.

»Ein Gesicht ohne Rossmucken, ähm, ich meine Sommersprossen, das ist, das ist ...«, er beugte sich ein wenig nach vorn und warf einen kurzen Blick durch die Windschutzscheibe nach oben, »wie ein Nachthimmel ohne funkelnde Sterne.«

Trotz des kühlenden Fahrtwindes stieg langsam eine wohlige Wärme in Hering auf. Wie reizend er sich ihr gegenüber benahm. Das war anfangs nicht so gewesen, als sie vor einiger Zeit vom Landeskriminalamt Kiel als Leiterin der Kriminalpolizei nach Schwäbisch Gmünd gewechselt war. Die beiden Morde auf den Baustellen des Einhorn-Tunnels waren die ersten großen Fälle gewesen, die sie zusammen mit Kriminalhauptkommissar Hecht aufgeklärt hatte. An der damaligen Anweisung der Polizeidirektion Aalen, zu der die Gmünder Kripoaußenstelle gehörte, hatte sich seither nichts geändert: Sie als Kripochefin musste sich, was unüblich war, neben ihren Führungsaufgaben auch an Mordermittlungen beteiligen.

Dabei war sie anfangs oft mit Hecht wegen dessen ungewöhnlichen und manchmal hemdsärmeligen Methoden und ihrer unterschiedlichen Dienstauffassung aneinandergeraten. Mit der Zeit und in dem Maße, in dem sich ihre Sicht auf so manche Begebenheiten in ihrer neuen Heimat änderte, wurden diese Vorkommnisse immer weniger.

Langsam fuhr der Wagen die Auffahrt zum Gasthof Mondschein hinauf. Ein halbes Dutzend Wagen parkten vor dem wuchtigen dreistöckigen Gebäude, an das ein Flachbau mit Dachterrasse angebaut war, deren Geländer mit Blumenkästen geschmückt war.

Krautschneider fiel sofort das Oldtimer-Motorrad mit niederländischem Kennzeichen ins Auge, das direkt neben dem Eingang stand. Er stieg aus dem Wagen und ging darauf zu. Dabei knöpfte er sein dunkelgraues Jackett zu, rieb seine feuchten Hände an seiner Jeans und bewunderte das feuerrote Prachtexemplar von allen Seiten.

»Mensch, das ist, das ist doch …«, entfuhr es ihm.

»Eine Harley Davidson?«, fragte Hering. Sie war ihm mit unsicherem Schritt gefolgt. Im Schatten des Gebäudes konnte sie die Typenaufschrift nicht erkennen.

»Wahnsinn! Toll! Schönes Ding, gell?«

»Ja doch«, entgegnete sie und amüsierte sich, dass jemand so einen Gefallen an einem Bike finden konnte. Sie hatte zwar auch eine Schwäche für Oldtimer, aber die bezog sich auf Autos. Ihr metallicbrauner Käfer Cabriolet stand am gegenüberliegenden Ende des Parkplatzes.

»Eine Flathead, eine WL 750«, schwärmte Krautschneider und konnte es nicht fassen. »Dass so was noch rumfährt. Und so gepflegt.«

Die Turmuhr von St. Michael ließ die beiden kurz aufhorchen, es schlug Mitternacht.

»Das könnte ich mir glatt als nächstes Projekt vorstellen. Mein Luco Record, mein dreirädriges Lastenfahrrad mit Hilfsmotor, das ist jetzt fertig.«

»Prima«, sagte Hering und gähnte verhalten.

In seinem Eifer bemerkte er ihre müde Reaktion gar nicht, sondern konzentrierte sich ganz auf den Oldtimer, der vor ihm stand. »Wurde von Ende der Vierziger- bis Anfang der Fünfzigerjahre gebaut.«

»Neunzehnhundertachtundvierzig«, ertönte es mit leichtem holländischem Akzent von der Dachterrasse über der Gaststube.

Krautschneider hielt die gekrümmte Hand muschelförmig an sein Ohr. »Bitte?«

»Achtundvierziger Baujahr.« Ein Mann mit kahlgeschorenem Kopf – Hering schätzte ihn auf etwa Mitte vierzig – lehnte über die Brüstung gebeugt und sah zu ihnen hinunter. Seine schwarze Lederjacke war offen, ein rotes Tuch schlang sich locker um seinen Hals. Er blies den Rauch eines Zigarillos in die laue Landluft.

Zwischen den beiden einzelnen, unterschiedlich hohen Sitzen des Motorrades befand sich ein separater Haltegriff. Das Hinterrad wurde von zwei Seitentaschen in schwarzem Leder flankiert, die mit Reihen von Nieten besetzt waren. Über dem Lenker befand sich ein hoher Windschild. Die Schutzbleche und der Tank glänzten auf einer Seite blutrot hell im fahlen Licht, das aus den Fenstern der Gaststube auf den Parkplatz fiel. Genussvoll sog Krautschneider den Mischgeruch aus Sprit und Öl ein und kniete sich neben der Maschine nieder. Langsam, fast zärtlich strich er mit der flachen Hand über den Tank. Er spürte und genoss die angenehme Restwärme, die der Motor abstrahlte. Dann blickte er zu Hering auf.

Die stand nur daneben und beobachtete das Ganze. Sie fand es rührend, wie er sich für dieses seltene Stück begeistern konnte – wie ein kleiner Junge, der sich über ein neues Spielzeug freute.

Der Mann auf der Dachterrasse nahm einen tiefen Zug. Er hustete leicht.

»Die muss ich mir …«, begann Krautschneider.

»Wollen Sie die haben? Sie ist zu verkaufen … Leider«, unterbrach ihn der Mann. Seine Stimme verriet ihnen, dass er dies nicht aus freien Stücken tun wollte, sondern musste. Ansonsten sprach er zwar mit leichtem Akzent, aber in korrektem Deutsch. Er stützte sich mit beiden Händen auf der Brüstung ab und sah erwartungsvoll zu den beiden hinunter.

Krautschneider stutzte, war über das Angebot erstaunt. »Ich überleg es mir«, rief er einen Moment später zu der Dachterrasse hoch und lachte dabei.

Der Husten des Mannes wurde stärker, sein Atem schwerer. Aus seiner Lederjacke fingerte er ein kleines Sprayfläschchen, jagte sich zwei Stöße in den Rachen und schnaufte ein paar Mal.

»Ich schlafe noch mal eine Nacht drüber, dann sage ich Ihnen, ähm …« Krautschneider schaute verblüfft nach oben, der Besitzer des Motorrades war nicht mehr zu sehen, war grußlos hinter der Brüstung verschwunden.

Verständnislos schüttelte Hering den Kopf. »Asthma, und dann noch qualmen wie ein Fabrikschlot.«

»Der ist auch nicht von Schwätzhausen«, murmelte Krautschneider vor sich hin.

»Bitte?«, entfuhr es Hering. Sie sah ihn fragend an. In ihren Augen war eine leichte Müdigkeit zu erkennen.

»Der redet nicht viel.«

Jetzt hatte sie es kapiert und sie fragte sich, wie lange es wohl noch dauern würde, bis sie diese Schwaben ganz verstehen würde.

Zweiter Tag – Sonntag, kurz nach Mitternacht

Der Leopard-2-Panzer jagte durch das wellige, mit Buschwerk durchsetzte Gelände. Während der schaukelnden Fahrt suchte der drehende Turm mit der sich ausbalancierenden Kanone gnadenlos sein Ziel. Rings um ihn explodierten Granaten in dichter Folge. Doch sie konnten dieser Kampfmaschine nichts anhaben. Dann preschte hinter einem dichten, hohen Gebüsch ein gegnerischer Kampfpanzer in Flecktarnanstrich hervor.

Blitzartig fixierte die Zieleinrichtung des Leopards das Fahrzeug und feuerte automatisch. Mit orangefarbenen, birnenförmigen Feuerbällen peitschten Schüsse aus der Kanone. Treffer! Der gegnerische Panzer kippte zur Seite und explodierte.

»Jaaaa!«, jubelte Torben und warf seine Arme nach oben. Auf seinem Laptopbildschirm wurde sein Sieg mit einem in Englisch geschriebenen Glückwunsch dokumentiert. Er stand auf, drehte sich um und zuckte zusammen.

Mona Hering stand hinter ihm.

»Boah!« Torben griff sich an die Brust. »Mensch Mona, du hast mich vielleicht erschreckt.«

Wegen des Schlachtenlärms hatte er gar nicht bemerkt, dass seine Mutter das Zimmer betreten hatte. Sie hatte den Schluss des Spieles mitbekommen und nur mit saurer Miene verständnislos den Kopf geschüttelt. Noch nie hatte sie einen Hehl daraus gemacht, wie sehr sie diese Computerspiele hasste. Vor allem diejenigen, die Gewalt verherrlichten.

»Ich verstehe dich nicht«, sagte sie besorgt, »dauernd hockst du vor der Kiste. Ständig das Geballere, der Kampf dieser Hightech-Krieger, hicks, Explosionen, Gessschi …« Sie erschrak, als sie ihr eigenes verunglücktes Wort vernahm, und hielt einen Moment inne, um sich zu konzentrieren. »Ge-zisch-e und Gedudel«, formulierte sie langsam und unterstrich das Gesagte sanft mit den Händen.

»Mona?« Torben sah seine Mutter eindringlich an. Er ahnte, was mit ihr los war und wagte daher eine Bemerkung, die ihm normalerweise, also mit weniger Alkohol im Blut seiner Mutter, Ärger eingebracht hätte. »Jetzt mach dich doch mal locker.«

Hering drehte sich zur Garderobe hinüber, an der Torbens Jacke hing. Sie hob die Nase und schnüffelte mehrmals kurz daran. »Du hast schon wieder geraucht.«

»Nur zwei«, gestand der Fünfzehnjährige mit reumütigem Blick und verschwand im Bad.

»Ich glaube, ich muss dir das Taschengeld kürzen«, rief sie ihm nach.

Hering war klar, dass weitere Ermahnungen und Androhungen heute nichts mehr bringen würden. Den bisher schönen Abend wollte sie sich ohnehin nicht verderben lassen. Beim Verlassen von Torbens Zimmer fiel ihre Aufmerksamkeit auf einige Farbausdrucke, die neben seinem Laptop lagen. Sie nahm die Blätter vom Tisch und betrachtete sie nacheinander. Ihre Miene wurde zunehmend skeptischer, verfinsterte sich schließlich. Die unterschiedlichsten Motive auf menschlichen Armen und Schultern wie Löwenköpfe, Adler, keltische Ornamente, aber auch schöne Frauen waren darauf zu sehen. Als sie realisierte, um was es dabei ging, lief es ihr kalt den Rücken hinunter.

»Willst du dir etwa ein Tattoo stechen lassen?«, schoss es aus ihr heraus. In ihren Augen stand das blanke Entsetzen, noch bevor Torben antworten konnte.

»Alle Seeleute und fast jeder in meiner alten Klasse in Kiel haben so was«, tönte es aus dem Bad, als wäre es das Selbstverständlichste auf der Welt.

Von Hering war ein kurzes, wütendes Knurren zu vernehmen. »Und von welchem Geld bezahlst du das?«

»Da wollte ich noch mit Eike reden.«

»Dein Vater wird dir was husten.«

»Dann verlange ich halt Vorschuss auf meinen nächsten Geburtstag.«

»Verlangen? Wie oft denn noch? Ich glaube, ich muss dir das Taschengeld ganz streichen!« Das hatte gesessen. Hering spitzte die Ohren. Einen Moment lang kam kein Laut mehr aus dem Bad.

»Mensch Mona, jetzt mach bloß keinen Scheiß, nur nichts Unüberlegtes«, sagte der Junge und streckte vorsichtig, die Lage peilend, seinen Kopf aus der Badezimmertür. »Wollte mich nur mal informieren, was es so gibt«, versuchte er zu beschwichtigen.

»Und natürlich, was es so kostet«, legte Hering sofort mit einem Überlegenheitsgefühl in der Stimme nach.

Torben nickte nur.

»Ich glaube, darüber müssen wir noch reden. Morgen. Und zwar ausgiebig.«

»Im Norden ist es doch besser, die Menschen sind toleranter, vor allem Eike sieht das lockerer«, ertönte es nochmals aus dem Bad.

Sie erschrak. Das versetzte ihr einen Stich. Als sie sein Zimmer verließ, spürte sie ein leichtes Kribbeln in ihren sich schwer anfühlenden Beinen. Auf dem Flur blieb sie stehen, hob den Kopf an, schloss die Augen und atmete tief durch. Sie konnte es kaum erwarten, sehnte nichts mehr herbei, als dass endlich die Schule wieder begann. Dann würde ihr Sohn ein aufgeräumtes Leben und einen geregelten Tagesablauf haben. »Wie wird das wohl noch enden?«, fragte sie sich. Auf dem Smartphone suchte sie eine Telefonnummer heraus. Die ihres Ex-Mannes Eike Schweizer in Kiel. Sie zögerte kurz, dann drückte sie sie doch weg.

Torbens letzter Satz hing ihr nach. Er hatte seine Wirkung nicht verfehlt. War das ein unterschwelliger Hinweis von ihm oder gar eine Drohung, zurück in den Norden zu gehen? Damit konnte er sie kleinkriegen. Aber das durfte sie ihn nicht spüren lassen. Würde sie jetzt auch noch ihn verlieren – endgültig? Sie fühlte sich so oft allein.

*

Hecht telefonierte über die Freisprechanlage mit Kommissar Sascha Obergfell, der als erster diensthabender Kriminalbeamter am Tatort gewesen war und ihm bereits die wichtigsten Informationen übermittelt hatte.

»Danke Sascha, bin gleich da.«

In dem silbernen Mercedes mit schräg aufgesetztem Blaulicht schlängelte Hecht sich zwischen promenierenden Spaziergängern und eng umschlungenen Pärchen die Bocksgasse hinauf bis zum Johannisplatz und stoppte vor dem Haupteingang auf der Ostseite des Predigers.

Den Besuchern der nur noch spärlich besetzten Straßencafés in der Nähe wurde eine solche Szene nicht alle Tage geboten. Mehrere Streifen- und zwei Notarztwagen standen seitlich des Eingangs. Ihre Blaulichter zuckten im Nachthimmel und wurden an den Fensterfronten der umliegenden Altstadthäuser reflektiert. Rettungssanitäter schoben eine fahrbare Trage mit einem Verletzten, der eine Sauerstoffmaske trug, zum Notarztwagen. Hecht quälte sich mit schmerzenden Beinen aus dem Mercedes und ging auf den Patienten zu. Doch der regte sich nicht.

»Hecht, Kripo Gmünd.« Er hielt dem Notarzt seinen Ausweis hin. »Wie geht es dem Mann?«

»Nicht gut«, sagte der Arzt und bedeutete Hecht von der Trage wegzutreten.

»Ist er ansprechbar?«

Der Mediziner schüttelte den Kopf.

»Ich muss ihn aber befragen«, versuchte es Hecht mit mehr Bestimmtheit in der Stimme.

»Nicht jetzt. Sie sehen doch … Wir melden uns, wenn Sie mit ihm reden können.« Er ließ Hecht stehen, stieg in den Notarztwagen und wandte sich dem Patienten zu. Hecht wollte noch etwas erwidern, doch ein Rettungssanitäter schloss von innen die Türen.

Vor dem Hauptportal des Kulturzentrums stand ein uniformierter Beamter und hinderte einige neugierige Passanten am Zutritt. Hecht ließ er durchgehen, man kannte sich in Schwäbisch Gmünd. In einem Vorraum zum Innenhof verschaffte Hecht sich an einer großen Tafel einen Überblick über die Aufteilung der einzelnen Stockwerke.

Der Prediger war die gute Stube der Stadt, in der sich ein Großteil des kulturellen Lebens abspielte. Die Säle des Südflügels betrat Hecht nur selten, wenn er Simone zuliebe eine Theateraufführung, ein Konzert oder einen Vortrag besuchte. Es mochte schon mehr als zehn Jahre her sein, dass er mit seiner Familie eine Ausstellung im Museum angeschaut hatte, das in den beiden obersten Stockwerken untergebracht war. Der Gemeinderat hatte einen Umbau des Gebäudes beschlossen, das zuletzt vor über vier Jahrzehnten restauriert worden war. Er würde zehn Millionen Euro kosten und ein paar Jahre dauern. Teile des Prediger-Komplexes waren deshalb seit einigen Wochen zu einer Baustelle geworden, die Umgestaltung des Innenbereiches war in vollem Gange.

Hecht trat durch den Kreuzgang, blieb stehen und sah sich kurz um. Alles war hell beleuchtet. Ihm fielen die Malereien auf den weiß marmorierten Wandflächen, die barocken Freskengemälde an den lachsfarbenen Deckengewölben und die kunstvollen Stuckarbeiten ins Auge. Doch für deren genaue Betrachtung blieb ihm keine Zeit. Obergfell kam ihm in Bermudashorts und eng geschnittenem, seinen athletischen Körper betonendem Shirt aus dem überdachten Innenhof entgegen.

»Wo ist es passiert?«, fragte Hecht.

»Unterm Dach«, sagte Obergfell und deutete mit dem Kopf nach oben.

»Im Museum?«

»Ja.«

»Ist Hecki schon da?«

»Jau.«

»Hier gibt es doch sicher einen Hausmeister.«

»Ist unterwegs.«

»Was ist mit dem Museumsleiter?«

»Auf einem Seminar, kann erst am Montagmittag da sein.«

»Hhm. Wie ist der Täter bis ins Dachgeschoss gekommen?«

»Na hier.« Obergfell zeigte auf die provisorischen Holzwände und Bautüren. »Die trennen während der Bauzeit die einzelnen Stockwerke und Gebäudeteile voneinander ab.« Er blieb kurz stehen und sah seinen Chef von der Seite an. »Die Schlösser sind einfach zu knacken.«

Hecht schüttelte nur den Kopf.

»Die hat der Täter ohne Mühe geöffnet, ohne Spuren zu hinterlassen«, fuhr Obergfell fort.

»Hat draußen jemand was beobachtet? In den Cafés, den Kneipen und so.«

»Die Schutzpolizei befragt die Leute, die noch in den Straßencafés sitzen«, berichtete der junge Kommissar. »Aber wenn der Einbrecher von der Rückseite, vom unbelebten Predigergässle, aus eingestiegen und da nicht zufällig jemand vorbeigekommen ist, dann können wir das vergessen.«

Langsam stiegen die beiden nebeneinander das barocke Treppenhaus hinauf, dessen Wände mit aufwändig gestalteten Verzierungen versehen waren. Ein eigenartig muffiger Geruch von altem, ausgebrochenem Mauerwerk durchzog das Gebäude.

»Wann genau ist es denn passiert?«, wollte Hecht wissen.

»Irgendwann nach elf.«

Hecht sah ihn ungläubig an. »Was heißt des? Geht des nicht genauer?«

»Hhm, der Notruf ist …, also, wann der beim Revier eingegangen ist, das checke ich noch.« Obergfell hatte erkannt, dass er sich noch mehr ins Zeug legen musste. »Der Wachmann war eine Zeit lang bewusstlos. Und als er wieder zu Bewusstsein gekommen ist, konnte er sich an die genaue Tatzeit nicht mehr erinnern. Kurz drauf, nachdem der Notarzt ihm was gespritzt hat, war er gar nicht mehr ansprechbar.«

»Und was ist mit den Leuten draußen?« Hecht deutete in Richtung der Cafés auf dem Johannisplatz. »Vielleicht wissen die noch, wann der vorgefahren ist. Dann könnten wir des besser eingrenzen«, sagte er etwas außer Atem, als sie im Dachgeschoss angekommen waren.

»Ich kümmere mich drum«, versprach der junge Kommissar.

Insgeheim hatte sich Hecht mehr und genauere Vorarbeit von seinem Kollegen gewünscht. Der hatte aber offensichtlich Hechts Unzufriedenheit bemerkt, und fühlte sich unbehaglich.

Die beiden Kriminalbeamten gingen durch Räume, in denen religiöse Kunst, liturgische Geräte, Gold, Silber und Schmuck gezeigt wurden. Besondere Aufmerksamkeit war den Arbeiten von Johann Michael Maucher, einem Gmünder Büchsenmacher und Elfenbeinschnitzer aus dem 17. Jahrhundert gewidmet. Schließlich betraten sie das Magazin, in dem sich die eingelagerten Exponate befanden. Rechts gegenüber von den Regalen stand eine geöffnete, mit Samt ausgeschlagene Aluminiumkiste auf einem Tisch.

»War sie da drin?«, fragte Hecht.

»Ja.«

Hecht machte Anstalten, darauf zuzugehen.

»Halt!« Obergfell hielt seinen Chef am Arm zurück und deutete mit dem Kopf auf den Boden, auf dem tönerne Scherben verstreut lagen.

»Damit ist der Wachmann niedergeschlagen worden«, vermutete Hecht.

Obergfell nickte. »Das Gefäß stand da drüben im Regal.«

Die Lücke in den dicht aufgereihten Ausstellungsstücken fiel sofort auf. Unter jedem lag ein Kärtchen mit Informationen. Vorsichtig ging Hecht einen Schritt auf das Regal zu und beugte sich vor. Nur so weit, dass er erkennen konnte, was auf der zurückgebliebenen Karte stand. »Nachttopf aus der frühen Stauferzeit – Nachbildung«, las er vor. Die beiden lachten. Dann bohrte Hecht weiter: »Und wie ist der Einbrecher reingekommen?«

»Durch ein Fenster, unten im Erdgeschoss. Das Damen-WC an der Rückseite des Westflügels.«

Hecht verdrehte die Augen. »Tja, dann haben wir doch schon einen Anhaltspunkt: Es muss wohl eine Frau gewesen sein«, sagte er trocken. Aber es war nicht witzig gemeint. Der gereizte Unterton entsprach seiner Stimmung wegen des versauten Abends. »Dann gehen wir halt wieder runter.« Hecht machte mit der Hand eine leidende Geste in Richtung Treppenhaus, die dem jungen Kommissar signalisierte, dass er ihm den Vortritt lassen wollte.

»Du kommst heute etwas wackelig, so richtig kraftlos daher«, bemerkte Obergfell sorgenvoll, während er vor Hecht die Treppen hinunterging.

»Wanderung, sechs Stunden.«

»Verstehe.« Obergfell hatte sofort bei seinem Eintreffen bemerkt, dass sein Chef keine gute Laune hatte. »Ich hatte auch was

Besseres, was viel Besseres vor als das hier«, stöhnte er mit einem leidenden Ausdruck im Gesicht.

»Aha!«, entfuhr es Hecht. Er sah seinen Kollegen an und hob fragend die Augenbrauen. Schon vor einiger Zeit glaubte er erkannt zu haben, dass sich zwischen ihm und der Polizeimeisterin Jennifer Funk, die von der Schutzpolizei zur Kripo abgeordnet worden war, etwas angebahnt hatte. Das war ohnehin seit Tagen ein Thema auf der Dienststelle.

Obergfell reagierte nicht darauf, ging weiter wortlos die Treppen hinunter. Als sie unten angekommen waren, durchquerten sie diagonal den überdachten Innenhof. »Da drüben, da ist der Täter eingestiegen.« Obergfell zeigte in Richtung Westflügel.

Die beiden gingen den Kreuzgang entlang bis zur Damentoilette. Sie mussten sich an mit Kunststofffolien abgedeckten Gerüsten vorbeizwängen, die bis unter das gläserne Dach des Innenhofes reichten.

»Eingeschlagen?«, fragte Hecht, als sie die Toilette betraten.

Oberkommissar Gottfried Heckenlaible, ein untersetzter Mann in weißem Overall, untersuchte gerade die Mechanik des Fensterverschlusses. Helles Licht fiel auf seine mit einem Haarkranz umrandete Glatze. Er unterbrach seine Arbeit. »Grüß dich, Tone, tut mir leid, dass wir dich ...«

»Schon gut, Hecki«, sagte der Hauptkommissar.

»War nicht verriegelt«, informierte der Kriminaltechniker seinen Chef.

»Der Fensterflügel ist einfach mit Kaugummi im Rahmen fixiert und damit geschlossen gehalten worden. Der Täter muss sich hier wohl ausgekannt haben.«

»Jeder kann sich hier als Besucher in aller Ruhe umsehen«, sagte Hecht.

»Horst, wie sieht es mit Fingerabdrücken aus?«, rief Heckenlaible zu dem Spusi-Beamten Stütz hinüber, der weiterhin am Fenster mit seinem Pinsel ein rotbraunes Pulver auftrug und versuchte, mit Klebeband Abdrücke zu nehmen.

»Nix Brauchbares«, rief er den beiden zu und schüttelte dabei heftig den Kopf.

Hecht wandte sich hoffnungsfroh an Stütz. »Dann pack dein Zeug, und ab nach oben ins Dachgeschoss. Damit wir bald Feierabend kriegen.«

»Wenigstens die DNA des Täters haben wir«, sagte Heckenlaible und ließ eine Klarsichttüte mit einem benutzten, länglich geformten Kaugummi vor Hecht in Augenhöhe pendeln.

*

Rosemarie Hackstock öffnete die Brandschutztür. Von Abgasen geschwängerte Luft schlug ihr entgegen. Nur schemenhaft waren die Umrisse des weißen Mercedes mit dem schwarzen Dach zu erkennen. Davor stand der silberne Porsche Panamera. Reflexartig betätigte sie einen Schalter neben der Tür. Das breite Garagentor fuhr rumpelnd nach oben. Nach kurzem Flackern erhellte gleißendes Licht die gesamte Garage. Weiter hinten waren in der diesigen Luft zwei weitere Wagen zu erkennen.

Vom Auspuff des Mercedes führte ein flexibler Schlauch hoch zum schwarzen Stoffdach und von dort durch ein Loch ins Wageninnere des Cabriolets. Die Frau begann zu husten, ergriff den Kragen ihres Morgenmantels und drückte ihn sich vor den Mund. Entschlossen ging sie zum Wagen hinüber und öffnete die Fahrertür. Ein Mann kippte ihr seitlich entgegen und fiel ihr vom Sitz direkt vor die Füße. Sie schrie auf: »Jessas, Heinerle!« Mit zitternden Fingern versuchte sie, an seinem Hals den Puls zu fühlen. Dann nestelte sie umständlich ihr Handy aus der Tasche des Morgenmantels und wählte die Notrufnummer.

*

Die Zeugenbefragungen vor dem Kulturzentrum Prediger hatten sich wegen der wenigen zur Verfügung stehenden Beamten länger als erwartet hingezogen. Gebracht hatten sie bisher nichts. Hechts Handy klingelte. Es war die Dienststelle. Das Telefonat war kurz, es dauerte keine Minute. »Tja, es geht weiter. Eine Leichensache, nicht natürlicher Tod.«

»Wenn am Wochenende was los ist, dann gleich richtig«, stellte Obergfell fest.

»Des mach ich erst mal allein. Bringst du des hier zu Ende?«, fragte Hecht seinen jungen Kollegen. Hechts Worte klangen zwar wie eine Frage, aber jeder, der ihn kannte, wusste, dass sie in diesem Tonfall wie eine Anweisung zu verstehen waren. »Ihr seid ja gleich fertig.«

*

Von der Wache hatte Hecht die Adresse, den Namen Hackstock und das Einsatzstichwort erhalten. Es war die Gegend am nördlichen Stadtrand. Hier wohnte die Gmünder High Society. Wunderschöne alte, herrschaftliche Villen und moderne Designergebäude zogen sich innerhalb meist gepflegter Gartenanlagen den ganzen Südhang entlang, von dem man einen traumhaften Blick auf die Innenstadt und das Panorama der Schwäbischen Alb hatte. Hecht kannte sich gut aus in Gmünd, aber den Namen Hackstock hatte er noch nie in Verbindung mit einer der dortigen Villen gehört. Er hatte so eine Vermutung, um welches Grundstück es sich handeln konnte. Schon bei der Fahrt aus der Innenstadt in Richtung Bahnhof nahm er winzige blitzende Blaulichter im oberen Hangbereich hinter der Bahnstrecke wahr, die ihm grob den Weg wiesen.

Als er östlich des Bahnhofs unter den Gleisen hindurchfuhr und abbog, hatte er keinen Zweifel mehr, es war das Bamberger-Anwesen. Hecht kannte die Familie und deren Firma aus der Presse. Die Bambergers waren durch ihr politisches und gesellschaftliches Engagement sowie durch ihre geschäftlichen Aktivitäten in der Stadt bekannt. Sie besaßen eine Gold- und Silberschmuckwarenfabrik, deren Tradition bis in die Mitte des 19. Jahrhunderts zurückreichte.

Hecht fuhr die geschwungene Auffahrt hinauf. Zwei Streifenwagen, ein Notarztwagen und ein weiteres ziviles Dienstfahrzeug standen vor einer Parkgarage, die in den Berg hineingebaut worden war. Nuding, der altgediente Streifenpolizist, war mit einer jungen Kollegin als Erster vor Ort gewesen und gerade dabei, mit einem rot-weißen Band das Garagentor abzusperren.

Hecht stieg aus seinem Wagen und orientierte sich. Links der Garagenzufahrt stand ein zweistöckiger, gut erhaltener Fachwerkbau. Nach seiner Einschätzung durfte das Gebäude schon weit über hundert Jahre alt sein. In einigen Fenstern brannte Licht. Rechts neben die Parkkaverne war ein neu wirkendes, holzverkleidetes Flachdachhaus gebaut, das sich in Richtung Osten erstreckte. Es war unbeleuchtet. Unter seinen Schuhen knirschte der weiße Splitt.

»Was genau haben wir?«, fragte Hecht, als er mit Nuding durch das Garagentor ging.

»Unnatürliche Todesursache. Selbschtmord. Sieht wenigschtens so aus. Ein Mann, er hot wohl Abgase ins Wageninnere geleitet.«

»Wer ist es?«

»Der Bamberger, der Schmuckfabrikant.«

»Welcher? Der alte?«

»Der Juniorchef. Im erschta Moment, also, zuerscht hab ich denkt, das sei der alte.«

»Warum?«

»Ha, das ischt doch sei Wagen.«

»Wer hat ihn gefunden?«

»Die Haushältere, die isch drenna im Wohnhaus.« Nuding deutete auf den Fachwerkbau, aus dem ihnen ein Rettungssanitäter und die Notärztin entgegenkamen.

»Da war nichts mehr zu machen«, rief sie Hecht schon von Weitem zu und deutete mit dem Kopf in Richtung Garage. »Der alten Dame, die ihn gefunden hat, der geht es wieder einigermaßen.«

»Danke, Frau Dr. Nagel-Scheer. Sollen wir einen Notfallseelsorger für sie kommen lassen?«, wollte Hecht wissen.

»Auf jeden Fall.«

Der Hauptkommissar sah zu Nuding hinüber. »Lorenz, wärst du so gut?« Der hatte verstanden und watschelte davon.

Hecht betrachtete den Toten. Er kannte ihn aus der Presse. So wusste er auch, dass er Anfang bis Mitte fünfzig war. Aber mit dem spärlichen grauen Haar und der verbrauchten pockennarbigen Haut, hätte man ihn auf Anfang bis Mitte sechzig schätzen können. Hecht blickte in den Fußraum vor dem Fahrersitz, in dem sich die Füße des Toten befanden. Sein Oberkörper lag außerhalb des Wagens. Ihm fiel nichts Besonderes auf, nur dass bei einem der Schuhe, dem linken, der Schnürsenkel offen war.

Während Hecht sich im gesamten Kellerbereich des Flachdachhauses umsah, wich Nuding nicht von seiner Seite. Weder in den Kellerräumen und der Garage noch in der kleinen Werkstatt, die direkt daneben lag, konnten die beiden etwas finden. Nichts deutete darauf hin, dass dort die verwendete Schlauchvorrichtung zusammengebaut worden war. Nicht einmal ein Stück Klebeband war zu finden.

»Der Mann hot sich sehr viel Mühe gegeba und den Apparat so profihaft gebaut, dass sein Vorhaben net schief ganga konnte«, stellte Nuding fest.

»So eine Apparatur, so ein Selbstmordset fürs Auto, des bekommt man in Australien und den USA im Internet zu kaufen«, sagte Hecht. Als Nuding ihn ungläubig anschaute, erklärte er: »Hab ich mal irgendwo gelesen.«

Nuding schüttelte nur den Kopf über so etwas Dekadentes. »Was send das bloß für Zeita?«, fragte er sich laut.

Hecht hatte sofort nach seiner Alarmierung einen Rechtsmediziner angefordert. Da die beiden Diensthabenden vom Institut für Rechtsmedizin der Uniklinik Ulm bereits im Einsatz waren, wurde Krautschneider gerufen. Kaum zu Hause angekommen, hatte er schon wieder losgemusst. Er wohnte im nahen, südlich gelegenen Weilerstoffel und war deshalb gleich zur Stelle. Als Nuding und Hecht wieder die Parkkaverne betraten, war der Arzt bereits dabei, den Toten zu untersuchen. Er saß in der Hocke und beugte sich über dessen massigen Körper. Seine langen blonden Haare waren zu einem Pferdeschwanz zusammengebunden.

»Tut mir leid, dass wir Sie aus dem Bett holen mussten«, wandte sich Hecht an den Mediziner.

Der richtete sich auf, sah ihn kurz an und verzog das Gesicht. »Schon recht.« Dann wandte er sich seinem Utensilienkoffer zu.

»Wenigstens habt ihr so lange warten können, bis der tolle Abend im Unicorn House vorbei war«, murmelte er vor sich hin.

»War sehr schön, das Konzert im Heilig-Kreuz-Münster ...«

Hecht sah ihn nur fragend an, wusste damit nichts anzufangen.

»... im Rahmen des Festivals Europäische Kirchenmusik.«

»Ah ja.«

»Die Frau Hering, die hat es auch sehr genossen«, legte Krautschneider extra laut nach und grinste in sich hinein.

Hecht erstarrte. Der Leichenschnipsler und meine Chefin, fuhr es ihm sofort in den Kopf und versetzte ihm einen richtigen Stich. Am Anfang waren sich die beiden spinnefeind gewesen und hatten sich ordentlich gefetzt, und jetzt?

»Sieht nach CO-Intoxikation aus.«

»Was?«, hakte Hecht nach.

»Kohlenmonoxidvergiftung.«

»Ach.«

»Die roten Flecken hier, die deuten darauf hin.« Krautschneider ging wieder in die Hocke und zeigte auf die Stellen an Kopf und Hals des Toten.

»Bei alten Autos wie dem hier, der dürfte so etwa vierzig Jahre alt sein, da dauert es nicht lange.«

Hecht betrachtete die sorgfältig zusammengeklebten Schläuche vom Auspuff bis zu deren Eintritt in das Loch im Stoff des Wagendaches genauer. »Schon klar, bei den Abgaswerten und der dichten Schlauchapparatur hier.«

»Mit so alten PS-starken Autos ...«, begann der Arzt.

»450 SL, Baujahr 73«, las Nuding aus dem Fahrzeugschein vor, den er gerade aus dem Handschuhfach des Mercedes gekramt hatte.

»... geht so was noch einfacher, da kommt noch was raus aus dem Auspuff. Kein Kat, nix. Das ist effektiv, funktioniert schnell und zuverlässig.«

Wohl wissend, dass seine Informationen hier nicht weiter gebraucht wurden, entfernte Nuding sich wieder.

Hecht nahm einen Beweissicherungsbeutel aus seiner Tasche und öffnete ihn. »Da unten, des Stück Plastik, oder was des ist ...«

Er zeigte auf etwas, was seitlich neben dem Toten unter dem Wagen lag, und reichte dem Arzt die Klarsichttüte und eine Pinzette aus dessen Koffer. Der hatte verstanden, kniete sich neben den Körper des Toten auf den kalten Betonboden, beugte sich nach vorn, so dass sein Kopf sich direkt neben dem Gesicht des Opfers befand, und schaute unter den Wagen.

Hecht wurde ungeduldig: »Was ist jetzt?«

»Hab's gleich«, stöhnte der Arzt und langte mit großer Mühe unter den Wagen.

Dass er es genoss, den Mann in so anstrengender Arbeitshaltung zu sehen, verriet das Grinsen in Hechts Gesicht.

Endlich gelang es Krautschneider, mit der Pinzette nach dem Stück Kunststoff zu greifen. Er ließ es in dem Beutel verschwinden, verschloss ihn und reichte ihn zu Hecht hinauf.

»Danke.«

Unter lautem Gestöhne richtete sich Krautschneider auf, fasste sich dabei mit den Händen in den Bereich der Lendenwirbel und bog sich langsam mit dem Oberkörper nach hinten.

»Des kommt vom langen Sitzen auf den harten Kirchenbänken«, kommentierte Hecht trocken dessen Aktion. Diese Stichelei konnte er sich einfach nicht verkneifen.

Der Arzt wusste gleich, dass er damit auf seinen Konzertbesuch mit Hering anspielte. Hecht würde wohl gern mehr über unseren Abend wissen wollen, dachte er amüsiert.

»Hier, sehen Sie«, Hecht zeigte auf den linken offenen Schnürsenkel des Toten, »so laufen normalerweise nur Teenager rum.«

Noch einmal warf Krautschneider einen Blick in den Fußraum des Wagens. »Tja, schon seltsam«, kommentierte er nach einem Moment des Nachdenkens. Er musste gähnen, sah auf seine Armbanduhr und seufzte.

Fast unbemerkt war Polizeimeister Nuding wieder zu den beiden herangetreten und gab Hecht eine eingetütete Medikamentenpackung. »Das hot die Kollegin im Badezimmer des Opfers gfonda.«

»Danke, Lorenz.« Hecht warf einen kurzen Blick darauf und wandte sich dann an den Rechtsmediziner, der begann, seine Utensilien in einen Koffer zu packen.

»Dr. Krautschneider, können Sie mir sagen, was des ist?« Er hielt ihm die Tüte direkt vor die Nase.

Mit dem Oberkörper wich dieser in einen Leseabstand zurück und sah sich das vermeintliche Beweisstück kurz an. »Ein Antidepressivum vom Desipramin-Typ.«

Sofort reichte Hecht den Klarsichtbeutel an Nuding zurück. »Da, zu deiner Sammlung, damit alles beieinander bleibt. Tja, und nun?«, fragend sah er den Rechtsmediziner an.

Der überlegte nicht lange. »Herr Hecht, ich glaube, den nehme ich mit zu mir auf den Tisch.« Dabei blickte er auf den Toten, streifte sich die Einmalhandschuhe von den Händen und verabschiedete sich dann. »Klären Sie das bitte mit der Staatsanwaltschaft.«

*

Draußen streiften Scheinwerfer über die Sträucher und Gebäudewände. Ein BMW Z4 kam auf den Hof gefahren. Nuding lief ihm entgegen, stellte sich vor die Polizeiabsperrung, um den Fahrer mit ausgebreiteten Armen daran zu hindern, in die Parkkaverne zu fahren. Der Wagen stoppte vor dem Einfahrtstor. Das eingeschaltete Fernlicht warf ein gleißendes Licht in die offene Garage. Um nicht geblendet zu werden, hielten Nuding und die Kollegen schützend einen Arm vor die Augen. Rechts neben dem Tor luden zwei schwarz gekleidete Männer einen Zinksarg aus einem hohen anthrazitfarbenen Kombi.

Eine Frau, Ende dreißig, stieg aus dem roten Flitzer und strich sich die langen pechschwarzen Haare zur Seite. In ihrem hübschen Gesicht stand Entsetzen. Sie lief direkt auf die Garage zu.

»Halt!«, rief Nuding und ging ihr in alter Schutzmannhaltung mit erhobener flacher Hand entgegen.

»Was ist denn hier los?«, fragte sie. Ohne eine Antwort abzuwarten, drängte sie sich an dem Beamten vorbei.

Hecht kam aus dem Tor. »Frau Bamberger?«

Sie nickte, reckte ihren schlanken Hals und versuchte, über Hechts breite Schultern hinweg einen Blick durch das mit rot-weißem Band abgesperrte Tor zu werfen.

»Wir haben leider keine guten Nachrichten«, sagte er mit ruhiger, fast leiser Stimme.

»Was ist passiert?«, fragte sie unsicher. Ihre Augen verrieten, dass sie Schlimmstes erwartete.

»Vielleicht gehen wir besser rein«, schlug er vor.

Sie machte Anstalten, in die Garage hineinzugehen, doch Hecht verwehrte ihr mit der einen Hand den Zugang, während er mit der anderen auf den Eingang des alten, schwach beleuchteten Fachwerkhauses deutete. »Bitte!«

Anke Bamberger blieb vor ihm stehen, sah flehend zu ihm auf, direkt in seine Augen. »Was ist denn passiert?«

»Ihr Mann, er ist … er ist tot. Selbstmord, wie es den Anschein hat.«

Anke Bamberger erstarrte.

»Mein aufrichtiges Beileid.« Kaum ausgesprochen, fragte er sich, wie oft er das in den letzten Jahrzehnten schon im Dienst hatte sagen müssen. Und immer noch kostete es ihn große Überwindung, diese Worte über seine Lippen zu bringen.

»Bitte, ich muss ihn ...« Sie drängte zum Ort des Geschehens. Die beiden gingen nebeneinander her. Bei jedem ihrer Schritte knirschten die Steinchen des Edelsplittbelages der Hoffläche. In der Garage verschlossen die Bestatter gerade den Zinksarg.

»Fühlen Sie sich in der Lage, mir ein paar Fragen zu beantworten? Oder soll ich morgen noch mal kommen?«, fragte Hecht vorsichtig.

Sie überlegte einen Augenblick, blickte zur Parkkaverne und ihrem Haus und ließ die ungewöhnliche Szenerie einen Moment auf sich wirken. Dann wandte sie sich wieder an Hecht. »Gehen wir erst mal zu Frau Hackstock. Folgen Sie mir, bitte«, sagte sie ohne einen Funken Trauer in der Stimme und führte ihn in den Eingangsbereich des alten Hauses.

Sofort fiel Hecht der riesige Kronleuchter auf, der von der Decke hing. Sie gingen neben der breiten hölzernen Treppe in die Wohnküche einer kleinen Einliegerwohnung. Auf einem der Sessel saß die alte Frau, die den Toten gefunden hatte. Eine Streifenpolizistin hatte ihr gegenüber Platz genommen und hielt ihre

Hände. Auf dem Tisch lag ein kleiner Schreibblock mit einigen Notizen.

Die ältere Dame schaute auf, sah Anke Bamberger mit wehmütigem Gesichtsausdruck an. Die erwiderte ihren Blick ohne jegliche Regung und Reaktion. Dann liefen der alten Frau weiter Tränen über das bereits verheulte Gesicht.

»Das ist Frau Hackstock, die Haushälterin«, sagte die Polizistin zu Hecht, als der den Raum betrat.

»Hecht, Kripo Gmünd.«

»Wenn Sie sich von dem Schock erst mal erholen wollen? Ich würde dann nachher zu Ihnen ins Haus hinüberkommen«, sagte er zu Anke Bamberger und wandte sich an Frau Hackstock, die er auf Mitte bis Ende siebzig schätzte. »Wissen Sie, ob der Wagen schon längere Zeit in der Garage gestanden hat?«

»Nein, Heiner, also Herr Bamberger junior, ist irgendwann am Abend damit nach Hause gekommen.« Ihr liefen wieder die Tränen über das Gesicht.

»Wann genau ist er denn die Auffahrt hochgefahren?«

»Das kann ich Ihnen nicht sagen. Ich habe Classics dieser Talkshow aus Baden Baden im dritten Programm gesehen ... da lief gerade der Abspann.«

»Des kriegen wir«, sagte Hecht und sah kurz bittend zu seiner Kollegin hinüber.

Die hatte verstanden, griff nach ihrem Notizblock. »Ich klär das ab.«

»Und wann haben Sie Herrn Bamberger gefunden?«, fragte er die Haushälterin.

»Den Heiner, so vor ... vor einer halben Stunde.«

Hecht sah auf seine Armbanduhr. »Also kurz nach ein Uhr.«

Dritter Tag – Montag

Krautschneider hatten einige, wenn auch vielleicht nicht bedeutsame Ungereimtheiten und besonderen Umstände des Todes von Heiner Bamberger keine Ruhe gelassen. In aller Frühe, gleich nachdem die Anordnung der Staatsanwaltschaft Ellwangen zur Obduktion eingetroffen war, hatte er deshalb damit begonnen, den Leichnam akribisch zu untersuchen, und alle ihm notwendig erschienenen Tests durchgeführt. Was ihm noch Kopfzerbrechen bereitete, war der kleine rote Punkt auf einer Vene des linken Fußrückens im Bereich des großen und des zweiten Zehs. Er nahm Spreizer und Knorpelmesser von der Edelstahlablage. Dann trat er an das Fußende des Toten heran.

*

Nach den Ereignissen der Samstagnacht war es für die Rufbereitschaft am Sonntag recht ruhig geblieben. Der Start in die neue Woche hatte mit der Verteilung der neuen Fälle begonnen. Herings Team war mit dem Raub im Prediger und dem Tod des Industriellensohns betraut worden. Sie hatte Hecht, Obergfell und Heckenlaible zu einer Besprechung gerufen, der auch die Polizeisekretärin Nelli Tomberg beiwohnte.

»Der Selbstmord des jungen Bamberger hat sich gestern noch in der Stadt wie ein Lauffeuer rumgesprochen«, erzählte diese, während Mona Hering leise telefonierte.

Auf dem Tisch lagen die Tageszeitungen des Ostalbkreises. Großen Raum nahm darin der Raub der Maucherbüchse, des wertvollen Radschlossgewehres aus dem Museum im Prediger, ein. Auch die Radiosender der Ostalb und des Stuttgarter Raumes hatten bereits ausführlich darüber berichtet.

»Was war am Prediger eigentlich los?«, fragte Hering in die Runde, nachdem sie ihr Telefongespräch mit Krautschneider beendet hatte.

Hecht bedeutete Obergfell, die Kollegen zu informieren. Der

stand auf, griff nach der auf dem Stapel oben liegenden Aktenmappe, blätterte kurz darin und begann mit seinen Ausführungen.

»Einbruch, Gefährliche Körperverletzung, Diebstahl einer wertvollen Radschlossbüchse aus dem 17. Jahrhundert.«

»Was haben wir da bisher?« Hering langte nach dem eingetüteten Kaugummi auf dem Tisch.

»Die DNA des Räubers.« In den Augen des jungen Kommissars lag Hoffnung. »Das Opfer, ein Wachmann, ist immer noch nicht vernehmungsfähig. Sagen die Ärzte«, fügte Obergfell hinzu.

Hering signalisierte Verständnis. »Dem müssen wir uns dann wohl fügen. Wo können wir sonst noch ansetzen?«

»Der Leiter des Museums ist heute endlich wieder erreichbar«, schlug Obergfell vor.

»Wer hat denn Interesse am Diebstahl eines alten Gewehres?«, wollte Nelli Tomberg wissen.

»Wahrscheinlich gibt es einen eher eingegrenzten, also überschaubaren Sammlerkreis«, mischte sich jetzt Hecht ein.

»Ein Auftragsdiebstahl für irgendeinen Verrückten, ausgeführt von einem, der Geld braucht«, murmelte Hering vor sich hin.

»Ich werde mal mit einer Frau …«, Heckenlaible warf einen kurzen Blick auf die vor ihm liegenden Ausdrucke aus dem Internet, »einer Frau Doktor Baumann Kontakt aufnehmen. Die ist Deutschlands Maucherexpertin Nummer eins. Vielleicht kann die uns weiterhelfen, wer so was sammelt oder einen Diebstahl in Auftrag geben könnte.«

»Was ist das Ding eigentlich wert«, fragte die Kriminaloberrätin.

»Keine Ahnung, ich weiß nicht, was das Museum beim Kauf gezahlt hat«, sagte Obergfell, »das wird uns der Museumsleiter sagen können.«

Hecht schüttelte den Kopf. »Ich frag mich, warum macht einer so was, vor allem mit dem Risiko, von dem Wachmann geschnappt zu werden?«

»Sammler von Antiquitäten und alten Waffen, die zahlen ein Vermögen dafür, da kann man schon ein Risiko eingehen«, meldete sich Heckenlaible. »Auf den einschlägigen Antiquitäten- und Waffenbörsen, da kennt man sich.«

»Solche Exponate sind selten«, meinte Hecht, griff nach seiner Tasse und nahm genüsslich einen großen Schluck von seinem Morgenmuffel-Kräutertee, den Tomberg wie jeden Morgen extra für ihn zubereitet hatte.

Von Herings Smartphone ertönte das kurze Eingangssignal einer SMS. Sie warf einen kurzen Blick darauf und konzentrierte sich dann wieder auf die Besprechung.

»Das war ein Profi, ein Insider. Der kannte sich hier aus«, sagte Heckenlaible.

»Nee, das könnte jeder gewesen sein«, stellte Obergfell fest. »Der Prediger ist zu den regulären Öffnungszeiten für jeden offen. Jeder kann in alle öffentlich zugänglichen Räume gelangen und sich ein Bild von der Situation machen. Vor allem über die veränderten Verhältnisse während der Umbaumaßnahmen.«

»Und die Positionen der Überwachungskameras checken.« Heckenlaible deutete auf die CD mit den Kameraaufzeichnungen, die vor ihm auf dem Tisch lag. »Wie wir gesehen haben, hat der Täter die Aufnahmebereiche bewusst umgangen.«

»Haben wir außer der DNA sonst noch irgendwelche Hinweise oder Spuren?«, wollte Hering wissen und fuhr fort, nachdem alle nur den Kopf geschüttelt hatten: »Also gut. Herr Obergfell, Sie machen mit Kollegin Funk an dem Gewehrraub weiter. Gehen Sie ins Museum und reden Sie mit dem Direktor. Vor allem sollten Sie, sobald es möglich ist, den Wachmann befragen.« Sie wandte sich an Hecht. »Und wir beide, wir werden Doktor Krautschneider in der Rechtsmedizin einen Besuch abstatten. Ich glaube, er hat was für uns.«

*

Während die beiden Ermittler auf dem Weg nach Ulm in das Institut für Rechtsmedizin waren, schwiegen sie sich an, ließen ihre Gedanken schweifen. Hecht fiel mit Grausen das erste Zusammentreffen mit seiner Chefin ein, als er Minuten vor ihrer Amtseinführung unbeabsichtigt ihr Kostüm mit einem Grillspieß zerrissen hatte. Das hatte aber der erste gemeinsame Erfolg, die Aufklärung der beiden Morde am Einhorn-Tunnel, wieder wettgemacht.

Wann wird sich endlich etwas an der angespannten Personalsituation ändern, fragte sich Hering. Die Neuzugänge der letzten Wochen decken bei Weitem noch nicht unseren Bedarf ab.

Wie lange ist es her, dass sie ihren Dienst bei uns angetreten hat? überlegte Hecht. Langsam fängt sie ja an, die Einheimischen zu verstehen, selbst Nuding mit seinem stark ausgeprägten Albdialekt. Ich muss immer seltener übersetzen. Es gelingt ihr einfach besser, sich in die Mentalität der Schwaben einzufühlen, und sie weiß, wie sie zu nehmen sind.

Ich hätte anfangs nicht versuchen sollen, schwäbische Wörter zu benutzen, sinnierte Hering. Das wirkt lächerlich. Es reicht doch, wenn ich den Dialekt hier verstehe – vorerst.

Wenn sie endlich mal eine Wohnung finden würde. Ist ihr etwa nichts gut genug, fragte Hecht sich. Dabei habe ich ihr zu helfen versucht, wie ich nur konnte. Auch wenn mir andere, vor allem Simone, unterstellen, das sei nicht ganz uneigennützig. Man kann doch nicht wochen- oder monatelang in einem Fremdenzimmer wohnen. Noch dazu in meiner Stammkneipe. Wahrscheinlich gefällt ihr ja das Ambiente im Gasthof Mondschein. Aber langsam reicht es mir. Was will sie denn auch unbedingt in Weiler bleiben?

Wenn es nur nicht so schwer wäre, in diesem Tausend-Seelen-Dorf eine Wohnung zu finden, bedauerte Hering. Neulich hätte es ja fast geklappt. Blöd, dass einer aus dem Dorf schneller war. Aber wieso hat Hecht darauf so sauer reagiert? Kann ihm doch eigentlich egal sein.

Wenn sie endlich aus dem Mondschein ausziehen würde, wünschte sich Hecht. Dann müsste bei mir nicht schon nach zwei Vollkornsprudeln Schluss sein.

Die beiden Zimmer mit der Kochnische mieten, das wär doch was. Das würde schon reichen, dachte sich Hering.

Die isst fast jeden Abend unten in der Gaststube. Ist doch kein Zustand so was, vor allem für den Buben.

Ich lass uns einfach weiter bekochen. Bequemer geht's nicht. Herrlich. Hering räkelte sich wohlig auf dem Beifahrersitz, während Hecht ein schrecklicher Gedanke durchfuhr.

Und wenn sie sich schon dran gewöhnt hat und womöglich für immer da bleibt?

Müsste ich mal durchrechnen, überlegte sie.

Eine Frau braucht eine Küche, in einer eigenen Wohnung.

Ich komme sowieso immer spät nach Hause. Und dann noch Kochen, nee.

Die muss doch was Gescheites zubereiten für den Buben.

Torben könnte sich immer etwas aus der Karte aussuchen. Der Stress darum, was ich kochen soll, wäre endlich vorbei, freute Hering sich. Und es ist so gemütlich, unten in der Gaststube, bei einem Glas Schwarzriesling mit Samtrot.

Nicht, dass die Kerle am Stammtisch womöglich noch zutraulich werden.

Sind alles nette Leute an dem runden Tisch. Und die interessanten Gesprächsthemen – manchmal.

Zifixaberauch! Womöglich bieten die ihr noch an, sich herzuhocken. Grr, kaum auszudenken.

Ist oft ganz lustig am Stammtisch, meist eine gute Stimmung, da sollte man sich glatt mal dazusetzen.

Oder nicht, dass die sich noch traut zu fragen, ob sie sich dazusetzen darf.

Vielleicht sollte ich doch mal fragen, ob ich mich zu denen hinhocken darf.

*

Schweigend gingen Hecht und Hering den langen kahlen Gang des rechtsmedizinischen Instituts entlang. Diese Besuche waren Hecht schon immer ein Gräuel gewesen, so lange er Polizist war. Im ganzen Gebäude hing dieser widerliche, von Reinigungsmitteln und Formalin dominierte Geruch, der ihm in seiner Strenge in die Nase stieg. Auch nach all den Jahren konnte er sich nicht daran gewöhnen.

Hering dachte an ihren Organspenderausweis, dessen Ausfüllen sie schon seit Monaten vor sich herschob. Und jetzt stellte sie sich vor, wie es denn wäre, wenn ihre Stunde gekommen wäre und sie in so einem Raum läge, nachdem sie nebenan in der Uniklinik ausgenommen worden wäre. Dieser Gedanke ließ ihr Vorhaben in weitere Ferne rücken.

Kurz vor dem Zugang zum Sektionssaal gab seitlich eine halb offene Tür den Blick auf einen Aufenthaltsraum frei. Drei Männer in hellgrünen Kitteln saßen darin und unterhielten sich angeregt und laut lachend. Sie schienen sich über irgendetwas köstlich zu amüsieren. Auf einem Tisch hatten sie ein ausgiebiges Vesper ausgebreitet. Einer von ihnen schob sich genüsslich den Rest einer Butterbrezel in den Mund.

Als Hecht in den Raum hineinsah, krampfte sein Magen leicht und er musste kräftig schlucken. Wie konnte man in solcher Umgebung essen? Er mochte nicht einmal daran denken. Schon seit sie in dem Gebäudetrakt eingetroffen waren, beobachtete er seine Chefin. Diese Räume zu betreten, schien ihr überhaupt nichts auszumachen, wie er respektvoll feststellen musste. Ihr Gesicht zeigte keinerlei Widerwillen oder Ekel. Kein Kommentar war von ihr zu hören.

Hechts Nackenhaare stellten sich auf, als sie den großen Raum betraten. Der Geruch war jetzt stechender. Das Gekreische einer Elektrosäge drang von weiter hinten herüber. Die Neonlampen, die mit ihrem kalten Licht den ganzen Saal erhellten, waren in Reihen aufgehängt und spiegelten sich an den großen beigefarbenen Kacheln der Wände. In Glasvitrinen befanden sich Waagen, die denen in Metzgereien ähnlich sahen.

Mehrere Edelstahltische, jeweils mit einer Wanne am Kopfende, standen auf dem grob gefliesten Boden. Flexible Stahlschläuche, wie sie in häuslichen Bädern Verwendung finden, schauten unter den Tischen hervor und endeten in Brauseköpfen, die in den Becken lagen.

Die Tische waren ringsum mit einer Rinne und einer leicht erhöhten Umrandung versehen. Auf dem einen lag, teilweise mit einem dunkelgrünen Tuch abgedeckt, ein Toter. An den Seiten schauten die Arme heraus. Über seinem Körper stand eine kleine Edelstahlbrücke, auf der sich Scheren, Skalpelle, Zangen, diverse Beitel, Hämmer und Meißel sauber ausgerichtet aneinanderreihten. Auf einem Nebentisch lagerten Edelstahlschüsseln, Schwämme, Glaskolben und Reagenzgläser.

Langsam gingen die beiden Polizisten auf Krautschneider zu. Der stand an einem der hinteren Sektionstische und wandte ihnen den Rücken zu. Seine langen blonden Haare waren genau wie bei Hering zu einem Pferdeschwanz zusammengebunden. Die beiden könnten von hinten glatt als Zwillinge durchgehen, dachte Hecht und musste in sich hineinlachen.

Leicht nach vorn gebeugt stand Krautschneider vor einer weiteren, unbedeckten Leiche mit geöffnetem Schädeldach. Jetzt richtete er sich auf, legte die Elektrosäge beiseite und griff zu einem Diktiergerät. »Marklager, helles Weiß, in der Kopfhaut keine Einblutungen, Schädeldecke intakt …« Er bemerkte die beiden Polizisten. »Grüß Gott miteinander. Ich hab was für Sie.«

Hecht und Hering grüßten zurück und blieben zurückhaltend vor dem Tisch mit dem Toten stehen. Sie sollten sich doch wohl nicht etwas in dem freigelegten Hirn anschauen.

»Keine Sorge. Das ist nicht Ihr Opfer.«

Die beiden schnauften erleichtert und lächelten gequält.

»Bamberger liegt da drüben.«

Krautschneider führte sie an einem Tisch vorbei, auf dem ein aufgequollener, mit Laken abgedeckter unförmiger Körper lag. Ein noch schärferer, eigenartiger Geruch schlug ihnen von dort im Vorbeigehen entgegen. Dem Arzt blieb ihr Fächern mit der Hand vor ihren verzogenen Gesichtern nicht verborgen. Hecht verspürte gar einen kurzen Würgereiz, und auf Herings blassem Gesicht lag ein merkwürdig gequälter Ausdruck. »Wasserleiche, gerade reingekommen. Lag schon länger in der Donau.«

Wenn er doch bloß nichts gefrühstückt hätte, dachte sich Hecht.

Am Ende des Sektionssaales, vor dem letzten Tisch, blieben sie stehen. Der Rechtsmediziner zeigte auf den abgedeckten Körper. An seinem großen Zeh konnte Hering auf einem Plastikschildchen Heinrich Bambergers Daten lesen.

»Also, was haben Sie?«, erkundigte sich Hecht.

»Die Schleimhäute waren knallrot.«

»Das heißt?«, fragte Hecht.

»Der Tod trat durch Kohlenmonoxidvergiftung ein. Der Auffindezeitpunkt war kurz nach eins.«

»Gibt es auch etwas, was wir noch nicht wissen?«, fragte Hecht und fing sich einen vorwurfsvollen Blick seiner Chefin ein.

»Die Todeszeit liegt etwa zwischen Mitternacht und ein Uhr. Interessant war der Zustand der Nasenschleimhäute, der mich zu einer Haaranalyse veranlasst hat.«

»Und?« Auf Hechts Gesicht lag ein Hoffnungsschimmer.

»Positiv. Die Schleimhäute, die haben so manchen Schneesturm, und zwar heftigen ...«

»Der hat gekokst?«, unterbrach ihn Hering erstaunt.

»Zumindest in den letzten paar Monaten.« Krautschneider schüttelte den Kopf. »Und dann noch eins Komma neun Promille im Blut. Muss einen ordentlichen Durst gehabt haben, der Leber nach zu urteilen. Das wäre nicht mehr lange gutgegangen.«

»Das heißt, es war doch Selbstmord?«, fragte Hering in einem Ton, der keine weiteren Erkenntnisse mehr erwartete.

Krautschneider ging nicht darauf ein, sondern fuhr unbeirrt mit seiner Darstellung fort. »Dann habe ich mich wieder daran erinnert, was Ihnen aufgefallen war.« Der Arzt sah Hecht an und musste über das doppelte Fallen in seinem Satz lachen. »Der linke Schuhbändel war nicht geschlossen. Da habe ich die Füße genauer unter die Lupe genommen.«

»Und?«

»Die linke Socke war verdreht und nur unvollständig angezogen. Der rechte saß ganz normal.«

»Normal? Das heißt?«, fragte Hecht.

»Nun, wie ein Strumpf halt sitzt, wenn man ihn sich angezogen hat, selbst angezogen hat«, betonte Krautschneider. »Daraufhin habe ich den linken Fuß untersucht und habe an einer Vene auf dem Fußrücken einen roten Punkt entdeckt.« Der Rechtsmediziner ging um den Sektionstisch herum bis zum Fußende. Er hob das dunkelgrüne Tuch an und schlug es eine Armlänge zurück.

»Stammt von einer Injektionsnadel. Ich habe noch nach einem tiefergehenden Einstichkanal gesucht. Hier«, er deutete auf den aufgeschnittenen Zwischenraum zwischen dem großen und dem zweiten Zeh. Hecht sah den blutrot verfärbten Bereich und den glatten Schnitt bis zum Ende der Mittelfußknochen. Er musste schlucken, denn es sah in seinen Augen aus wie zwei aufgeklappte rohe Schälrippchen aus der Metzgerei Follner. Hering warf nur einen kurzen Blick darauf, drehte sich dann zur Seite. Der Mediziner nahm dies alles gar nicht wahr.

»Ich habe keinen tieferen Einstich gefunden, aber ein Injektionsnarkotikum konnte ich nachweisen.«

»Und das heißt?«, fragte Hering.

»Das Propofol wurde sauber direkt in die Vene verabreicht. Und zwar von jemandem, der nicht zum ersten Mal eine Spritze gesetzt hat.«

Hecht hatte sofort kombiniert. »Des muss also jemand gemacht haben, der medizinische Kenntnisse hat, oder?«

»Auf jeden Fall.«

»Wirkt das Mittel schnell?«

»Nach ein paar Sekunden.«

»Also rascher Bewusstseinsverlust, der so lange andauert, bis die Apparatur aufgebaut ist und die Abgase wirken«, sagte Hecht.

»Okay, das ist allerdings ein Ergebnis, das uns vom Selbstmord wegführt.« Dabei schaute Hering zu Hecht, der schnell nickte und sich freute, dass sie bei ihm Zustimmung suchte.

Auch Krautschneider stimmte zu und ergänzte: »Außerdem hat der Mann Blutergüsse zwischen den Schulterblättern, die von der Form her darauf hindeuten, dass das Opfer gegen eine harte Oberfläche gedrückt wurde, gegen den Rahmen einer Autotür zum Beispiel. Es gibt auch Hämatome an den Armen, sie weisen auf brutales Herumzerren hin.«

»Das bedeutet, es muss jemand Kräftiges, also ein Mann gewesen sein«, folgerte Hecht.

»Nicht unbedingt. Wenn die Betäubung geschickt durchgeführt wurde und sie schnell gewirkt hat. Und der Alkohol im Blut des

Opfers hat sicher auch dazu beigetragen, dass es sich leicht überwältigen ließ.«

»Also durchaus auch von einer Frau«, stellte Hering fest.

»Ja, zumal es im Bereich der Nasenflügel und des Mundes Druckspuren gibt.«

Hering schaute ihn fragend an.

»Offensichtlich wurde das Opfer beim Versuch auszusteigen über Mund und Nase sofort wirkend betäubt. Chloroform vielleicht. Es hat versucht, sich zu wehren, aber nur ganz kurz. Dabei wurde es in den Fahrersitz gedrückt. Dann hat der Täter das Propofol injiziert und den Abgasschlauch installiert.«

»Sonst noch was?«, fragte Hering.

»Das Opfer hat Rückstände von Leder unter den Fingernägeln.«

»Der Wagen, in dem er gefunden wurde, hatte der Ledersitze?« fragte Hering und sah Hecht an.

»Hhm«, überlegte der. »Ja, schwarze, glaube ich.«

»Vermutlich hat sich das Opfer daran festgekrallt«, mutmaßte der Rechtsmediziner.

»Tja, dann ermitteln wir ab jetzt in einem Mordfall«, stellte Hering fest.

»Ich rufe Heckenlaible an, der soll sich noch mal den Wagen vornehmen«, sagte Hecht.

Im Hinausgehen sagte Hering leise zu Krautschneider: »War ein sehr schöner Abend. Danke!« Statt einer Erwiderung lächelte er.

Hecht war das nicht entgangen.

Die beiden Ermittler verließen das Gebäude der Rechtsmedizin und gingen zum Wagen. Hering blieb stehen, warf ihren Kopf in den Nacken und atmete tief durch. Ihr Blick und ihr Verhalten verrieten Hecht, dass auch sie froh war, wieder draußen an der frischen Luft zu sein. Obwohl es schon auf Mittag zuging, war ihm nicht nach Essen zumute.

»Grausig, dieser sonderbare Geruch. Daran könnte ich mich nie gewöhnen«, stellte Hering fest, als sie weitergingen.

»Wenn man da jeden Tag rein muss, vielleicht riecht man des im Laufe der Jahre nicht mehr.«

»Hhm, ja, aber bis es so weit ist. Uaahh.« Hering schüttelte sich.

»Viel länger hätte ich es nicht ausgehalten«, entgegnete Hecht.

Als Hering die Beifahrertür öffnete, klingelte ihr Smartphone. Sie entfernte sich ein wenig, während sich Hecht in den Wagen setzte, und führte ein kurzes Gespräch. Es war der Leiter der Polizeidirektion Aalen, Heinz Zybura.

»Wir sind schon unterwegs«, beendete Hering das kurze Telefonat und stieg ein.

*

Auf der Dienststelle in Gmünd wartete schon Zybura, der Chef aller sechshundert Ostalb-Polizisten. Wie ein Gardeoffizier marschierte der großgewachsene, stämmige Mann in Herings Büro auf und ab. Er trat immer preußisch forsch und gradlinig auf. Aber jetzt wirkte er ziemlich nervös. Die Sekretärin hatte ihm bereits eine kurze Zusammenfassung der letzten größeren Vorkommnisse gegeben und versucht, ihn mit dem Rest von Hechts Morgenmuffel-Kräutertee zu becircen. Aber auch die dritte Tasse hatte ihn nicht entspannen können.

Er passte Hering im Vorzimmer ab, wollte sie unbedingt unter vier Augen sprechen. Hecht ließ er nach einem kurzen Gruß einfach stehen und verschwand mit Hering in deren Büro. Tomberg wollte folgen, doch Zybura verschloss die Tür vor ihrer Nase. Verdattert blieb sie stehen und war vor Erstaunen einen Moment lang zu keiner Bewegung fähig.

»Übrigens, der junge Bamberger, der wurde ermordet«, sagte Hecht mehr beiläufig. Er wollte seine enttäuschte Mitarbeiterin wieder aufbauen und ihr gleich etwas Neues mitteilen.

»Wow, echt? Hab ich mir gleich gedacht.«

»Wieso des denn?«

»Da stimmt doch gar nichts mehr in der Familie. Das ist doch wie Dallas und Denver Clan zusammen«, sagte sie mit dem leicht rollenden R in der Stimme, das verriet, dass sie keine Schwäbin war. Im Alter von zwölf Jahren war die Neunundzwanzigjährige mit ihren Eltern aus Kasachstan nach Deutschland gekommen.

Seit sechs Jahren schon war sie die gute Seele und das Gehirn der Gmünder Kripo, wie Heckenlaible sie einmal bezeichnet hatte. Seitdem hatte er einen Stein bei ihr im Brett.

Hecht stutzte. Ihm war bekannt, dass Tomberg viel über die High Society in Gmünd wusste. Und wenn sie einmal nicht auf dem Laufenden war, dann konnte sie oft auf unkonventionellem Weg über ihr Mädel-Network, wie sie es immer nannte, die nötigen Informationen schnell besorgen.

»Da müssen wir uns noch drüber unterhalten, Frau Tomberg.«

»Klar doch, Chef. Wie, ähm, wie ist er denn …?«, begann sie vorsichtig.

»Wurde erst betäubt, dann Kohlenmonoxidvergiftung durch die Autoabgase.«

»Ja und wie …«, ließ sie nicht locker.

Hecht zwinkerte mit dem Auge und machte eine Handbewegung, die sie zur Geduld mahnte. »Doktor Krautschneider mailt uns nachher den ausführlichen Bericht.«

»Bei dem Gespräch muss es um was verdammt Wichtiges gehen«, mutmaßte Tomberg mit einem Kopfnicken in Richtung Herings Büro.

»Für ihn Wichtiges«, verbesserte Hecht. »Was haben die da drin bloß für Geheimnisse?« Er schaute Tomberg fragend an.

Doch diesmal enttäuschte sie ihn. »Möchte ich auch gern wissen.«

»Wie, Sie haben nichts aus ihm rausbekommen?« Hecht sah sie erstaunt an und runzelte die Stirn.

Sie quittierte seinen Blick mit einem leichten Achselzucken und interpretierte seinen Augenausdruck als Zweifel an ihren Fähigkeiten. Das Gefühl als Nachrichtenbörse der Dienststelle versagt zu haben, ging an ihre Ehre. Das konnte sie auf keinen Fall auf sich sitzen lassen. Und das Schlimme war, er hatte Recht. Tomberg war von sich selbst enttäuscht. Sie setzte sich an ihren Schreibtisch und begann ihre E-Mails durchzusehen.

Hecht entfernte sich in Richtung seines Büros und dachte nach. In der Tür drehte er sich um und ging wieder langsam zu Tombergs Schreibtisch zurück. »Dann möchte ich nur wissen, was der wirklich … Er konnte ja noch gar nicht gewusst haben, dass wir einen Mordfall zu lösen haben.«

Nelli Tomberg sah auf.

»Es wird doch wohl nicht um die anstehende Polizeireform gehen?«, fragte er und sah der jungen Frau direkt ins Gesicht.

»Na, klar, das ist es.« Sie schlug sich leicht mit der flachen Hand gegen die Stirn.

Die Neustrukturierung der baden-württembergischen Polizei war seit Bekanntwerden das tägliche Hauptthema auf der Dienststelle, das sie »Neue Welt« nannten. Im Vordergrund stand dabei natürlich für jeden die ganz und gar egoistische Frage, wo der eigene Arbeitsplatz künftig liegen würde. Im schlimmsten Fall könnte Gmünd seine eigenständige Kriminalaußenstelle verlieren. Das Versprechen, dafür einen Kriminaldauerdienst zu belassen, war kein Trost. Die rund dreißig Beamten und Angestellten der Gmünder Kripo, vor allem die altgedienten, waren verunsichert. Viele von ihnen würden zu Dienststellen an andere, weit entfernte Standorte versetzt werden. Das hieße zum neu gegründeten Polizeipräsidium nach Aalen oder zur neu geschaffenen Kriminalpolizeidirektion nach Waiblingen. Natürlich würden alle gerne in Gmünd bleiben. Niemand hier hatte Verständnis dafür, dass eine funktionierende Polizeistruktur von der Politik grundlos zerschlagen wurde.

»Man kriegt gar nichts mehr mit hier«, beklagte sich Hecht. »Nur noch Geheimnisse hat sie.« Hecht deutete mit beiden Händen in Richtung Herings Bürotür. Er begann leicht zu stottern: »Und da … dann zieht sie … zieht sie noch mit dem Krautschneider um die Häuser.«

Tomberg verschlug es kurz die Sprache.

Hechts Stimme nahm einen verschwörerischen Ton an. »Ich sag nur eins, Festival Europäische Kirchenmusik.«

»Davon weiß ich ja gar nichts.« Tomberg war entsetzt, in so einer wichtigen Sache noch nichts erfahren zu haben. Wieder überkam sie das Gefühl, ihrem Ruf als Neuigkeitenbörse nicht mehr gerecht zu werden. War sie nicht aufmerksam genug? Wurde sie etwa nachlässig, fragte sie sich. Und auf einmal war ihr so einiges klar. Der Hecht, der war doch nicht etwa eifersüchtig?

Die Tür von Herings Büro öffnete sich. Die Kripochefin und Zybura kamen heraus. Er wirkte zufrieden.

»Meine Herrschaften, der Mord, wie ich gerade erfahren habe, also der an dem jungen Bamberger, der hat höchste Priorität. Ich weiß jetzt schon, der Senior, der wird ständig bei mir anrufen und mich zum Stand der Ermittlungen löchern.« Zybura sah die beiden Ermittler kurz nacheinander an.

Keiner von ihnen reagierte.

»Haben wir uns verstanden?«, vergewisserte er sich.

Von Hecht kam ein schnelles »Jawoll!«

Hering lehnte im Türrahmen. »Klar.« Dann verschwand sie in ihrem Büro.

Mit einem kurzen soldatischen Gruß verließ der Polizeichef eilig die Dienststelle.

»Gibt's noch was, was Wichtiges?«, rief Hecht beiläufig durch die offene Tür in Herings Zimmer hinüber.

Nur ein knappes Nö tönte aus dem Raum zurück.

»Wirklich nicht?«, hakte er nach und reckte übertrieben seinen Hals in Richtung Büro. Tomberg spitzte die Ohren.

»Alles vertraulich ... streng vertraulich«, hallte es ins Vorzimmer. Hering lächelte in sich hinein. Ihr war klar, dass die beiden fast vor Neugier platzten. Wortlos schloss sie die Tür.

Hecht ging langsam in sein Büro hinüber. Nicht zu wissen, um was es ging, fuchste ihn sehr. Für ihn war es so, als würde das Vertrauensverhältnis zwischen ihm und seiner Chefin auf die Probe gestellt.

*

Stark schnaufend betrat Oberkommissar Heckenlaible sein Reich und stellte die beiden Alukoffer mit den Spurensicherungsutensilien in einen offenen Schrank. Mit dem aufgekrempelten Hemdärmel wischte er sich den Schweiß von der Stirn. Nicht nur sein hohes Gewicht bei geringer Körpergröße war daran schuld, dass er so schwitzte. Die seit Tagen anhaltenden hohen Temperaturen hatten die Räumlichkeiten der Kriminaltechnik aufgeheizt, die im Dachgeschoss des vierstöckigen Dienstgebäudes lagen. Einer der Räume war als Werkstatt eingerichtet, ein anderer vollgestopft mit Apparaturen, Vorrichtungen und Messgeräten und glich mehr einem Labor. Im nächsten Zimmer stapelten sich Taschen und verschiedene Spezialkoffer aus Aluminium.

Sein Büro war wie das ganze Jugendstilgebäude, in dem das Polizeirevier und die Kriminalpolizei untergebracht waren, nicht klimatisiert. Die einzige Kühlung verschaffte dem untersetzten Mittfünfziger der altersschwache Ventilator, der auf dem Schreibtisch neben dem PC-Bildschirm stand. Sein unrunder Lauf mit dem ständigen leisen Wummern schien Heckenlaible bei seiner Arbeit nicht zu stören. Er nahm sich das eingetütete Stück Kunststoffverpackung vor, das Nuding ihm vom Tatort Bamberger mitgebracht hatte.

Mit einer stark vergrößernden Lupe konnte er nur die großen Buchstaben B und D sowie den Wortanfang »Bec« erkennen. Daraufhin begab er sich ins Internet und durchsuchte die Produktlisten der Lieferfirmen von medizinischem Gebrauchsmaterial und Zubehör. Bereits nach kurzer Zeit hatte er keinen Zweifel mehr – es war genau das, was er sich gedacht hatte.

*

Hering saß in entspannter Haltung zusammen mit Hecht, Heckenlaible und Tomberg am Besprechungstisch in ihrem Büro. Die Sekretärin hatte für die Ermittler bereits eine Kurzinfo über die Firma und die Familie Bamberger zusammengestellt. Darin waren neben den geschäftlichen auch die politischen und gesellschaftlichen Aktivitäten aufgeführt.

Hering klappte die Mappe zu. »Tja, dann werden wir das Umfeld des Toten und die Firma Bamberger mal näher durchleuchten«, sagte sie und wandte sich an Tomberg. »Sie sollten das Opfer mal genauer checken. Vermögensverhältnisse, Bankstatus,

Ehevertrag, Testament und so weiter, sofern es das gibt.« Dann wandte sie sich an Heckenlaible. »Was haben Sie für uns?«

Er legte nacheinander zwei Fotos auf den Tisch. »Hier, das ist der abgerissene Schnipsel.« »Und hier vollständig.« Er deutete auf das zweite Foto. Auf der Verpackung war die blasse Aufschrift »Becton Dickinson« zu lesen. »Eine Einwegverpackung von einer Spritzenkanüle. Mit mehrsprachiger Aufschrift, wie man sie in jeder Apotheke kaufen kann und wie sie in Krankenhäusern und Arztpraxen verwendet werden.« Er legte das eingetütete Beweisstück zu den anderen Unterlagen und dem Obduktionsbericht auf dem Besprechungstisch zurück. »Und«, er hob langsam den Zeigefinger, »auf dem Schnipsel sind Fingerabdrücke drauf. Von Daumen und Zeigefinger.«

»Super«, freute sich Tomberg.

»Und auf dem Schlauch und den Klebebändern, waren da welche vom Opfer?«, fragte Hering.

»Negativ.«

»Dacht ich's mir.«

»Der Tote hatte keine Handschuhe an«, bemerkte Hecht.

Heckenlaible lachte. »Wer trägt auch Handschuhe mitten im Sommer.«

»Und ein Selbstmörder hat schließlich keinen Grund, seine Fingerabdrücke nicht zu hinterlassen«, fuhr Hering fort.

»Klar, des ganze Geraffel hat der Täter mitgebracht und vor Ort für seine Bedürfnisse zusammengebaut, mit Handschuhen«, schloss Hecht.

Hering überlegte einen Moment. »Wer mordet denn so, in der Art? Könnte jemand mit medizinischem Hintergrund, aus einem Pflegeberuf oder so sein. Vielleicht ist er Diabetiker und weiß, wie man mit Spritzen umgeht? Eigentlich kommt jeder in Frage, der im Internet recherchiert, Krimis liest oder sieht«, gab der Kriminaltechniker zu bedenken.

»Jemand vom Fach hätte die Injektion unter den Zehennagel, in das Nagelbett gespritzt. Das dauert zwar sehr lange bis sie wirkt, aber dann hätte niemand was gemerkt, und wir sprächen immer noch von Selbstmord«, sagte Tomberg.

Einen Augenblick herrschte Stille im Raum. Die anderen warfen ihr anerkennende Blicke zu, nur der von Hering war eher skeptisch. Sie wusste nicht, dass die junge Frau massenweise Krimis als Buch oder im Fernsehen verschlang.

»Das mit dem Nagelbett? Das habe ich im Bericht von Doktor Krautschneider gelesen«, informierte Tomberg weiter und deutete auf die Mappe auf dem Besprechungstisch.

»Gehen wir also davon aus, dass wir es nicht zwangsläufig mit einem Profi zu tun haben, dann kommt ja absolut jeder als Mörder in Betracht«, stellte Hecht fest.

»Na, das sind ja tolle Aussichten für die Ermittlungen?« Hering sah in die Runde.

Aber keiner hatte dem etwas hinzuzufügen.

*

Nelli Tomberg war allein im Büro. Sascha Obergfell und Jennifer Funk waren in Sachen Gewehrraub mit Körperverletzung unterwegs. Hecht und Hering hatten gerade die Dienststelle wegen des Bambergermordes verlassen. Die Geheimnistuerei zwischen Zybura und ihrer Chefin ging ihr nicht aus dem Kopf. Sollte es personelle Veränderungen wegen der Polizeireform geben, dann müsste man rechtzeitig reagieren können und gegensteuern, sagte sie sich.

Sie marschierte in Herings Büro und legte die Mappe mit den Abrechnungen für die Dienstfahrten mit privaten Fahrzeugen auf ihren Schreibtisch. Verlockend viele Unterlagen und Akten lagen herum. Und auf Herings Laptop stand der Bildschirmschoner mit dem baden-württembergischen Polizeiwappen. Tja, das Passwort … Sie konnte die Unterlagen auf den Tischen und in den Ablagefächern ordnen, so oft und so lange sie wollte, sie fand einfach keine wichtigen Informationen. Auf jeden Fall keine, die sie nicht schon kannte. Nur das Veranstaltungsprogramm des Internationalen Polizeikongresses in Berlin, der in den nächsten Tagen stattfinden sollte, lag offen auf dem Besprechungstisch. Die Sekretärin schnaufte resigniert, stemmte ihre Arme in die Hüften und überlegte. Ihr Blick fiel auf die Vorderseite von Herings Schreibtisch und blieb eine Weile daran hängen. Sie legte ihre Hände vor der Brust ineinander, reckte ihren Kopf zur Decke und schloss für einen Moment die Augen. Sollte sie das wirklich tun? Verdammt noch mal, es ging um ihrer aller Zukunft. Dann versuchte sie nacheinander die Schubladen zu öffnen. Alle waren verschlossen.

*

Hecht und Hering passierten mit dem Dienst-Mercedes ein offenes, schmiedeeisernes Tor, an dessen Pfosten der schwarze Schriftzug »Familie Bamberger« prangte. Langsam fuhren sie die Serpentinen der schmalen, gepflasterten Auffahrt zu den Gebäuden hinauf. Erst jetzt, im Tageslicht, konnte Hecht die Anlage, die von einer hohen Natursteinmauer umgeben war, auf sich wirken lassen.

»Fast wie im Märchen«, sagte er begeistert und deutete auf den rechts am Hang liegenden achteckigen Gartenpavillon. Die gusseisernen, verschnörkelten Stützen waren dicht mit wildem Wein berankt und endeten unter einem mit grüner Patina bedeckten Kupferdach. Die mit unterschiedlichsten Bäumen und Sträuchern bepflanzte Parkanlage machte einen gepflegten Eindruck. Der Duft des frisch gemähten, raspelkurzen Rasens lag in der Luft. Vereinzelt standen weiße mannshohe Statuen von antiken Sportlern, halb verhüllten und auch nackten Frauen auf Sockeln. Weiter hinten thronten Tiere wie ein sitzender Löwe und ein sich aufbäumendes Einhorn. Auch Hering fand Gefallen an dem stattlichen Anwesen.

Hinter einem Teich mit Springbrunnen lag die von Blumenrabatten umrahmte, gut erhaltene Fachwerkvilla des alten Bamberger. Aus den Gebäudeecken ragten kleine sechseckige Erkertürmchen mit spitz nach oben zulaufenden Steildächern, die mit dunkelgrauem Schiefer gedeckt waren. Östlich davon schloss sich das moderne, terrassenförmig an den Hang platzierte Flachdachgebäude seines ermordeten ältesten Sohnes an. Dazwischen lag die gemeinsame Parkgarage, deren Einfahrt noch versiegelt war.

Hinter der Umfassungsmauer des Anwesens schloss sich weiter hangaufwärts dichter Wald an.

Als Hecht und Hering aus dem Wagen stiegen, ließen sie erst einmal die atemberaubende Aussicht auf die Schwäbische Alb und auf die unter ihnen liegende Innenstadt mit dem Ensemble der historischen Gebäude auf sich wirken. Dann gingen sie auf den Fachwerkbau zu.

Hering hatte die undankbare Aufgabe übernommen, den Mitgliedern der Familie Bamberger mitzuteilen, dass der Sohn und Ehemann nicht durch eigene Hand zu Tode gekommen, sondern ermordet worden war.

Die beiden Ermittler standen mit Bamberger senior, der jungen Witwe und der Haushälterin unten im Empfangsbereich des Hauses. Bei der Begrüßung hatte Hering ein leichtes Beben in Bambergers tiefer Stimme gespürt. Sie schätzte den stattlichen Mann auf Anfang siebzig. Die filigrane Nickelbrille betonte sein schmales Gesicht und verlieh ihm leicht intellektuelle Züge. Sie ging mit ihm die bogenförmige Mahagoniholztreppe hinauf, während Hecht sich von Anke Bamberger das Anwesen zeigen ließ.

Der Salon war mit wuchtigen Ledersesseln und einem schweren Holztisch mit verzierten Beinen eingerichtet. Die Möbelstücke standen auf echten Perserteppichen, die Hering beeindruckten. An den Wänden hingen gerahmte Bildimitate, »Der arme Poet« von Carl Spitzweg und die »Kreidefelsen auf Rügen« von Caspar David Friedrich sowie ein Porträt von Sebastian Kneipp mit dessen Unterschrift. Das laute Ticken einer großen Standuhr neben dem offenen Kamin erweckte für einen Moment Herings Aufmerksamkeit. Daneben hingen aufgereiht mehrere Ölgemälde mit den Konterfeis älterer, ergrauter Herren. Bamberger war Herings Interesse dafür nicht entgangen und deutete nacheinander auf die Bilder. »Mein Ururgroßvater, Urgroßvater, Großvater, mein Vater, und den, den kennen Sie ja jetzt.« Der alte Mann lächelte gequält. Sein Kopf fuhr mehrmals vor und zurück. »Und nächstes Jahr, da gibt es uns 150 Jahre.«

»Gratulation«, sagte Hering.

»Tja, Fabriken und Manufakturen, die auf eine so lange Firmentradition zurückblicken können, sind selten.«

»Und was ist Ihr Erfolgsgeheimnis?«, interessierte sich Hering weiter.

»Innovation, Zuverlässigkeit und gute, treue Mitarbeiter.«

»Und alles ist rund gelaufen die ganze Zeit.«

»Wir hatten gute, stürmische und auch magere Jahre, mit unterschiedlich langen Zyklen.«

Der alte Mann genoss es, dass hier jemand mehr über seine traditionsreiche Firma wissen wollte. Diese Frau mit ihrem wachen Blick beeindruckte ihn, eine, die noch Klasse hatte.

Gruppen- und Einzelbilder von Corpsstudenten mit runden Kappen und dreifarbigen Burschenbändern, die sich schräg über die geschwellten Brüste und Bäuche spannten, hingen an einer Wand. Auch Herings geschiedener Mann gehörte einer solchen studentischen Burschenschaft an. Zu deren tradierten Verhaltensregeln und Zeremonien bei den Zusammentreffen hatte sie nie einen Zugang gefunden. Neben Bildern eines Mädchens und zweier Jungen, die dem alten Bamberger wie aus dem Gesicht geschnitten waren, hing das größere Bild einer wunderschönen Frau. Hering vermutete, dass es aus den Siebzigerjahren stammte.

»Wer ist das?«, fragte sie und deutete dabei auf das zerbrechlich wirkende Madonnengesicht. Ihr schien, es strahlte Wärme und eine gewisse Liebenswürdigkeit aus.

Dem alten Mann ging es schwer über die Lippen: »Edda, … meine verstorbene Frau. Ähm ja, aber deshalb sind Sie ja nicht hier«, lenkte er nach einem Moment der Stille ab.

Sie gingen ein paar Schritte weiter. »Die ist ja … wunderschön ist die«, sagte Hering begeistert und trat vor ein filigranes, reich verziertes Gefäß, das allein auf dem Kaminsims stand.

»Eine echte Prunkkanne von Johann Michael Maucher, ein berühmter Sohn Gmünds, Büchsenschäfter und Elfenbeinschnitzer in der Barockzeit.«

»Maucher? Stammt von dem nicht auch der Orgelprospekt im Heilig-Kreuz-Münster?«, fragte Hering. »Und die Büchse, die aus dem Museum im Prediger geraubt wurde?«

»Ja, schlimme Sache. Hab es heute früh in der Zeitung gelesen«, sagte Bamberger. »Eines seiner bedeutendsten Werke, und das wertvollste«, fügte er hinzu.

Die Haushälterin kam in den Salon. Ihre Kleidung entsprach dem Stil, wie man ihn aus alten Filmen als für Hausmädchen typisch kannte. Dunkler Rock und Bluse und eine kurze, bestickte weiße Schürze.

»Frau Hackstock, wenn Sie uns bitte Kaffee und etwas Gebäck …?« Er sah zu Hering hinüber.

»Danke nein«, sagte sie.

»Einen Tee vielleicht?«, hakte er nach.

»Gern, einen schwarzen, bitte.«

»Servieren Sie bitte drüben im Herrenzimmer.«

»Sehr wohl, Herr Bamberger.«

Er forderte Hering auf, ihm zu folgen. Sie gingen durch die nebenan liegende Bibliothek und betraten einen hohen Raum. Wände und Decke waren komplett mit dunklem Holz vertäfelt, das mit Ornamenten verziert war. »Ist auch mein Arbeitszimmer.«

Hering machte leicht aristokratische Züge an ihm aus. Die Art seiner Bewegungen, vor allem aber das bestimmende Sonore in seiner Stimme zogen sie in ihren Bann. Worte, die mit dieser Stimme gesprochen wurden, duldeten keinen Widerspruch. Hering schauderte, war aber gleichzeitig fasziniert. Sie spürte eine gewisse Überlegenheit und Dominanz, oder strahlte er einfach nur eine ungeheure Selbstsicherheit aus? Schon bei der Begrüßung war ihr sein kräftiger Händedruck aufgefallen, der in dieser Intensität bei älteren Menschen nicht alltäglich war.

»Herr Bamberger, ich muss Ihnen ein paar Fragen stellen.« Es war nur ein kurzer Moment, in dem der große stattliche Mann nach Fassung rang. »Wenn Sie sich nicht in der Lage …«, sagte Hering gerade, als Rosemarie Hackstock hereinkam, um Kaffee, Tee und Gebäck zu servieren.

»Schon gut.« Er rückte einen Sessel zurecht und bat die Kriminaloberrätin, Platz zu nehmen.

Rosemarie Hackstock schossen Tränen in die Augen. Weinend

verließ sie den Raum und lief direkt Anke Bamberger und Hecht in die Arme, die nun nach nebenan in die Bibliothek gingen, während Hering mit der Befragung des alten Bambergers begann.

»Ist Ihnen bekannt, wo sich Ihr Sohn die letzten Stunden vor seinem Tod aufgehalten hat?«

»Er wollte am Spätnachmittag gleich von der Firma aus meinen Wagen abholen. Der hatte neue Reifen bekommen.«

»Wo hat denn das Fahrzeug gestanden?«

»In einer Reifenwerkstatt, gleich drüben in der Nepperbergstraße.«

»Und von da aus ist er direkt hierhergefahren?«

»Das weiß ich nicht. Aber ich gehe davon aus, dass er mit dem Wagen, wie immer am Samstagabend, noch zu seinen, zu irgendwelchen Glücksspielern ist.«

»Wer sind denn die Herren?«

»Das entzieht sich meiner Kenntnis, gnädige Frau.«

»Und wo finden wir die?«

»Wenn jemand weiß, wer die sind, dann meine Schwiegertochter.«

»Könnten Sie sich vorstellen, warum er ermordet worden ist, wer das getan haben könnte?«

»Ich kenne niemanden, dem ich das zutrauen würde.«

»Wir werden noch die Kollegen, die Mitarbeiter in der Firma befragen. Vielleicht ergibt sich daraus etwas Neues, was wir mit Ihnen klären können.«

»Sie wissen ja, wo Sie mich finden. Alles, was ich zur Aufklärung dieses scheußlichen Verbrechens beitragen kann …« Er machte eine Pause. »Er sollte doch die Firma weiterführen, später.«

Hering gönnte ihm eine Pause, bevor Sie die Frage formulierte, die sie stellen musste. »Wo waren Sie denn in der Samstagnacht zwischen dreiundzwanzig und ein Uhr früh?«

Bamberger sah sie nicht an. Vielmehr hatte sie das Gefühl, als blicke er durch sie hindurch. Seine Gesichtszüge begannen, sich asymmetrisch zu verformen. Das lag an der Narbe, die sich an der rechten Wange vom Unterkiefer bis fast zum Auge hochzog und Hering gleich zu Anfang aufgefallen war. »Sie glauben doch nicht …?«

»Reine Routine, das fragen wir alle im Umfeld eines Opfers«, reagierte sie schnell.

»In Stuttgart, im Haus meiner Studentenverbindung. War ein spontaner Entschluss. Ich habe dort übernachtet. Bin dann, nachdem mich meine Schwiegertochter über ... über das Unglück informiert hatte, gleich am Sonntag in der Frühe wieder nach Gmünd gefahren.«

»Kann das jemand bestätigen?«

»Etwa dreißig alte Herren.«

»Alte Herren?«

»Sie stehen alle gerade noch oder auch bereits nicht mehr im Berufsleben und sind ehemalige Studenten einer Verbindung.«

»Sind Sie schlagend?«, wollte sie gleich wissen.

Bamberger war nicht entgangen, dass ihr Blick mehrmals an dem, von einer Mensur herrührenden Schmiss in seinem Gesicht hängengeblieben war. »Pflichtschlagend«, korrigierte er mit einem gewissen Stolz.

»Gut, wir werden Ihr Alibi prüfen. Müssen wir.«

Hering sah durch die offene Tür zu Anke Bamberger in die Bibliothek hinüber, die dort mit Hecht sprach und machte Anstalten, zu ihnen hinüberzugehen.

»Ich hoffe, Sie finden den bald, der das getan hat«, sagte Bamberger mit kraftloser Stimme. »Tja, ich muss dann, die Firma, die Pflicht ruft. Wenn Sie noch Fragen haben, Sie wissen ja, gnädige Frau. Auf Wiedersehen.«

Er ließ der Polizistin keine weitere Möglichkeit für Fragen und verschwand aus der Tür.

Hering ging zu Hecht und Anke Bamberger hinüber, die inzwischen Platz genommen hatten. Sie saß gefasst und ruhig Hecht gegenüber, der mitten in der Befragung war. »Wissen Sie, wo er vorgestern Abend gewesen ist und mit wem?«, fragte Hecht.

»Samstags hatte ich nie eine Chance, mit ihm gemeinsam etwas zu unternehmen.«

»Warum des denn?«

»Das war immer sein Zockerabend. Die haben regelmäßig gespielt, zu viert, meist bis in die Puppen.«

Hering hatte die letzten Sätze mitbekommen. Fast unmerklich war sie neben die Frau herangetreten, die auf sie zart und zerbrechlich wirkte. »Haben Sie deren Namen und Adresse?«

Anke Bamberger fuhr herum, sah zu ihr hinauf. »Ja.« Sie warf einen kurzen Blick auf die Visitenkarte, die Hering ihr gereicht hatte. »Ich schicke Ihnen eine E-Mail.«.

Hering nickte Hecht zu, wandte sich ab und trat an das Fenster, den Panoramablick nach Süden auf die Innenstadt und die Nordkante der Schwäbischen Alb genießend.

»Was hat denn Ihr Mann an diesen Abenden gespielt?«, nahm Hecht den Faden wieder auf.

»Meistens Poker. Ob die noch etwas anderes spielen, das weiß ich nicht.«

»Geht es da um Geld?«

Sie lachte laut auf. »Um viel, manchmal sehr viel Geld. Und er hat oft verloren.«

»Kann es sein, dass sein Tod damit zusammenhängt?«

»Glaub ich nicht, das sind alles Leute, die er schon seit vielen Jahren kennt.«

»Wo waren Sie denn am Samstagabend?«

»In der Galerie Cortado, auf einer Vernissage.«

»Bis eine Stunde nach Mitternacht? Bis Sie mit dem Wagen hergefahren sind?«

»Ja.«

»Hatte Ihr Mann Streit mit jemandem? Oder hatte er vielleicht Feinde?«

»Keine Ahnung.« Dann schwieg sie.

Hering drehte sich vom Fenster weg wieder den beiden zu.

»Wer von Ihnen nimmt ein Antidepressivum?«, fuhr Hecht zu ihrem Erstaunen fort.

Anke Bamberger machte keine Anstalten zu antworten. Sie saß wie versteinert da, starrte nur vor sich hin.

»Er? Sie?« Der Hauptkommissar ließ nicht locker. »War Ihr Mann depressiv, hatte er Probleme?«

Sie sagte nichts, sah ihn nur an. Dann schaute sie zu Hering hinüber. Die beiden Polizisten hielten still ihrem Blick stand, der unruhig zwischen ihnen hin und her wechselte, bis sie endlich antwortete: »Es ist bei ihm in letzter Zeit besser geworden.«

»Könnten Sie sich vorstellen, wer einen Vorteil von seinem Tod hätte? Jemand, der vielleicht Schulden bei ihm hatte, die er jetzt nicht mehr zurückzahlen muss.«

»Das war eher umgekehrt. Mein Mann hatte bei den anderen Schulden.«

»Gibt es jemanden, dem Sie das zutrauen würden?«

Anke Bamberger überlegte. Dann schüttelte sie den Kopf.

Hecht lehnte sich in seinem Sessel zurück, klappte sein Notizblöckchen zu und steckte es ein. Er warf Hering einen fragenden Blick zu, den sie stumm verneinte, indem sie ihm mit ihren Augen ein Zeichen gab. Mehr bedurfte es zwischen ihnen nicht mehr, um sich zu verständigen

»Gut, das wär's dann fürs Erste.«

»Wir würden gerne noch mit Frau Hackstock sprechen«, bat die Polizistin.

Langsam erhob sich Anke Bamberger von ihrem Sessel. »Ich bringe Sie hinunter.«

»Wem würden Sie diese Tat zutrauen?«, fragte Hering die Haushälterin.

»Ich kann mir niemanden vorstellen. In seinem Bekannten- und Freundeskreis, so weit ich den kenne, zumindest nicht.«

»Und in der Firma?«

Frau Hackstock zuckte mit den Schultern. »Da müssen Sie dort fragen.«

»Was ist mit den Geschwistern?«

»Niemals«, entgegnete sie und schaute Hering entrüstet an. »Weder der Andy noch das Hannerl«, legte sie bekräftigend nach.

»Wer kennt sich hier aus? Wer kommt ungesehen und jederzeit aufs Grundstück?«

»Für Fußgänger gibt es die Schlupftür.« Sie überlegte. »Außerdem könnte jeder ohne Schwierigkeiten durch das Schiebetor. Es schließt erst automatisch, nachdem ein Wagen es passiert hat, knapp dreißig Sekunden bleibt es geöffnet.«

»Ist eine lange Zeit«, warf Hecht ein.

»Da könnte jemand durch und sich im Gebüsch verstecken«, stellte Hering fest. »Und im Dunkeln ist das sowieso kein Problem hier hoch bis zu den Häusern zu kommen.«

»Und das Garagentor?«, fragte Hecht.

»Wird mit einem Handsender aus den Autos geöffnet und schließt auch nach einer Weile automatisch.«

»Wir werden diese Vorgänge von unserer Kriminaltechnik prüfen lassen«, sagte Hecht und wollte dann wissen:

»Hatte Herr Bamberger junior irgendwelche Gewohnheiten mit sich wiederholenden Abläufen, die der Täter vielleicht gekannt haben könnte?«

»Nein.« Die Haushälterin lachte kurz laut auf. »Der Heinerle, der war unberechenbar. Der war schon als kleiner Junge so fahrig, so ein Zappelphilipp halt. Heute würde man sagen hyperaktiv.« Sie machte eine Pause. »Der Heiner, unser Heinerle. Ermordet. Ich kann es immer noch nicht glauben.«

»Haben Sie an dem Abend nicht doch was bemerkt? Irgendwas, selbst wenn es Ihnen unwichtig erscheint«, ermunterte Hering sie.

»Nein«, sagte die Frau bestimmt.

»Bitte versuchen Sie, sich zu erinnern, Frau Hackstock«, bat Hecht sie mit ernster Stimme. »Sie waren doch die Einzige, die hier im Haus war, als der Mord geschah.«

»Ich hätte ihm helfen können, wenn mir etwas aufgefallen wäre, aber das ist es nicht. Das werde ich mir immer vorwerfen.« Sie sah vor sich auf die Tischplatte, atmete heftig und griff sich mit einer Hand an die Brust. »Aber eines weiß ich gewiss, wenn Sie es mir auch nicht glauben wollen, am Tod von Heinerle ist nur einer schuld - er!«

»Wer?« fragten Hering und Hecht gleichzeitig, standen auf und gingen langsam auf sie zu.

»Der Herr Bamberger, der gnädige Herr«, antwortete sie leise. Sie schaute die beiden mit stierem Blick an.

Hering schauderte es. Kalt lief es ihr den Rücken hinunter. Sie machte einen unglaublichen Hass in den starren Augen der alten Frau aus.

*

An den Geländern der neuen Remsbrücke waren große Werbebanner angebracht, die auf das bevorstehende Oldtimer- und Unimog-Treffen am nächsten Wochenende in der Innenstadt hinwiesen. Hering studierte sie interessiert, als sie daran vorbeifuhren. Gleich nach der Brücke ging es wieder einmal in Schrittgeschwindigkeit in den Kreisverkehr. Sie richtete sich aus ihrer bequemen Sitzhaltung auf und drehte sich nach rechts zu einem vierstöckigen Rohbau, aus dem einmal das futuristisch aussehende Gebäude des »Forum Gold und Silber« werden würde.

»Ganz schön extravagant und monumental«, stellte sie bewundernd fest.

»Im Kern soll es ein Würfel werden, mit viel Glas. Büros, Ausstellungsflächen und ein Restaurant am Fluss.« Hecht deutete auf die große Informationstafel, die sie gerade passierten. Darauf war farbig und perspektivisch dargestellt, wie das skulpturale Gebäude einmal aussehen würde.

»Wenn das erst mal fertig ist ...« Herings Stimme war die Begeisterung anzumerken. »Und dann der Standort! An dieser exponierten Lage am Zusammenlauf der beiden Flüsse.«

»Ich würde sie eher Bäche nennen, vor allem im Sommer«, murmelte Hecht vor sich hin, als er wieder ein kleines Stück vorfahren konnte, und fügte dann erklärend hinzu: »Außen um den Kubus rum kommt eine goldfarbene Metallhülle, als Gewand sozusagen.«

»Rechteckige Fassadentafeln entsprechen sogenannten Blattgoldquartieren. Dieses Metall wird in den unterschiedlichsten Farben schimmern«, las sie von der Infowand ab, nachdem der Wagen wieder einmal stehen geblieben war. »Sieht echt toll aus, einfach unverwechselbar.« Langsam drehte sie den Kopf mit, um ihren Blick weiter auf die Schautafel richten zu können, als Hecht den Wagen direkt daran vorbeisteuerte. Sie las weiter vor: »Mit der Hülle wird die Tradition des Facettenschliffes in der Edelsteinverarbeitung verdeutlicht.«

»Damit soll Gmünds Tradition als Gold-und Silberstadt und Design-Metropole stärker sichtbar gemacht werden«, sagte Hecht.

Sie warf ihm einen anerkennenden Blick zu, in dem auch ein wenig Erstaunen lag.

»Woher ich ...? Statement des Edelmetallverbands. Stand alles in der Remspost.«

»Edelmetallverband. Hat da nicht der alte Bamberger eine Funktion?«, fragte sie und begann, in der von Tomberg zusammengestellten Kurzinfo zu blättern.

Nach wenigen Minuten erreichten sie den Gewerbepark Gügling, das größte Gmünder Industriegebiet. Hecht stellte den Dienstwagen auf einem der Besucherparkplätze ab, die sich direkt neben dem Eingang des Gebäudekomplexes mit seiner zweistöckigen Waschbetonfassade aus den Siebzigerjahren befanden. Die Wände des Eingangsbereichs waren freundlich in einem geflammten Apricot gestrichen. In gold- und silberfarbenen Buchstaben hing über der Empfangstheke das Firmenmotto: »Wir stehen für individuelle Gestaltung, höchste Qualität und Zuverlässigkeit.« In Glasvitrinen ausgestellter Schmuck und Gebrauchsgegenstände aus Edelmetallen sollten von der Qualität der Produkte überzeugen. Hecht sah sich kurz um, Hering ging geradewegs auf die ausgestellten Erzeugnisse zu. Das überbordende Angebot zog sie in ihren Bann.

Auf Hechts Bitte hin telefonierte die Empfangsdame mit einem Herrn Güngör, der die beiden abholen sollte. Hering bekam gar nicht mit, als er eintraf, so verzaubert war sie von den Colliers, Armreifen, Broschen, Halsketten und vor allem – von diesen Ohrringen. Hecht musste sie auf Güngörs Erscheinen aufmerksam machen. Sie schätzte ihn so um die vierzig. Auf seinem bubenhaften Gesicht lag Ernsthaftigkeit, die nur während des Augenblicks der Begrüßung zugunsten eines gequälten Lächelns verschwand.

»Hering, mein Kollege Hecht, Kripo Gmünd«, sagte die Kriminaloberrätin.

»Güngör, Felix Güngör, Leiter des Vertriebs.«

»Sie wissen sicher schon, warum wir hier sind.«

»Der Chef hat mich bereits informiert. Ich schlage vor, wir drehen eine kleine Runde und gehen dann in mein Büro.«

Der schlanke Mann ging voraus und führte sie durch eine Personenschleuse. Sein nach hinten gegeltes schwarzes Haar glänzte in der gleißenden Beleuchtung.

»Muss sein, bei den Materialwerten mit denen wir arbeiten, Sie verstehen?«, versuchte er, die mehrere Sekunden langen Pausen zwischen dem Öffnen der Sicherheitstüren zu entschuldigen. Güngör begann mit Erklärungen über die einzelnen Firmenbereiche.

Wo sie auch hingingen, überall hing ein metallischer, leicht ätzender Geruch in den Gängen. Fast alle Räume der Schmuckproduktion waren einsehbar, weil lediglich durch dicke Glasscheiben voneinander und zu den Fluren abgetrennt. Überall hingen schwenkbare Überwachungskameras unter der Decke. Ein quadratischer, begehbarer Großraumtresor dominierte die Mitte des Gebäudes. Hecht verglich seine Größe mit der von etwa fünf Fertiggaragen. Die einen halben Meter dicke Panzertür stand weit offen. Der Zugang in den Tresor war während des Tagesbetriebes nur durch eine Tür aus daumenstarkem Stahlgitter gesichert. Durch die handbreiten Abstände zwischen den Stäben war für die Ermittler ein kurzer Blick in das Innere des mit einer meterdicken Stahlbetonwand umgebenen Raumes möglich. In Regalen, die bis unter die Decke reichten, lagerten Schmuckerzeugnisse und Rohmaterial. Weiter hinten schloss sich eine ganze Batterie von Schließfächern an.

»Fort Knox in Schwäbisch Gmünd«, kam es Hecht über die Lippen.

»Ist wohl von gewaltigem Wert, was da drin liegt?«, fragte Hering Güngör, nachdem sie das Herz der Firma passiert hatten.

Der ging nicht genau auf Herings Frage ein, schmunzelte nur. »Vor allem die Unikate. Wir arbeiten für viele Königshäuser der Welt.«

Ihr Weg führte durch ein Gewirr von Gängen mit Türen, an denen Schilder mit Aufschriften wie Gesenkraum, Galvanik, Zaponie und Finieren angebracht waren. Hering und Hecht schauten sich verständnislos an.

Dann durchquerten sie eine große, lichtdurchflutete Halle. Etwa fünfzig Gold- und Silberschmiede – die meisten von ihnen bereits ergraut – saßen sich an halbrund ausgeschnittenen Tischen gegenüber. Jeder von ihnen hatte einen Lederschurz auf dem Schoß, der den Edelmetallabfall auffangen sollte. Großblättrige, sich langsam drehende Ventilatoren an der Decke, sorgten für ein wenig Kühlung und Luftzirkulation.

Ganz hinten fielen Hecht mehrere Maschinen auf. Darunter schwere, gusseiserne Spindelpressen mit großen, seitlich angebrachten Speichenrädern, mit denen Schmuckteile für die Massenproduktion ausgestanzt wurden. Kein Mensch war in diesem Fabrikbereich zu sehen. »Wieso arbeitet da niemand?«, fragte er.

»Wir haben die Fertigung vor einem halben Jahr nach China verlagert«, antwortete Güngör.

»Verstehe«, sagte Hecht.

»War ein harter Kampf, aber Zahlen sprechen eine deutliche Sprache, eine sehr deutliche. Asien, vor allem China, ist der Schmuck- und Diamantenmarkt der Zukunft.«

In einer Abteilung am Ende des Gebäudes saßen Männer und Frauen mit Mundschutz an Maschinen mit rotierenden Stoffscheiben und polierten Massenware wie Silberknöpfe und Verschlüsse. Hecht fiel besonders auf, dass weiter hinten in einem verglasten Raum, einige Frauen in weißen Handschuhen mit großen Lappen silberne Kannen zu funkelnden Schmuckstücken wienerten und in weißes Seidenpapier einwickelten.

»Was war er für ein Mensch?« fragte Hering. Sie saß mit Hecht zusammen vor Güngörs Schreibtisch.

»Ausgesprochen gesellig war er. Alle mochten ihn.«

Also ein Festseff, trinkfest und sangesfroh, stellte Hecht für sich fest.

»Heiner Bamberger hat die in ihn gesetzten Erwartungen nicht erfüllt. So würde es jeder Personalchef formulieren. Er hat nicht so funktioniert, wie sein Vater es wollte. Deswegen hat der sich bislang geweigert, ihm die Firma zu übergeben«, sagte Güngör in sachlich nüchternem Tonfall.

»Wer könnte denn ein Interesse oder einen Vorteil von seinem Tod haben? Privat? Geschäftlich?«

»Da fällt mir auf Anhieb niemand ein«, Güngör überlegte, »außer ...«

»Ja, außer wem?«, hakte Hering sofort nach.

»Na ja, ist nur so ein Gedanke. Wenn Sie mich so direkt fragen.«

»Wir hören«, sagte Hecht.

»Ich weiß nicht, ob ich das ... ob das wichtig ist.«

*

Die junge Polizeimeisterin Funk und Obergfell kamen aus dem Eingangsbereich, gingen durch den Kreuzgang und stiegen das Treppenhaus des Predigers hinauf zum Büro des Museumsleiters. Die Überwachungskameras, auf die Hecht sie hingewiesen hatte, erweckten kurz ihre Aufmerksamkeit. Etwas entfernt ratterte ein Bohrhammer los. Brocken von Mauerwerk fielen krachend auf den Boden, und feiner Staub drang durch die nicht ganz dichten Kunststoffplanen an den Baugerüsten.

Was für ein wunderbares Gefühl hatte Obergfell damals überkommen, als Jennifer Funk auf Herings Bemühen hin von der Schutzpolizei zur Kripo und dann noch zu Hecht ins Dezernat 1 abgeordnet worden war. Und jetzt, jetzt durfte er wieder mit ihr zusammenarbeiten – allein. Hatte die Chefin es absichtlich so gelegt, um ihm und ihr einen Gefallen zu tun? Er zermarterte sich deshalb das Gehirn. Von Anfang an hatte er ein Auge auf Jennifer geworfen, sicher hatten das viele, also auch Hering, schon bemerkt. Er schob diese Gedanken beiseite.

»Finde ich klasse, dass die Chefin mir den Fall mit dem geraubten Gewehr übertragen hat«, stellte er stolz fest.

Jenny Funk warf ihm einen kurzen Blick zu und verzog dabei das Gesicht. »*Dir* übertragen haben, klar. Aber die Chefs, die reißen sich das Tötungsdelikt unter den Nagel«, sagte sie »und teilen dir den Raub hier zu«, kam es spitz aus ihr heraus.

*

»Der Heiner, der hat ...«, es fiel Felix Güngör schwer weiterzureden. »Also ich bin wirklich nicht der, der schmutzige Wäsche ...«

»Das sollen Sie auch nicht, sagen Sie uns nur, was Sie wissen, wenn es uns weiterhelfen kann«, beruhigte ihn Hering.

»Der hatte mit dem Böhm, unserem Produktionschef ...« Güngör machte eine Pause.

»Na!«, forderte ihn Hering voller Ungeduld auf, endlich zu reden.

»... oft Auseinandersetzungen. Ich hatte den Eindruck, die sind in letzter Zeit immer häufiger und auch heftiger geworden. Das gipfelte darin, dass die seit etwa einer Woche nur noch schriftlich miteinander verkehrt haben.«

»Und das hat funktioniert?«, fragte Hering.

»Musste. Nur wenn der Alte dabei war, da haben sie, um den Schein zu wahren, miteinander gesprochen.«

»Und warum hatten die Differenzen?«, fragte Hecht.

»Letzte Woche hat es heftigen Zoff gegeben. Böhm hat ihm sogar gedroht.«

»Worum ging es?«, ließ Hecht nicht locker.

»Hab ich nicht genau mitgekriegt.«

Hering sah ihn mit zur Seite geneigtem Kopf von unten herauf an.

»Na ja, nur so viel, es ging um ein Produktionsverfahren, ein neues glaube ich.«

»Mehr nicht?«, fragte sie.

Er fuhr sich mit der Hand durch die gegelten Haare. »Ich bin Betriebswirt, von dem technischen Kram verstehe ich nichts.«

»Herr Güngör, bitte, Sie müssen uns sagen, was Sie wissen«, redete Hering ihm ins Gewissen.

»Wenn Sie Genaues wissen wollen, da müssen Sie die beiden, ähm, den Böhm fragen.« Güngör stand von seinem futuristisch designten Bürosessel auf. »Tja, dann ...«

Hecht und Hering warfen sich einen kurzen Blick zu, blieben sitzen und machten keine Anstalten zu gehen.

Er ließ sich wieder in seinen Stuhl fallen und fuhr mit seinen ausweichenden Antworten fort. »Die waren halt nicht aus dem gleichen, sondern aus sehr verschiedenem Holz geschnitzt.«

»Aber irgendwas müssen Sie doch mitbekommen haben.« Hecht blieb hartnäckig. »Schließlich sitzen Sie Tür an Tür.«

Güngör sah vor sich auf seinen Schreibtisch. »Vielleicht war der Heiner neidisch auf den Böhm.«

»Warum des denn?«, fragte Hecht.

»Na, weil der Alte dem Böhm vertraut hat und ihm eben nicht.«

»Aha!«

»Also bitte.« Güngör begann, unruhig auf seinem Sessel hin und her zu rutschen. »Nehmen Sie das ja nicht für bare Münze, das ist nur mein persönlicher Eindruck«, sagte er entschuldigend, beide Hände abwehrend von sich haltend.

»Wer könnte sonst einen Vorteil von Heiner Bambergers Tod haben?«, bohrte Hecht weiter.

Güngör zuckte mit den Schultern.

»Fällt Ihnen noch etwas dazu ein? Irgendetwas?« Hering wollte nicht lockerlassen.

Güngör schnaufte. »Nein. Wie gesagt, fragen Sie ganz einfach den Böhm.«

»Wie war denn Ihr Verhältnis zu Heiner Bamberger?«

»Gut. Kollegial.«

Hering zog die Augenbrauen hoch und runzelte die Stirn.

Güngör war klar, dass die Kriminalpolizistin ihm das nicht abnahm. »Na ja, wir hatten auch ab und zu unsere Differenzen, unsere kleinen.«

»Nur beruflich?«

»Es ging um die Firma und die Abläufe. Weichenstellungen und globale Marschrichtungen. Da waren wir schon mal unterschiedlicher Meinung. Aber wir konnten das immer regeln, ganz sachlich. Meistens. Nur einmal, da hat er ...« Güngör redete nicht weiter.

»Geht es ein wenig genauer?«, wollte Hecht wissen.

»Er hat mal einen Fehler gemacht, einen großen.« Güngör stockte wieder.

»Welchen?«, bohrte Hering ungeduldig weiter.

»Bei einer Betriebsfeier, als er nicht mehr ganz nüchtern war. Hat angedeutet, dass er später, wenn sein Vater, also wenn er einmal, na ja, da wollte er … etwas ändern.«

»Des heißt im Klartext?«

»Verkaufen und eine ruhige Kugel schieben.«

»Und der Senior, hat der das gewusst?«, fragte Hering.

»Natürlich. Sie werden doch nicht glauben, der hätte das nicht mitbekommen. Buschtrommeln, Sie verstehen.«

»Und die Mitarbeiter?«

»Die waren natürlich sauer, hatten Angst, ein neuer Eigentümer baut Arbeitsplätze ab.«

»Wer hat denn Interesse an so einer Firma?«, fragte Hecht.

Güngör lachte laut. »Da sind seit Jahren schon viele scharf drauf. Die ganze Schmuck- und Diamantenszene.«

»In Deutschland?«, wollte sich Hecht vergewissern.

Güngör machte eine geringschätzende Geste, lachte über so viel Naivität hämisch und laut auf. Er ließ sich in die Rückenlehne seines Bürosessels zurückfallen. »Antwerpen, südliches Afrika, Russland, Indien, Länder im Orient und so.«

Hecht musste sich zusammenreißen, sachlich zu bleiben und sich nicht anmerken zu lassen, dass er solche Typen, die sich so großspurig gaben, überhaupt nicht ausstehen konnte.

»Alles undurchsichtige und mächtige Firmengeflechte.« Güngör dachte nach, seine Stimme klang jetzt resigniert. »Eigentlich hat er ja Recht gehabt. Wir sollten zumindest jemanden als weltweiten Vertriebspartner reinnehmen. Jemanden, der die komplizierten Verhältnisse und Netzwerke in der Branche kennt. Der Alte, der will die Zeichen der Zeit nicht wahrhaben, versteift sich darauf, unabhängig zu bleiben, und ist der Tradition verbunden. Die rasant fortschreitende Globalisierung, die realisiert er nicht. Vor allem geht es um die Produktpalette, Arbeitsverfahren und neue Vertriebswege.«

»Wie sehen die Besitzverhältnisse bei der Firma denn aus?«, fragte Hering.

»Heiner Bamberger hatte Anteile, wie seine Geschwister auch. Die hatte ihnen ihre Mutter vererbt, aber das waren nur wenige.«

»Der Bamberger senior ist der alleinige Chef und Geschäftsführer, wenn wir das richtig mitbekommen haben«, vergewisserte sie sich.

»In dem Alter.« Hecht verzog respektvoll das Gesicht.

»Fünfundsiebzig.«

»Und der Junior war …«, Hecht überlegte. Was hatte noch in der Akte gestanden?

»Anfang bis Mitte fünfzig«, half Güngör nach. »Der Alte hat die Stabübergabe hinausgeschoben, immer und immer weiter.«

»Wieso eigentlich?«, fragte Hecht.

»Er hatte kein Vertrauen zu seinem Sohn. Der brauchte immens viel Geld für seinen Lebenswandel. Der Alte hatte Angst, dass er den Laden gegen die Wand fährt.«

»Jetzt noch mal, was waren die genauen Aufgaben des Sohnes?«, wollte Hering wissen.

»Tja, wenn ich das so genau sagen könnte. Messestände, Aufbau, Hausver... ähm, Gebäudemanagement. Auch an den Produktionsabläufen war er beteiligt. Von allem ein wenig, aber ohne Verantwortung übernehmen zu können.«

»Er war quasi so was wie …«, Hering überlegte einen Moment, »wie ein Frühstücksdirektor?«

»Hhm, wenn Sie das so nennen wollen. Kann man sagen. Alles bei ihm war mehr Schein als Sein.«

»Wann haben Sie den jungen Bamberger das letzte Mal gesehen?«

»Am Samstag.«

»Wann genau?«

»Hhm, das war, warten Sie, das war so gegen fünf.«

»Und wo?«

»Hier, in der Firma, als ich gegangen bin.«

»Wissen Sie, was er danach, also am Abend, noch vorhatte?«

»Keine Ahnung.«

Als sich die beiden Ermittler vor Güngörs Büro von ihm verabschiedeten und zu Böhms Zimmer schräg gegenüber gingen, deutete Hecht auf ein Türschild und rief zurück: »Ach, Anke Bamberger arbeitet auch hier?«

»Sie ist unsere Creative- und Designdirektorin«, antwortete Güngör knapp und verschwand in seinem Büro.

*

»Was genau macht denn eine Creative- und Design... ähm, Chefin in der Firma?«, fragte Hering.

»Frau Bamberger kümmert sich um die Kollektionen, koordiniert die Arbeit der freischaffenden Designer und unserer Gold- und Silberschmiede«, erklärte Konrad Böhm.

»Und was ist Ihre Aufgabe?«

»Leiter der Produktion. Hauptsächlich die Massenfertigung. Ach ja, für die Sicherheit hier im Haus bin ich auch noch zuständig.«

»Sind ja beachtliche Werte, mit denen Sie hier zu tun haben«, stellte Hering respektvoll fest.

Böhm lachte. »Davon können Sie ausgehen.«

»Wann haben Sie Heiner Bamberger zuletzt gesehen?«, fragte sie.

Der Mann überlegte. »Das war ...«, ein kurzes, leichtes Hüsteln unterbrach ihn, »ich glaube, das war am Samstag, so am Spätnachmittag.«

»Wo war das?«

»Hier in der Firma.«

»Wissen Sie, was er danach vorhatte?«

»Nur, dass er noch den Wagen des Chefs aus der Werkstatt holen sollte. Der hatte sich, was außergewöhnlich ist, ganz spontan für das Wochenende einen aus dem Fuhrpark genommen.«

»Ist Ihnen irgendetwas am Juniorchef aufgefallen? War was anders als sonst?«

»Hhm, eigentlich nichts.«

Hering wurde direkter: »Sie hatten Streit mit ihm, und das mehrmals in den letzten Tagen, sollen ihm sogar gedroht haben.«

Hecht hatte den Mittfünfziger bisher nur beobachtet und war jetzt auf seine Reaktion gespannt. Böhm zeigte jedoch keinerlei Regung. Dann sprach er langsam und überlegt: »Das waren Diskussionen, wie sie halt so vorkommen in den Führungsebenen, ganz normale Streitgespräche.« Hecht und Hering sahen ihn an. Er ahnte, dass die Beamten ihm das nicht abnahmen.

»Gespräche, so laut, dass alle aus den umliegenden Büros zusammenliefen«, entgegnete Hecht.

»Ja gut, wir haben uns ein wenig gefetzt.«

»Was war der Grund?«

»Betriebsinterna, es ging um den Produktionsablauf.«

»Geht's genauer?«

»Die Änderung eines Produktionsverfahrens.«

»Und deswegen gerät man sich in die Wolle?«

»Ich wollte ihm klarmachen, dass er auf Dauer mit seinen linken Methoden, seinen Eigenmächtigkeiten nicht durchkommt.« Er hielt inne, schien selbst überrascht von dem, was er gerade gesagt hatte. »Das mit dem Streit, woher wissen Sie das?« Seine Augen weiteten sich. Er hatte sich selbst die Antwort gegeben: »Dieser Güngör«, zischte er durch die Zähne und schnaufte seine Verärgerung hinaus. Er röchelte leicht, zwang sich zu ruhiger Atmung. »Und Sie glauben, ich hätte ihn ...?«, begann er, als er sich wieder beruhigt hatte.

»Wir glauben erst mal gar nichts, wir sind mit unseren Ermittlungen noch am Anfang«, sagte Hecht.

»Sie denken doch nicht, dass ich wegen dieser Sache, wegen eines Streits, einen Menschen ...« Kämmend fuhr er sich mit der Hand durch die Haare. »Das ist doch absurd.«

»Aber möglich wär's doch«, sagte Hering.

»Sie haben ein Motiv, die Möglichkeit, die Tat auszuführen, und kennen die Örtlichkeiten genau«, ergänzte Hecht.

»Es sei denn, Sie hätten ein Alibi, das bräuchten wir dann aber von Ihnen«, legte Hering gleich nach.

»Für was brauche ich ein Alibi? Nur weil ich mit ihm gestritten habe? Das ist doch albern«, empörte er sich.

»Sie sind ein Verdächtiger«, informierte ihn Hecht.

Er atmete tief ein, um seinen Ärger zu unterdrücken, und zählte dann auf: »Zuerst war ich im Fitnessstudio, habe dann ferngesehen, irgendwann bin ich eingeschlafen.«

»Allein?«

»Allein. Meine Frau war auf einer Vernissage.«

»Und wo?«

»Galerie Cortado, in der Innenstadt. Wann sie heimgekommen ist, weiß ich nicht, hab ja geschlafen.«

»Das heißt, Sie haben kein Alibi für die Zeit von Mitternacht bis ein Uhr«, stellte Hering fest.

»Ich habe keine Zeugen, das ist was anderes«, rief Böhm erbost und begann zu husten.

»Können Sie sich vorstellen, wer Heiner Bamberger schaden wollte oder einen Vorteil von seinem Tod haben könnte?«, fragte Hecht.

Nur ein klares, lautes Nein kam über seine Lippen.

»Der Böhm und dieser Güngör, die sind sich nicht gerade grün«, sagte Hering zu Hecht, als sie wieder im Wagen saßen und Richtung Schwäbische Alb fuhren.

»Wenn der junge Bamberger öffentlich durchblicken lassen hat, die Firma zu verkaufen, sobald er sie übernehmen würde, und dabei auch den Verlust von Arbeitsplätzen in Kauf genommen hätte, dann hat die ganze Belegschaft ein Motiv«, stellte Hecht fest.

Hering schnaufte. »Na bravo.«

»Und der alte Bamberger wäre da mit eingeschlossen.«

»Hhm. Richtig. Wer lässt schon gerne vom missratenen Sohn sein Lebenswerk verscherbeln?«

»Die Angst, das zu verlieren, was einem der Vater und die Vorfahren vermacht und man selbst erarbeitet hat, kann einen Menschen sehr gefährlich machen«, sinnierte Hecht.

»Dem alten Bamberger sollten wir noch mal auf den Zahn fühlen.«

Hecht nickte und konzentrierte sich wieder ausschließlich auf den Verkehr.

*

Oben am Ende des Treppenhauses schauten Funk und Obergfell gelangweilt durch ein Fenster in den Innenhof hinunter. Ihnen kam, nein, schwebte förmlich ein Mann mit Vollbart entgegen. Sein weißes Haar war schütter, bildete einen Kreis und fiel über den gestärkten Kragen seines Hemdes bis fast auf die Schultern hinunter. Er rieb seine langen, knochigen Hände ineinander. »Sie sind von der Polizei?« Er musterte die beiden mit einem skeptischen Blick.

»Ja«, sagten Funk und Obergfell gleichzeitig.

»Gut, dass Sie kommen. Entschuldigen Sie, dass Sie warten mussten.« Er schien erleichtert. »Das ist eine Katastrophe, eine einzige Katastrophe ist das.« Seine Arme fuhren fuchtelnd in der Luft herum. »Doktor Caspari, Justus Caspari, Direktor des Museums.« Der Mann beugte sich während der Begrüßung mit dem Oberkörper leicht nach vorn. Funk hatte bisher gedacht, dass nur Japaner das so praktizierten.

»Kommissar Obergfell, Kripo Gmünd. Frau Funk, meine Assistentin«, stellte er sich und seine Kollegin vor.

Funk zog eine Schnute.

»Unfassbar, ausgerechnet die Maucherbüchse. Das Radschlossgewehr, das war unser neuestes und wertvollstes Exponat. Das Highlight in meiner Berufslaufbahn.«

»Haben Sie das Exponat denn gut gesichert?«, fragte Obergfell.

Caspari schüttelte langsam den nach unten gesenkten Kopf. »Ein schlimmer Fehler. Ich dachte, die Lagerung hinten im Magazin, in einer unauffälligen Kiste und der Wachdienst, das reicht die paar Tage, bis es seinen Platz in der gesicherten Vitrine mit dem Panzerglas bekommt.« Er schluckte und sprach durch die Zähne. »Ich könnte mich …«

Ein Luftzug blies feinen Staub von einem eingehüllten Gerüst auf die Schulter und den fast kahlen Kopf des Museumsleiters. »Sauerei!«, entfuhr es ihm, als er den Dreck bemerkte und dann suchend nach oben sah. Ein Arbeiter auf dem Gerüst streckte seinen Kopf durch den Schlitz in der Plane und entschuldigte sich mit einer Geste.

Caspari klopfte sich den weißen Staub von der Anzugjacke. »Ähm, ja ähm, am besten gehen wir in mein Büro.«

In angespannter Haltung stapfte er vor den beiden Polizisten her. Sie passierten die Abteilung »Mittelalter bis Barockzeit«, wie auf einer schlichten silbernen Tafel stand.

»Schauen Sie sich das hier an.« Er deutete mit ausgebreiteten Händen auf die Exponate, die in Glasvitrinen unter den Strahlern glänzten, und geriet ins Schwärmen. »Hier, das sind alles Elfenbeinschnitzereien aus dem 17. Jahrhundert von Johann Michael Maucher, einem berühmten Sohn unserer Stadt. Sehen Sie sich um. Wir haben nicht nur die Rad- und Steinschlossbüchsen, sondern auch wunderbare Gebrauchsgegenstände wie diese Prunkkannen hier, dort die Pokale und Jagdschalen.« Er deutete auf die unterschiedlichen Ausstellungsstücke, die auf den kleinen Podesten unter Panzerglas standen. »Und das hier, das ist der Schatz des Heilig-Kreuz-Münsters, der umfangreichste Kirchenschatz in Baden-Württemberg.« Die Begeisterung über seine Aufgabe und den Stolz auf die Exponate konnte Funk nicht nur der Wahl seiner Worte entnehmen, sondern auch dem Leuchten in seinem Gesicht.

Als sie das Büro erreicht hatten, kam Obergfell auf ihren eigentlichen Besuch zu sprechen. »Also, dann erzählen Sie mir, wie das genau lief mit dem Gewehr.«

Jetzt erst nahm der Mann das mangelnde Interesse des Kommissars an den Exponaten wahr, dem es nur um die geraubte Maucherbüchse zu gehen schien. Er seufzte und begann dann: »Nach vielen Jahren vergeblicher Ankaufversuche hat es endlich geklappt. Und dann wird es geraubt.« Seine Augen wurden glasig.

»Haben Sie ein Foto davon?«

»Sicher.« Er öffnete einen Ordner auf seinem PC und deutete auf mehrere Farbfotos. »Die kann ich Ihnen alle zumailen.«

»Ja, danke.« Die beiden Polizisten beugten sich zum Monitor vor. »Vor allem diese Aufnahme hier hätten wir gern.« Obergfell deutete auf ein Bild, welches das etwa eineinhalb Meter lange Gewehr von allen Seiten und in Großaufnahmen zeigte. Und dann betrachteten sie das Foto, auf dem Caspari das kunstvoll verzierte Gewehr stolz in der Hand hielt.

»Ist sehr schön die Büchse, vor allem die ganzen Verzierungen«, mischte sich plötzlich Funk begeistert ein.

»Radschlossbüchse, nicht Büchse, gefertigt von Johann Michael Maucher.«

»Wie alt ist denn das Teil?«, wollte Obergfell wissen.

Der Museumsleiter sah ihn pikiert an und musterte ihn von oben bis unten. »Es stammt aus dem Jahr 1689, das Teil.« Er betonte das letzte Wort.

»Die Verzierungen hier, das ist ja Wahnsinn.« Jenny Funk deutete begeistert auf die vielfältigen reliefartigen Einlegearbeiten auf dem Kolben der Büchse.

Das Gesicht des Mannes erhellte sich, als er feststellte, dass die junge Polizistin Gefallen an seinem Maucherexponat fand. »Das Helle an der Seite zwischen dem Holz, das ist Elfenbein. Und das hier Perlmutter. Hier vorn«, er deutete auf den Schaft unterhalb des Laufes, »das sind Silbereinlagen. Die Elfenbeinschnitzereien auf dieser geflügelten Kugel, die zeigen die nackte Venus. Und diese Figur mit Pfeil und Bogen, die stellt einen Amorknaben dar.«

»Und wo haben Sie die erstanden«, wollte Funk wissen.

»Auf einer Auktion bei Christie's in New York, sie stammte aus Privatbesitz.«

»Und was ist, wenn der Verkäufer die wiederhaben wollte? Kostenlos«, bemerkte Funk.

Der Museumsleiter warf ihr einen entsetzten Blick zu. »Völlig unmöglich. Das ist einer der größten und angesehensten Waffensammler der Welt. Mit solchen Methoden arbeitet der nicht.«

»Wer könnte denn sonst scharf auf das Teil sein?«, wollte Obergfell wissen.

»Scharf auf das Teil?«, wiederholte der Museumsleiter. Er hatte es wirklich mit einem Kunstbanausen zu tun. Einem dieser Leute, die nicht zu schätzen wussten, um was für ein epochales, einmaliges Kunstwerk es sich hier handelte, und dazu noch geschaffen von einem Sohn der Stadt. »Die gestohlene Büchse ist ein sehr seltenes Exemplar. Es gibt nicht mehr viele davon.«

»Wie ist sie versichert?«, fragte Funk.

Caspari schnaufte laut auf. »Mit dem Kaufwert, der lag bei 480.000 Euro. Aber den ideellen Wert, den kann Ihnen niemand nennen.« Er fuhr mit der Hand über seine schweißnasse Stirn.

»Dass ein kleines Museum wie Ihres hier, diese Summe zur Verfügung hat, ist schon erstaunlich«, wunderte sich Obergfell.

»Kleines Museum? Junger Mann, ich darf doch bitten!«, sagte Caspari etwas pikiert. »Exklusiv, epochal und fein, das ist unser Leitspruch.«

»Verstehe.«

»Unsere Sponsoren, ich weiß nicht, wie ich denen das beibringen soll.« Er fuhr sich mit den Fingern von den Mundwinkeln zum Kinn hinunter.

»So was kann doch kaum verkauft werden, ohne dass es Aufsehen erregt«, vermutete Obergfell.

»Ausgestellt worden ist die Waffe ja noch nicht. Aber der Dieb muss gewusst haben, dass das Museum sie gekauft hat«, sagte Funk.

»Stand in der Presse, die hat groß berichtet, auch überregional.«

»Was ist mit dem Wachmann? Könnte der etwas damit zu tun haben?«, stellte Obergfell in den Raum.

»Kann ich mir nicht vorstellen.«

»Wann wurde der Wachdienst beauftragt?«, fragte Obergfell.

»Hhm, vor etwas mehr als zwei Wochen.«

»Also erst seit die Maucherbüchse hier ist?«, stellte Funk fest.

»Auch, aber hauptsächlich wegen der Bauarbeiten. Die Zugänge zu den Gebäudeteilen sind momentan nicht so gut gesichert wie sonst. Wegen der Gemälde unten in der Galerie, der Madonnenausstellung und natürlich der wertvollen Maucherbüchse, ist der von der Gebäudeverwaltung nur für die Nachtstunden beauftragt worden.« Caspari schnaufte. »Und was hat es genützt? Gar nichts.«

Obergfell ging nicht darauf ein, sondern stellte eine Vermutung in den Raum: »Ähm, diese Sponsoren, die müssen doch Liebhaber solch wertvoller Stücke sein ...«

Caspari hatte sofort verstanden, worauf er hinauswollte, und unterbrach ihn. »Schon. Aber Sie glauben doch nicht, dass einer von denen ...? Das ist jetzt nicht Ihr Ernst!«

»Wir müssen alles in Betracht ziehen«, beschwichtigte der Kommissar. »Sie wollen doch auch, dass wir das Tei... ähm, das wertvolle Stück wiederfinden.«

»Natürlich.«

»Wir sollten eine Liste dieser Sponsoren haben«, sagte Obergfell.

»Und die Aufzeichnungen der Überwachungskameras«, ergänzte Funk.

»Gut, wenn Sie glauben, dass Ihnen das weiterhilft.«

Kaum hatte Caspari seine Bürotür hinter den beiden Polizisten geschlossen, hatte Funk ihren Kollegen überholt und sich vor ihm in den Weg gestellt. Ihre Hände waren auf den Hüften abgestützt. »Kann ich sonst noch was für Sie tun, Herr Kommissar?«, fragte sie scharf und mit einem provozierenden Unterton in der Stimme. Das unregelmäßige Zwinkern ihrer braunen Augen verriet, dass sie verärgert war, sich nicht ernst genommen fühlte.

»Hä?« Obergfell schien nicht zu verstehen.

»Ich dachte bisher, wir wären Kollegen«, begann sie.

»Das sind wir doch auch.«

Funk fuchtelte mit einem Stapel Blättern vor seinem Gesicht herum. »Plötzlich hängst du den Chef raus.«

»Jetzt halt mal den Ball flach.« Er wich ihr aus und ging weiter die Treppen hinunter. Funk hüpfte ein paar Stufen auf einmal nehmend an ihm vorbei und stellte sich wieder vor ihn. »Die Assistentin, die kleine Polizeimeisterin, die soll nur …«

Obergfell wollte das Ganze schnell beenden. Beschwichtigend legte er, von oben auf sie blickend, beide Hände auf ihre Schultern. »Okay. Ent-schul-di-gung.« Mit leicht zur Seite geneigtem Kopf und einem Hundeblick sah er ihr in die Augen.

Trotzdem winkte Funk wütend ab.

Schweigend gingen sie weiter und erreichten den Ausgang zum Johannisplatz, vor dem ihr Dienstwagen stand.

Schon seit Tagen wollte Obergfell endlich ein Date mit ihr ausmachen. Obwohl der Zeitpunkt jetzt nicht ungünstiger hätte sein können, wollte er es nicht weiter hinausschieben. »Jenny, ich mein, ähm, vielleicht könnten wir uns mal nach Dienstschluss …«, begann er mit hochrotem Kopf, als sie vor dem Auto standen.

»Nein«, zischte sie beleidigt. Sie öffnete die Tür, setzte sich demonstrativ in den Wagen, schnallte sich an und nahm sich die Sponsorenliste vor.

Obergfell musste erkennen, dass anscheinend mehr zu ihrer Besänftigung notwendig war. Er klemmte sich hinter das Steuer.

»Also«, begann sie dann doch vorsichtig, »wenn du das ernst meinst, dann ...«

»Logisch mein ich das ernst«, fiel er ihr erleichtert ins Wort.

»... dann bestimme ich, was wir machen«, stellte die zierliche Frau klar, schob ihren Unterkiefer etwas nach vorn und sah ihn mit funkelnden Augen erwartungsvoll an.

Obergfell war erleichtert. »Natürlich, du wählst das Lokal.«

»Lokal?« Sie schüttelte so heftig den Kopf, dass ihr schwarzes Haar herumwirbelte. »Nee, mein Lieber, lass dich mal überraschen.«

Obergfell sagte nichts mehr, runzelte nur nachdenklich die Stirn, während sie die aus zwei Seiten bestehende Liste mit den Sponsoren der Maucherbüchse überflog. Daneben stand jeweils die Höhe der Spendenbeträge für deren Ankauf. Sie hatten die Innenstadt noch nicht verlassen, als sie die Stille unterbrach. »Ich glaub's ja nicht«, sie holte nochmals tief Atem und sah zu ihrem Kollegen hinüber, »oh Mann.« Sie hielt ihm die Liste unter die Nase und zeigte mit dem Finger auf einen Namen.

Obergfell griff ihre zarte Hand und hielt sie fest, so dass er den Namen lesen konnte.

»Das ist ja der Hammer«, jubelte er.

»Bin gespannt, was unsere beiden Fische dazu sagen«, sagte sie und hielt ihm ihre offene Hand entgegen. Ihre Handflächen klatschten gegeneinander.

*

Das Gebäude war von der Straße aus, die sich von Weiler zum Furtlepass hinaufschlängelte, nicht zu sehen. Hecht und Hering bogen gleich nach dem Pass rechts ab, in Richtung Segelflugplatz Hornberg. Einige Hundert Meter weiter ging es wieder nach rechts, einen welligen, mit Pfützen übersäten Schotterweg entlang bis zu der hochbewaldeten Hangkante. Dann lag das Haus plötzlich vor ihnen. Die dunkelbraunen, verwitterten Holzschindeln der Fassade und der flächig an den Ecken rankende Efeu, verliehen ihm ein uriges Aussehen. Der vordere Teil des Gebäudes ragte auf Stelzen über den Steilabfall hinaus. Hering empfand sofort, dass es wunderbar zum Charakter der rauen Landschaft passte. Knorrige, dicht belaubte und verschlungene Äste formten einen tunnelförmigen Carport. Darunter stand ein dunkelgrüner, völlig mit Schlamm verspritzter Geländewagen, ein Lada Taiga.

Hecht war in dieser Gegend, an der Nordseite der Schwäbischen Alb, aufgewachsen, kannte sie wie seine Westentasche. Aber die Aussicht von diesem Punkt, aus dieser Perspektive, die kannte er noch nicht. Unten in Weiler, da wusste man, dass hier seit einigen Jahren ein eigenbrötlerischer, etwas abgedrehter Schmuckkünstler hauste. Der Naturfreak hatte das Häuschen vor einigen Jahren von einer Erbengemeinschaft übernommen. Viel wurde geredet im Ort über den Simplifyer, wie ihn die Älteren im Dorf nannten. Ein Leben ohne Fernseher, ohne Kühlschrank, nur ein kühler Keller, der in den klüftigen, hellen Jurafels gehauen war, so ein Leben konnte sich unten niemand vorstellen.

Hering musste sich nicht groß umsehen in der Wohnung, um sich ein Bild zu machen. Ein paar Blicke, vor allem in das Bad und durch die offen stehende Küchentür, hatten genügt. »Sie leben allein?«

»Ja, seit drei Jahren. Geschieden. Glücklich.«

Die lockigen Haare des Mannes standen in alle Richtungen etwa handbreit hoch, so als hätte er gerade in eine Steckdose gegriffen. Eine schlichte Nickelbrille mit dicken, runden Gläsern klemmte auf seiner Nase. Hering glaubte fast, es stünde der Kabarettist Urban Priol aus der ZDF-Satire-Sendung »Neues aus der Anstalt« vor ihr.

Hecht war fasziniert von der Sicht aus dem Fenster, das am Ende des großen Raumes die ganze Wandbreite einnahm und von dem man weit ins Tal und die nördliche Albkante entlangsehen konnte. Die frühe Nachmittagssonne warf gerade ihre Strahlen auf die sattgrünen Hänge von Scheuelberg, Himmelreich und Bargauer Horn. Aus dieser Höhe hatte er noch nie einen Blick in Richtung Nordosten werfen können. Es kam ihm vor, als stünde er inmitten der Bäume, umrahmt von den Wipfeln der Kalkbuchen, welche die Hänge von Hornberg und des Kalten Feldes säumten.

Seitlich vor dem Fenster stand ein Stehpult und auf einem Podest thronte der ausgerundete Arbeitstisch eines Goldschmiedes. In Regalen reihten sich die unterschiedlichsten filigranen Schmuckstücke und skurrilen Skulpturen aus Metall auf. Alle bestanden sie aus einer Mischung von verschiedenen Edelmetallen und Natursteinen.

Hering erkannte, dass Hecht das alles auf sich wirken lassen musste, und begann mit der Befragung von Andreas Bamberger. »Sie sind auch politisch aktiv«, stellte sie nach einem Blick auf einen der Ablagetische fest. »Darf ich?« Sie griff nach einem Flyer der nur wenige Wochen zurückliegenden Kommunalwahlen. »Aufbruch für Gmünd« stand in zartgrünen Buchstaben über den Porträtfotos der Kandidaten.

»Wir sind zu dritt reingekommen, aus dem Stand.«

»Respekt.« Hering begann, das Faltblatt durchzusehen.

»Ihr Bruder … der ist … der saß doch schon seit Jahren im Gemeinderat«, mischte sich Hecht mit seinem Insiderwissen ein.

»In der UGL«, sagte Andreas Bamberger.

»UGL?« Hering konnte damit nichts anfangen.

»Unabhängige Gmünder Liste. Die zweitgrößte Fraktion«, klärte Hecht sie auf.

»Was die da bisher treiben, vor allem mit der Bürgerunion Gesamtstadt zusammen, das geht auf keine Kuhhaut. Da wollen wir …«, Andreas Bamberger hielt kurz inne. »Aber lassen wir das, deswegen sind Sie ja nicht hier.« Sein Blick suchte Zustimmung bei den beiden Polizisten.

»Wie sind Sie denn klargekommen mit Ihrem Bruder?«, fragte Hering.

»Sie meinen politisch?«

»Menschlich.«

»Na ja, wie es halt bei Geschwistern so üblich ist.« Er stutzte. »Ich kann mir denken, worauf Sie hinauswollen.«

»Und das wäre?«

»Sie meinen ein Erbe weniger, nur durch zwei teilen.«

Hering zuckte mit den Schultern.

»Ne, ne, ich brauche kein Geld, ich habe mein Auskommen.« Er schlug mit dem ausgestreckten Arm einen halben Kreis im Raum, zeigte auf sein Reich. »Ich kann arbeiten, wie ich es will und wie viel ich will. Meine Ex zahlt mir Unterhalt. Mir geht's gut.« Dann stutzte er. »Finanziell meine ich.«

Hecht widmete sich, nachdem er sich an der einmaligen Aussicht sattgesehen hatte, einem klobigen Schreibtisch auf der anderen Seite des Raumes. Andreas Bamberger war das nicht entgangen. Er beobachtete ihn aus seinen Augenwinkeln heraus, ließ ihn aber gewähren. Hecht deutete auf die Unterlagen auf dem Tisch, packenweise Flugblätter, Plakate, Informationsschriften und aus Zeitungen ausgeschnittene Presseartikel stapelten sich darauf, und schaute ihn fragend an.

»Bitte, nur zu«, forderte Bamberger ihn auf, sich weiter umzusehen.

Hecht betrachtete die Unterlagen auf dem Schreibtisch genauer. »Ethylen-Pipeline heißt: Leben mit der Bombe« und »Ethylen-Pipeline – unser Tod«, waren nur zwei der Slogans auf den Flugblättern, mit denen die Gegner der Pipeline ihren Bau zu verhindern suchten.

»Sie engagieren sich im Widerstand gegen die Gaspipeline in Lindach?« Hering hatte in der Zeitung ab und zu davon gelesen.

»Ich bin der Vorsitzende der Gesamtbürgerinitiative.«

»Sie wollen die Leitung ganz verhindern?«, fragte Hering.

»Das Land hat sie per Gesetz bereits genehmigt. Das Firmenkonsortium, das die Pipeline baut, die *Gas Transport System*, hat eine starke Lobby in Deutschland. Wir haben große Sicherheitsbedenken. Vor allem der Abstand zur Wohnbebauung ist zu gering. Wir fordern zumindest eine andere Trassenführung, die weiter entfernt liegt.«

»Und die kostet den Betreiber viel mehr Geld«, sagte Hecht.

»Genau«, antwortete Andreas Bamberger.

»Die Anschläge auf Baumaschinen, die sind Ihrer Sache nicht gerade dienlich«, warf Hecht ein.

»Haben wir nichts mit zu tun, das sind nicht unsere Mittel«, entgegnete Bamberger und atmete schnell. »Davon distanzieren wir uns ausdrücklich.«

Hecht ließ es dabei bewenden, fragte sich aber, wer sonst dafür verantwortlich sein könnte.

Andreas Bamberger sah zu Hering hinüber. »Hätten Sie gern eine Ethylen-Gasleitung mit bis zu neunzig bar Druck neben Ihrem Haus?«

Hering schüttelte den Kopf. Hecht zeigte keinerlei Regung.

»Sie müssen sich das Szenario mal bei einer Explosion wegen Undichtigkeit der Pipeline vorstellen. Erst die Druckwelle, dann die Feuerwalze«, erklärte er mit weit aufgerissenen Augen. Er hielt kurz inne, realisierte, dass er sich einmal mehr in das Thema hineingesteigert hatte.

Hering versuchte, auf den Grund ihres Besuches zurückzukommen. »Können Sie sich vorstellen, wer Ihren Bruder ermordet hat?«

»Hhm, er war eigentlich beliebt, hatte Freunde, Vereinskameraden. Im privaten Bereich fällt mir auf Anhieb niemand ein. Aber«, er machte eine Pause, »im Betrieb mit all seinen Verflechtungen und Verwicklungen …«

»Die da wären?«

»Keine Ahnung, was Genaues weiß ich nicht und will ich auch gar nicht wissen.«

»Könnten Sie trotzdem ein wenig konkreter werden?«

»Ich bin da schon lange raus, habe gleich nach meiner Prüfung zum Goldschmiedemeister den Laden verlassen. Mein Vater hat immer alle Hoffnungen auf Heiner gesetzt, seinen Kronprinzen. In letzter Zeit aber zweifelte er immer mehr daran, dass Heiner die Firma entschlossen und sicher in die Zukunft führen könne. Ein Verkauf kam für meinen Vater nicht in Frage. Die Firma musste weiterbestehen, um jeden Preis. Und alles sollte genauso weitergehen, wie er es für richtig hielt. Leute mit anderer Meinung, anderen Strategien und Philosophien hatten es schwer. Sie mussten schon sehr überzeugend sein.« Bamberger seufzte. Die beiden Ermittler merkten an seiner Tonlage und den Pausen, wie schwer es ihm fiel, ihnen das zu erzählen. »Er war eben der Übervater, in der Familie und in der Firma. Nur so treue Vasallen wie den Böhm konnte er um sich brauchen.«

»Wäre der für Ihren Bruder als Geschäftsführer ein Konkurrent gewesen?«, fragte Hecht.

»Hhm.« Bamberger überlegte einen Moment. »Eher nein. Der Böhm hätte meinen Bruder als den von meinem Vater bestimmten Nachfolger akzeptiert. Er tut alles für den Alten, umgekehrt aber genauso. Der Böhm ist der Einzige, mit dem er kann und dem er uneingeschränkt vertraut.«

»Sie haben doch noch eine Schwester, ist die auch in der Firma tätig?«

»Die? Die hat damit gar nichts am Hut, hat sich für die Medizin und ein Leben für den Nächsten entschieden.«

»Gut.« Hering wollte die Befragung zum Abschluss bringen. Hecht stand bereits an der Tür.

»Brauche ich jetzt eigentlich ein Alibi?«, fragte Bamberger.

»Schon. Haben Sie vielleicht irgendwo eins rumliegen?«, fragte Hecht trocken und milde lächelnd. Er sah dabei hinüber in Richtung Schlafzimmer. Die Tür stand offen, das Bett war zerwühlt. Hering hob die Augenbrauen hoch und schmunzelte in sich hinein.

Bamberger schnaufte. »Geschieden. Sagte ich schon. Tja, ich hab keins, war den ganzen Abend allein zu Hause.«

»Und in der Nacht?«, fragte Hecht.

»Auch in der Nacht.«

*

Jenny Funk und Sascha Obergfell fuhren zum Krankenhaus. Schon vor einer halben Stunde hatte die Klinik die Dienststelle informiert, dass der schwer verletzte Wachmann vernehmungsfähig sei. »Wurde auch allmählich Zeit«, machte sich Funk gegenüber ihrem Kollegen Luft. Von Tomberg hatten sie Informationen über das Wach- und Schließunternehmen und dessen Auftrag im Prediger und im Museum erhalten.

Auf dem Weg vom Parkplatz zum Klinikgelände kam ein knatterndes Geräusch immer näher, wurde schließlich so laut, dass sie sich nicht mehr unterhalten konnten. Ein gezackter sich rasch verändernder Schatten huschte über Funk und Obergfell hinweg. Beide sahen gleichzeitig nach oben. Ein rot-weißer Rettungshubschrauber verschwand über der runden Landeplattform auf dem Dach des Mutlanger Stauferklinikums und setzte nach kurzem Schwebeflug auf dem großen weißen H auf.

Sie fuhren mit dem Aufzug in den zweiten Stock und gingen die Gänge des Neubautraktes entlang, bis zu der Pflegegruppe, in welcher der Wachmann untergebracht war. Nach kurzer Rücksprache mit der behandelnden Ärztin betraten sie sein Krankenzimmer. Das Bett gleich neben der Tür war leer, sah aber benutzt aus. Ein junger Mann in schwarzer Jogginghose, weißem T-Shirt und Kopfhörern lag kaugummikauend auf dem Bett daneben und schaute gebannt auf den Flachbildschirm, auf dem eine Zeichentrickserie lief. Nur ein kurzer prüfender Seitenblick war ihm der Eintritt der beiden Kriminalpolizisten wert. Auch als sie direkt neben ihm standen, widmete er ihnen keine Aufmerksamkeit.

»Obergfell, Kripo Gmünd. Frau Funk, meine Kollegin«, stellte sie der Kommissar laut und die beiden letzten Worte betonend vor. Funk ließ sich ihre Genugtuung darüber nicht anmerken.

Der Mann machte immer noch keine Anstalten, mit ihnen zu reden. Sie schienen Luft für ihn zu sein. Die Polizistin schob das fahrbare Gestell mit der Infusionsflasche ein Stück beiseite und hielt ihm ihren hellblauen Dienstausweis direkt vors Gesicht, so dass er nicht mehr auf den Bildschirm sehen konnte.

Der Mann erschrak. Langsam bewegte er sich, nahm die Kopfhörer herunter und versuchte, sich aufzurichten. »Ahh«, stöhnte er und griff sich dabei vorsichtig an den Kopf, der mit einem weißen Kopfverband umwickelt war. Darunter war am linken Ohr ein blaugrüner Bluterguss zu sehen, der sich, farblich angepasst, mit einer flammenförmigen Tätowierung vereinigte, die im Kragen des T-Shirts verschwand. Auf seinem rechten Handrücken und dem Unterarm waren kleinere Verletzungen zu sehen. Offenbar hatte er durch das umgestürzte schwere Regal mehrere Schrammen abbekommen.

»Wie geht es Ihnen?«, fragte Funk.

Der Mann stöhnte weiter. »Mir brummt so was von der Schädel.« Schmerzvoll kniff er seine Augen zusammen. »Wenn ich den, ahh«, zischte er durch die Zähne, »dem schlag ich so was von, ahh.« Vorsichtig tastete der Mann mit zwei Fingern seinen Hinterkopf ab.

Funk bedeutete ihm, sich wieder hinzulegen, und drückte ihn sanft in die beiden aufgestapelten weichen Kopfkissen zurück. Er ließ es geschehen, starrte sie nur mit großen Augen an.

»Hab zuerst nur einen leichten Schlag da hinten verspürt«, er deutete auf seinen Nacken, »dann auf den Hinterkopf, einen so was von heftigen.«

»Ja, ja, es kommt selten vor, dass jemand mit einem Nachttopf niedergeschlagen wird«, sagte Funk.

»Aus der Stauferzeit«, betonte Obergfell mit erhobenem Zeigefinger.

»Die Ehre hat nicht jeder«, legte Funk nach.

Der Wachmann verzog nur ungläubig das Gesicht. »Wollen Sie mich ...?«

»Und nach dem zweiten Schlag, was war dann?«, fragte Funk schnell weiter.

»Dann? Dann war es dunkel, so was von dunkel, oh Mann.«

»Das heißt, gesehen haben Sie ihn nicht, den Täter.«

Der Wachmann versuchte, den in die Kissen versunkenen Kopf zu schütteln. »Ahh.« Selbst gegen den Widerstand der Daunen schmerzte seine Verletzung.

»Der Auftrag Ihrer Firma sieht den Beginn des ersten Rundgangs im Prediger um dreiundzwanzig Uhr dreißig vor. Waren Sie pünktlich zur Stelle?«, fragte Obergfell.

»Ja, fast auf die Sekunde! Und es war nur ein paar Minuten später, dass der mich … dass der mir so was von eine übergebraten hat.« Er griff sich wieder an den Kopfverband.

»Der Täter war da bereits im Gebäude«, sagte Obergfell. »Der

Tatzeitpunkt dürfte also so etwa um dreiundzwanzig Uhr fünfunddreißig liegen.«

»Richtig«, bestätigte der Wachmann. »Tut mir so was von leid, aber mehr kann ich Ihnen leider zu dem Vorfall nicht sagen.«

Ein älterer Mann mit Krücken kam herein und setzte sich umständlich und unter großer Mühe auf das leere Bett, während die Polizisten das Zimmer verließen.

»Hoffentlich bleibt ihm das nicht«, sagte Funk auf dem Weg in Richtung Aufzug und Treppenhaus.

»Was denn?«

»Na, der Sprachschaden. So was von«, äffte sie ihn nach.

Sie wollten gerade den Gang in Richtung Treppenhaus verlassen, da eilte ihnen die behandelnde Ärztin hinterher.

»Gottseidank, dass ich Sie noch erwische«, sagte sie etwas außer Atem, als sie die beiden neben der langen Fensterfront erreicht hatte, von der man die Klinikzufahrt und den Weg zum Parkhochhaus einsehen konnte.

»Um was geht es denn?«, fragte Obergfell.

»Ich weiß nicht, also vielleicht bilde ich mir das nur ein …«, begann sie unsicher.

»Bitte, nur zu«, ermunterte Funk sie.

»Gerade eben hat sich ein Mann nach dem Zustand des Wachmanns erkundigt.«

»Ein Angehöriger?«, hakte Funk sofort nach.

»Arbeitskollege, hat er gesagt.«

Die beiden Polizisten warfen sich einen skeptischen Blick zu.

»Der kam mir komisch vor.«

»Inwiefern?«, fragte Obergfell.

»Normal geht man da rein, besucht den Patienten und fragt ihn selbst.« Sie sah kurz zum Fenster hinaus.

»Gerade eben, sagen Sie? Da ist aber keiner reingekommen, wir waren doch bei dem Patienten«, wunderte Obergfell sich.

»Ja eben! Da der Besucher kein naher Angehöriger ist, habe ich ihm natürlich keine Auskunft erteilt. Er hat dann vor der Tür des Krankenzimmers ein paar Worte mit dem Patienten gewechselt, der mit ihm auf dem Zimmer liegt. Hab mit einem Ohr, aus der offenen Tür meines Büros, mitbekommen, wie er ihm gesagt hat, dass sein Bettnachbar nicht ernsthaft verletzt sei und auch keine bleibenden Schäden davontragen werde. Damit schien er zufrieden gewesen zu sein, und ist wieder gegangen.«

Bei den Polizisten klingelten die Alarmglocken. »Ich glaube, wir sollten …«, sagte Funk schnell.

»Können Sie den Mann beschreiben? Größe? Kleidung?«, wandte sich Obergfell hektisch an die Ärztin. Die hatte unterdessen mehrmals zum Fenster hinausgesehen.

»Da, das ist er.« Sie zeigte nach unten auf den Weg, der in Richtung eines vierstöckigen offenen Stahlgebäudes führte. »Da drüben, der mit der Schildmütze, der sich gerade das Spray reinzieht. Ich glaube, der geht in Richtung Parkhaus.«

Mit einem Satz standen die beiden Kripobeamten direkt neben ihr und sahen hinunter. Schildmütze, schwarze Lederjacke und dunkle Hose prägten sie sich ein, bevor sie losrannten. Als sie unten aus dem Treppenhaus in den Krankenhausflur stürmten, konnte Funk im letzten Moment einem Wagen mit Putzutensilien ausweichen. Obergfell hatte da weniger Glück, stieß gegen ihn und konnte ihn gerade noch reflexartig am Umkippen hindern. Trotzdem krachten ein paar Flaschen mit Reinigungsmitteln auf den Boden und platzten auf. Flüssigkeiten in verschiedenen Farben breiteten sich blitzartig auf dem nass gewischten, hellen Plattenbelag aus. Die Putzfrau schrie auf und fuchtelte drohend mit dem Wischmopp. Sie konnten sich darum jetzt nicht kümmern und rannten weiter.

Mit aller Kraft presste Obergfell seinen Oberkörper gegen die sich langsam drehende Glastür. »Bitte nicht drücken – Tür dreht automatisch« stand als schwarzer Schriftzug in Augenhöhe auf dem Panzerglas. Sie war wohl so eingestellt, dass auch gehandicapte und ältere Menschen unbeschadet durch diese Drehtür gelangen konnten. Die jungen Polizisten konnten sich mit ihrem Gewicht gegen die Scheibe stemmen, so viel sie wollten. Erbarmungslos behielt die Tür ihre Geschwindigkeit bei, und die war langsam. Verdammt langsam. Vor allem für jemanden, der es eilig hatte.

Jenny Funk ballte ihre zarten Hände zu Fäusten und trommelte damit gegen die dicke Scheibe. »Scheiße, scheiße, scheiße!« Sie hatte das Gefühl, diese Drehung dauerte eine Ewigkeit.

»Halt, ich will au mit«, ertönte es hinter ihnen. Eine alte weißhaarige Frau schob in gebückter Haltung einen Rollator hinter die beiden Polizisten. Langsam hob sie ihren Kopf. »Was pressieret ihr denn so, ihr seid doch no jung, habt no a Leben lang Zeit«, sagte sie und schmunzelte dabei. Die schlanke Polizistin drehte sich kurz um, warf ihr einen genervten Blick zu. Endlich konnte sie sich durch den langsam größer werdenden Spalt quetschen.

Der Mann war längst in dem Parkhaus verschwunden. Nur für einen kurzen Moment hatten sie ihn noch von hinten zu Gesicht bekommen. »Ich geh rein. Nimm du die Ausfahrtspur Richtung Hauptstraße«, rief Obergfell seiner Kollegin zu, die bereits den Vorsprung einer Buslänge hatte. »Verdammt!«, schimpfte Obergfell, als er kurz darauf das Gebäude im Bereich der Ausfahrt betrat.

Ein leichtes Quietschen von Reifen auf dem glatten Betonboden war zu vernehmen und ließ ihn aufhorchen. Es musste von einem der oberen Parkdecks kommen. Er zog seine P 2000 aus dem Gürtelholster. Das Geräusch wurde immer lauter. Seinen Rücken presste er an eine der breiten Stahlstützen, die sich in der Nähe der Ausfahrtsschranke befanden. Auf Höhe seines Gesichtes hielt er die Waffe mit beiden Händen fest umklammert. Sein Puls wurde immer schneller, und seine Halsschlagader begann zu zucken. Feiner Schweiß stand auf seiner Stirn. Mit einem Satz sprang er aus seiner Deckung und stellte sich mit der Pistole im Anschlag dem herannahenden Wagen in den Weg, der jetzt um die Ecke bog.

»Halt Polizei!«, schrie er mit sich fast überschlagender Stimme.

Der schwere Geländewagen bremste mit einem fürchterlichen Kreischen. Obergfells Pupillen vergrößerten sich. Er realisierte jede Sekunde, so als liefe alles in Zeitlupe ab. Seine Augen fixierten nur den Fahrer, der den Wagen wenige Zentimeter vor ihm zum Stehen brachte. Dessen Kopf, der zuerst langsam nach vorn und dann ruckartig nach hinten kippte, war hinter der spiegelnden Scheibe nur schemenhaft zu erkennen.

Es dauerte einen kurzen Moment, bis sich der junge Kommissar wieder gefasst hatte. »Polizei! Hände aufs Lenkrad!« Dann verstummte er plötzlich. Im Wagen saß eine junge blonde Frau. Wie versteinert starrte sie nach vorn auf die Motorhaube. Es roch stark nach verbranntem Reifengummi. Langsam ging er zur Fahrertür und steckte währenddessen seine Waffe weg. »Entschuldigung«, brachte er kleinlaut hervor.

Ganz langsam drehte die Frau ihren Kopf zu ihm hinüber. Er erschrak. Ihr Gesicht war kreidebleich. Er legte seine Hände hinter seinen erhobenen Kopf und musste erst ein paarmal kräftig durchatmen. Dann öffnete er die Fahrertür. »Sind Sie okay?«

Funk hatte den Lärm aus dem Parkhaus bis vorn an die Hauptstraße vernommen. Keuchend kam sie zu ihrem Kollegen gerannt. In ihrem hübschen Gesicht lag Besorgnis. »Ist dir was passiert?«

Er schüttelte den Kopf.

Die Erleichterung war ihr anzusehen. Gleichzeitig nahm sie aber seine Enttäuschung wahr.

»Und bei dir?«, fragte Obergfell.

»Drei Fahrzeuge hab ich zur Überprüfung.«

*

Neben Hecht und Hering hatten Obergfell und Funk am Besprechungstisch im Einsatzraum Platz genommen. An den seitlichen Pinnwänden waren um das Foto des Opfers kreisförmig die Portraits mehrerer Personen und dazu handgeschriebene Informationen geheftet. Auf der anderen Seite des Tisches hingen an einer Wand ein paar Abbildungen der geraubten Maucherbüchse.

Hering sah gerade auf ihre Armbanduhr, als sich die Tür öffnete und Heckenlaible ganz außer Atem in den Raum stürmte. »Sorry, die Einbruchsserie, noch immer.« Er wischte sich den Schweiß von der Stirn.

Die anderen wussten, worum es ging. Ihn und die extra dafür eingerichtete Ermittlungsgruppe beschäftigten seit Wochen Einbrüche in Vereinsheime, Schulen und Firmen. Es war das profihafte Auftreten dieser Täter, das ihm und Hecht, der anfangs ebenfalls mit diesem Fall betraut gewesen war, schwer zu schaffen machte. Gesagt und zugegeben hatte es keiner der beiden alten Hasen, doch Hering und die Kollegen spürten es.

Hecht zog den Stuhl zwischen sich und Tomberg zurück und bedeutete Heckenlaible, darauf Platz zu nehmen. Der beleibte Kriminaltechniker warf ein paar Unterlagen vor sich auf den Tisch. Dann ließ er sich auf den Sitz plumpsen, lehnte sich erschöpft zurück und streckte entspannt seinen Bauch heraus.

Schmunzelnd beugte sich Hecht zu ihm hinüber und deutete mit dem Kopf auf seine Leibesfülle. »Der wird auch immer größer«, murmelte er ihm ins Ohr. Die anderen konnten es trotzdem hören und warteten gespannt auf die Reaktion ihres Kollegen. Nelli Tomberg sah ihn lächelnd an und tätschelte liebevoll seine Wampe.

»Alles erotische Nutzfläche«, konterte Heckenlaible extra laut in einem lockeren Tonfall, so als wäre es das Selbstverständlichste der Welt.

Ruckartig zog die junge Sekretärin ihre Hand zurück. Die anderen grinsten in sich hinein.

Heckenlaible warf einen verstohlenen Blick zu ihr hinüber. Ihr herzliches, bemutternd kameradschaftliches Verhältnis zu dem Kriminaltechniker hatte ihm vor Wochen schon einmal Probleme beschert, als seine Gattin bei einem Besuch auf der Dienststelle da etwas missverstanden haben musste und ihm deswegen eine heftige Szene gemacht hatte.

Eines musste man Heckenlaible lassen, dachte sich Hering, schlagfertig war er. Das versetzte sie immer wieder in Erstaunen. Niemandem blieb er eine Antwort schuldig. Und Hecht, mit dem er sich ständig kabbelte, schon gar nicht.

Hering wartete kurz, ob noch etwas folgen würde, und räusperte sich dann. »So, der Bamberger-Fall zuerst.« Sie deutete auf Hecht. »Bitte.«

Tomberg klappte ihren Laptop auf und hielt sich bereit, das Besprechungsprotokoll zu schreiben.

Hecht pfriemelte an einem abgegriffenen kleinen Spiralblock herum. Es dauerte einen Moment, bis er die gewünschten Notizen gefunden hatte. »Das Opfer war den ganzen Tag im Büro. Das kam wohl häufiger an einem Samstag vor, wenn viel zu tun war. Den Mitarbeitern, die ebenfalls da waren, ist nichts Besonderes an ihm aufgefallen.«

»Außer dem Streit mit diesem Böhm«, sagte Hering.

Hecht fuhr fort: »Mittagessen im Stehimbiss einer Bäckerei, die in der Nähe der Firma liegt. Um siebzehn Uhr fünfundvierzig wurde er von einem Mitarbeiter der Firma zu einer Reifenwerkstatt in der Nepperbergstraße gefahren. Dort hat er den Oldtimer seines Vaters abgeholt.«

»Weil der ja mit einem Firmenwagen in Stuttgart war«, ergänzte Funk.

»Und die haben um die Zeit noch offen?«, wunderte sich Hering.

»Der Eigentümer wohnt über der Werkstatt. Und die Bambergers und die Firma sind Stammkunden, da geht das«, sagte Hecht.

»Haben Sie was gefunden, Herr Heckenlaible, als Sie das Fahrzeug untersucht haben?«, wollte Hering wissen.

»Der hat nur einen Satz neuer Reifen bekommen. Eine Menge Fingerabdrücke und DNA-Spuren im Wagen, könnten von weiß Gott wem sein.«

Hecht fuhr fort. »Dann ist Bamberger nach Heubach gefahren, da wohnt einer seiner Spielerfreunde. Die drei sagen übereinstimmend aus, alle seien so gegen Viertel nach zwölf nach Hause gefahren.«

»Von Heubach bis zum Anwesen der Bambergers sind es so etwa«, Hecht überlegte, »um diese Zeit etwa fünfzehn, zwanzig Minuten.«

»Zuhause ist er nach Aussage der Haushälterin kurz nach halb eins eingetroffen«, sagte Hering. »Das passt.«

»Das heißt, er war nirgends anders mehr, ist direkt von seinen Kartenspielern nach Hause gefahren«, stellte Hecht fest.

»Was haben Sie in Sachen Alibis für uns, Frau Tomberg?«, fragte Hering.

»Die Zockerkumpels des Opfers haben für die Zeit, nachdem sie sich getrennt haben, alle drei ein Alibi – von ihren Partnerinnen.«

»Das unseres Verdächtigen Böhm ... Hhm. Seine Frau konnten wir immer noch nicht erreichen«, sagte sie mit bedauernder Miene.

»Dann gehen wir mal weiter davon aus, dass er keines hat«, legte Hecht fest.

»Das vom alten Bamberger, also dem Heinrich, geht bis elf Uhr abends«, informierte Tomberg. »Das Verbindungshaus der Burschenschaft Apollonia in Stuttgart hat seine Abreise am folgenden Tag bestätigt, also Sonntagfrüh.«

»Und dazwischen, da hätte er – rein theoretisch – in einer Stunde nach Gmünd, die Tat begehen und wieder zurückfahren können«, überlegte Funk.

»Dass die Haushälterin den ganzen Abend und die Nacht über allein zu Hause war, das wissen wir«, fuhr Tomberg fort.

»Und was ist mit der Tochter, dieser Johanna Bamberger?«, fragte Hering.

»Tut mir leid, Frau Hering, so weit bin ich noch nicht, aber ich kümmere mich drum.« Hering gab sich damit zufrieden.

»Wir sollten auch den Böhm im Auge behalten«, schlug Hecht vor. »Der hat ein starkes Motiv und bisher kein Alibi.«

Heckenlaible gab seine bequeme, fast liegende Stellung in dem Stuhl auf und setzte sich aufrecht hin. Er griff nach den Unterlagen, die vor ihm auf dem Tisch lagen. »Wir haben zwei verwertbare Spuren.« Er versuchte, in dem Stapel Papiere zu blättern. Erst als er seinen Zeigefinger mit Speichel benetzte, gelang dies. Vermutlich lagen die Schwierigkeiten an seinen Wurstfingern und seiner trockenen Haut. »Rückstände von schwarzem Leder unter den Fingernägeln des Opfers und den Schnipsel einer Kanülenverpackung vom Tatort, auf dem sich Teilabdrücke von Daumen und Zeigefinger befinden.«

»Das ist doch was«, versuchte Hering bei ihren Leuten Hoffnung zu verbreiten.

»Was wir uns vor allem fragen müssen, ist: Wer hatte die Möglichkeiten und das Wissen, den Mord in dieser Art zu begehen«, gab Hecht zu bedenken.

»Mit der Spritze. Muss da einer vorbelastet sein, braucht man dazu medizinisches Grundwissen?«, wollte Funk wissen.

»Dr. Krautschneider meint ja. Die Nadel sei so exakt in die Vene gesetzt worden, da braucht jemand schon entsprechende Kenntnisse und die Fertigkeit«, informierte Hering.

»Ich habe aber trotzdem nach Durchlesen seines Berichtes nicht nur unsere Verdächtigen, sondern alle unsere Beteiligten daraufhin überprüft«, berichtete Tomberg. Sie war froh, dass sie neben ihrer Verwaltungstätigkeit und Internetrecherche auch an den Ermittlungen selbst beteiligt war.

Hecht warf ihr einen anerkennenden Blick zu. Dass sie den anderen meist einen Schritt voraus war, das schätzte er so an ihr. Auch Hering staunte nicht schlecht. »Und was haben Sie herausgefunden?«

»Dieser Konrad Böhm, war früher als Wehrpflichtiger Sanitäter bei der Bundeswehr. Und der Bruder des Opfers, Andreas Bamberger, der war Zivi bei den Maltesern.« Tomberg blätterte weiter in ihren Unterlagen. »Hier noch, Felix Güngör ... Fehlanzeige.« Die Polizeisekretärin blickte in die Runde und klappte ihren Schnellhefter zusammen.

»Und die Frau, Anke Bamberger?«, fragte Hering.

»Auch nichts.«

»Aber nicht zu vergessen, die Schwester, die ist Ärztin«, warf Hecht ein.

»Und die Haushälterin ist ausgebildete Kinderkrankenschwester«, informierte Tomberg weiter.

»Und was ist mit dem alten Bamberger?«, wollte Heckenlaible wissen.

»Ist Diabetiker. Vielleicht ist er es gewohnt, sich selbst zu spritzen.«

»Mal abgesehen von den erforderlichen Fertigkeiten, wem von den Beteiligten würden Sie das zutrauen?« Hering schaute in die Runde.

»Da ist wohl die Größe des Hasses ausschlaggebend«, sagte Heckenlaible.

»Der alte Bamberger, der hatte doch einen Grund. Schließlich wollte sein Sohn später die Firma verkaufen. Das wollte er vielleicht mit allen Mitteln verhindern«, bemerkte Hering.

»Das ist bei seiner Lebenseinstellung ein Motiv«, sagte Heckenlaible.

»Ein Wahnsinnsmotiv«, bekräftigte Hering.

»Des stärkste von allen«, sagte Hecht.

Es herrschte Stille. Jeder überlegte, ob man deshalb den eigenen Sohn umbringt. Doch die Gegebenheiten in einem solchen Familienimperium, das waren Dimensionen, die ihnen nicht vertraut waren.

»Aber ich halte auch den Böhm für verdächtig«, brach Hecht schließlich die Stille, »auch wenn der Bruder meint, er sei ganz und gar dem alten Bamberger ergeben. Das muss ja nicht ausschließen, dass er ihm den unbequemen Sohn vom Hals schaffen würde. Und nachdem er mit Heiner Bamberger derart gestritten hat …«

»Stimmt. An dem Böhm sollten wir auch dranbleiben«, sagte Hering, legte ihre Akten beiseite und griff nach dem nächsten Schnellhefter auf ihrem Aktenstapel.

»Wie weit sind Sie beide mit dem Gewehrraub gekommen?« Hering schaute erst Obergfell an, dann Funk, die unruhig auf ihrem Stuhl hin und her rutschte.

Obergfell räusperte sich. Er hatte das Gefühl, bei Funk noch etwas gutmachen zu müssen. »Bitte.« Er deutete auf die junge Polizeimeisterin, deren Gesicht sich sofort aufhellte.

»Dieser Wachmann, von dem haben wir nichts erfahren, was uns weiterbringt, außer dem genauen Tatzeitpunkt um dreiundzwanzig Uhr fünfunddreißig.« Zwar war das Ergebnis mager, aber sie war doch stolz, berichten zu dürfen. »Auch wissen wir inzwischen, dass diese Radschlossbüchse nur mit Hilfe vieler Gönner und Förderer angeschafft werden konnte. Und einer davon ist – jetzt halten Sie sich fest!«, Jenny Funk genoss es, die Bekanntgabe dieses Namens zu zelebrieren, »Heinrich Bamberger senior.«

Ein erstauntes Raunen ging durch den Raum. Hecht und Hering sahen sich nur an.

»Wie? Die Firma kann sich so ein Sponsoring leisten, obwohl sie finanziell auf schwachen Beinen steht?«, bemerkte Tomberg fassungslos, als sie diese Information verarbeitet hatte.

»Wo haben Sie das denn her?«, fragte Hering erstaunt.

»Nellis Mädelnetzwerk«, stellte Funk blitzschnell klar.

»Ach.« Hering hatte verstanden. »Sehr gut, bleiben Sie da dran.«

»Das haben die schon Jahre zuvor, in besseren Zeiten angeleiert«, bemerkte Funk nebenbei.

»Klar, da können sie jetzt schlecht einen Rückzieher machen«, sagte Obergfell. Die anderen nickten zustimmend.

»Wir sollten untersuchen, ob vielleicht ein Zusammenhang zwischen dem Gewehrraub und dem Mord besteht. Schon merkwürdig, dass der Name in beiden Fällen auftaucht«, stellte Hecht in den Raum.

Hering überlegte. »Tja, außer dem Namen haben wir aber keinen Anhaltspunkt.«

»Also«, mischte sich Heckenlaible wieder ein und räkelte sich auf seinem Stuhl, »ganz einfach: Ihr müsst mir nur den Verdächtigen in dem Mordfall bringen, dann können wir einen DNA-Vergleich mit dem Kaugummi aus dem Prediger machen.«

*

Widerwillig hackte Obergfell auf der Tastatur seines PC herum. Der Bericht über ihre Ermittlungen im Stauferklinikum musste geschrieben und die Halter der Wagen mussten überprüft werden, die Funk beim Verlassen des Parkhauses gesehen hatte. Dem ersten Fahrzeug, einem schwarzen Audi A4, war ein anderes so dicht gefolgt, dass sie das Nummernschild nicht hatte lesen können, aber sie hatte im Seitenfenster einen kleinen, dezent gestalteten silberfarbenen Aufkleber bemerkt. Es war ein stilisierter Diamant. Die Kennzeichen der anderen beiden Fahrzeuge, die links an ihr vorbeigefahren waren, hatte sie notieren können. Sie erfragten die Halter und schickten eine Streife los, um sie zu befragen. Das erste schied aus, weil es einer Frau gehörte, die es zu dem fraglichen Zeitpunkt selbst gefahren hatte. Das andere Auto war auf einen gebrechlichen, greisen Herrn zugelassen. Beim Besuch der Beamten zitterte er am ganzen Leib, denn er nahm an, es ginge dabei um die Überprüfung seiner Fahrtauglichkeit.

Blieb der Audi. Funk saß Obergfell am Schreibtisch gegenüber und recherchierte die Bedeutung des kleinen Diamant-Aufklebers. Es dauerte eine Weile, bis sie erfolgreich war.

»Yeahh, wer sagt's denn«, jubilierte sie und stieß dabei ihre geballte Faust in die Höhe.

»Was hast du?«, wandte sich Obergfell neugierig zu ihr, als Tomberg gerade das Dienstzimmer der beiden Polizisten betrat.

»Das Fahrzeug gehört zum Fuhrpark einer Firma Diamond Car Service GmbH.«

»Und wo sind die?«

»Augenblick.« Funk klickte die Kontaktseite des Autoverleihs an.

»Hier in Gmünd, oben im Gewerbegebiet Gügling«, mischte sich die Sekretärin ein.

»Güglingstraße 86«, präzisierte Funk.

»Moment mal.« Tomberg machte auf dem Absatz kehrt und lief aus dem Zimmer. Es dauerte keine Minute, da war sie mit der Akte Bamberger zurück und blätterte hastig darin. »Wow, das darf doch nicht wahr sein!«, rief sie euphorisch. Sie hielt Funk eine aufgeblätterte Seite des Berichtes vor das Gesicht. Deren Augen wanderten zwischen der Akte und dem Bildschirm hin und her. »Ich werd' verrückt«, entfuhr es ihr.

Obergfell stellte sich neben die beiden und schaute selbst, was sie herausgefunden hatten. »Boah, das ist dieselbe Adresse wie die von Schmuck Bamberger.«

*

Obergfell und Funk fuhren in südöstlicher Richtung die Buchauffahrt hinauf zum Industriepark Gügling. Gelangweilt las sie in den Internetausdrucken mit den Firmeninformationen. »Achtzehn Fahrzeuge im Fuhrpark. Vom roten Sportwagen Z3«, sie blätterte weiter, »bis zum Sprinter.«

»Kann da jeder Fahrzeuge mieten?«

»Ja, ganz normale Autovermietung. Hauptkunde aber ist Schmuck Bamberger.«

»Aha, die haben ihren Fuhrpark an eine separate Mietwagenfirma ausgelagert«, stellte Obergfell fest.

Funks Blick blieb unten an der letzten Seite hängen. »Und jetzt rate mal, wer Geschäftsführer von dem Laden ist.«

Obergfell zuckte nur mit den Schultern.

»Anke Bamberger.«

Der Dienstwagen der beiden jungen Polizisten bog auf das Gelände der Schmuckmanufaktur ein. Neben dem Haupteingang deutete nur ein kleines Messingschild mit der Aufschrift »Diamond Car Service« auf den Sitz der Autovermietung hin.

*

»Von den Audi A4-Limousinen haben wir nur zwei, beide sind schwarz«, sagte die Empfangsdame hinter dem Tresen von Schmuck Bamberger. Mit wir meinte sie die Mietwagenfirma, für die sie ebenfalls zuständig war und deren Sitz nur aus einem Büro bestand, das gleich hinter dem Empfang lag. »Mit einem ist eine Mitarbeiterin seit gestern in Idar-Oberstein. Der andere steht auf dem Hof«, sagte sie und deutete mit dem Kopf aus dem Fenster auf den großen Firmenparkplatz. Unter den vielen Dutzend unterschiedlich farbigen Fahrzeugen war dieser Wagen von den Polizisten nicht auszumachen.

»Können Sie das anhand des Mietvertrages ...?«, begann Funk.

»Nur bei externen Kunden gibt es welche«, unterbrach die Frau sie. »Und für den hier gab es seit der letzten Woche keinen mehr«, fügte sie nach ein paar weiteren Mausklicks hinzu.

»Und bei Firmenangehörigen?«, bohrte Funk nach.

»Da reicht ein einfacher Fahrauftrag. Jeder in der Firma kann freigegebene Wagen reservieren.«

»Und die Reservierung wieder löschen?«, hakte Obergfell gleich nach.

»Ja«, sagte die Frau.

»Und der A4?«, fragte Funk.

»Komisch, keine Reservierung, kein Eintrag, nichts.« Die Frau rief weiter verschiedene Seiten auf. »Selbst im Verlauf ist nichts zu finden.«

»Dann hat vielleicht jemand den Fahrauftrag gelöscht.« Funk sah Obergfell vielsagend an. »Weil er uns vor dem Stauferklinikum gesehen hat.«

»Können Sie sich erinnern, wer den Wagen heute gefahren hat?«, fragte Obergfell.

»Den Tag über macht das Fuhrparkmanagement Frau Blaschke.«

»Wo finden wir die?«

»Ist seit einer halben Stunde im Urlaub.«

Obergfell und Funk schnauften und sahen sich an.

»Wir sollten sie aber ...«

»Moment.« Die Empfangsdame griff in ihre Handtasche, nahm ihr Handy und wählte eine Nummer. »Nur die Mailbox. Tut mir leid.«

Obergfell verzog enttäuscht das Gesicht, streckte ihr seine Hand entgegen, nahm das Telefon, um eine Nachricht darauf zu sprechen, mit der er Frau Blaschke bat, sich zu melden.

*

Heckenlaible stand an den Pinnwänden im Einsatzraum und informierte über die Untersuchung von Heiner Bambergers Laptop, als Obergfell und Funk grußlos das Zimmer betraten und am Besprechungstisch Platz nahmen. Dort saßen bereits Tomberg, Hecht und Hering, die zum Ergebnisaustausch gebeten hatte.

Hecht konnte es kaum erwarten. »Und, Gottfried, hast du was Brauchbares?«

»Einige Anfragen von Firmen, die Interesse am Kauf von Schmuck Bamberger bekundet haben. Der Juniorchef wollte seine Anteile einem internationalen Schmuck- und Diamanten-Konsortium verkaufen, mit der Option, die Firma, wenn sie ihm später allein gehört, ganz zu veräußern.«

»Da wird der Senior aber not amused gewesen sein, wenn er erfahren hat, dass sein Sohn es ernst meinte«, sagte Hering. »Des muss in seinen Augen einem Hochverrat gleichkommen.«

»Der war bestimmt völlig außer sich, als er davon erfahren hat«, sagte Heckenlaible.

»Außerdem hatte Heiner Bamberger vor, ein für die Pipeline-Firma wichtiges Grundstück in Lindach lukrativ zu verkaufen. Von der verstorbenen Mutter geerbt. Direkt daneben auf einem Hügel liegt das Gelände, das sie Andreas vermacht hat. Darauf will er ein kleines Wohnatelier errichten«, informierte Tomberg.

»Auf dem Flurstück von Heiner Bamberger soll eine Verdichterstation für die GTS-Pipeline gebaut werden«, wusste Heckenlaible noch hinzuzufügen.

Hecht spitzte seine Lippen abschätzig. »Das wird seinem Bruder Andreas gar nicht gefallen haben.«

»Ist das nicht der Sprecher der Initiative gegen das GTS-Projekt?«, fragte Tomberg und begann sofort, die Tastatur ihres Laptops zu bearbeiten.

»Ja«, antwortete Hecht.

»Aha«, wunderte sich Hering. »Da stellt sich die Beziehung zwischen den Brüdern in einem völlig neuen Licht dar. Jetzt hat Andreas vielleicht doch ein Motiv.«

»Und kein Alibi«, bekräftigte Hecht.

Funk schaute die beiden ungläubig an. »Aber deshalb bringe ich doch nicht meinen Bruder um. Niemals!« Ihre Stimme klang aufgebracht.

»Das glaube ich Ihnen gern«, besänftigte sie Hering. »Aber es gibt Menschen mit krankhaften Persönlichkeitsstrukturen, die in der Lage sind, ihre nächsten Verwandten aus politischen Überzeugungen umzubringen.«

Funk antwortete nicht darauf, schüttelte nur den Kopf.

Tomberg deutete auf den Bildschirm, auf dem die Homepage der Bürgerinitiative mit Presseartikeln zu sehen war. »Hier, der kämpft mit allen Mitteln gegen den Grundstücksverkauf.«

»Tja, dann sollten wir noch mal mit ihm reden«, schlug Hecht vor.

Hering nickte. Sie beugte sich über den Tisch, griff sich das eingetütete Mobiltelefon und hielt es Heckenlaible hin. »Und was ist mit der Auswertung?«, fragte Hering.

»Hat auf den ersten Blick noch nichts ergeben«, berichtete der Kriminaltechniker. »Bei der Menge von Nummern, das dauert noch etwas«, warf Tomberg ein.

Hering machte eine beschwichtigende Handbewegung. Sie wollte ihre Mitarbeiterin nicht drängen. In ihren Augen war es sowieso ein Wahnsinn, wie sich die junge, intelligente Frau immer ins Zeug legte und Außergewöhnliches leistete. Die Zahl ihrer Überstunden, die sich inzwischen angehäuft hatten, sprach dafür.

»Ich lege Ihnen eine Liste auf den Tisch, sobald ich die Nummernzuordnung habe«, sagte Tomberg.

*

Hecht und Hering waren auf dem Weg zu Heinrich Bamberger. Sie wollten ihn wegen ihrer neuen Erkenntnisse, vor allem wegen seines Sponsorings der Maucherbüchse befragen. Wie immer steuerte Hecht das Dienstfahrzeug.

»Ich weiß nicht, was ich machen soll. Mein Sohn treibt mich noch in den Wahnsinn«, stöhnte Hering mit Resignation in der Stimme und rieb sich die Stirn.

»In dem neuen Jugendraum in Weiler, da ist alles drin, Internetanschluss, Sofas, Bar, Stehtische und so. Des wäre doch was für ihn«, sagte Hecht.

»Alles, was die jungen Leute heute fürs Chillen brauchen«, fasste Hering zusammen.

Hecht warf einen kurzen Blick zu ihr hinüber, der ihr verriet, dass er mit dem Begriff nichts anzufangen wusste.

»So nennt man heute entspannen oder abhängen«, stellte sie klar.

»Die können da auch spielen.«

Hering stutzte, sah einen Moment ungläubig zu ihm hinüber.

»Poker zum Beispiel.«

»Poker?« Entsetzt verzog sie das Gesicht.

»Des ist große Mode. Jeder hat seinen eigenen Koffer. Oder sie treffen sich alle mit ihren Laptops und vernetzen die miteinander.«

»LAN-Partys«, stellte sie fachmännisch fest. »Torben hat ganz schön an Gewicht zugelegt, seit er fast nur noch in seinem Zimmer rumhängt. Er sollte sich mehr bewegen.«

»In Degenfeld bauen sie eine weitere Mattenschanze, für 1,3 Millionen«, fiel Hecht spontan dazu ein. »Des wäre nicht weit. Nur über den Furtlepass, mit Bus oder Fahrrad: Die haben eine große Jugendgruppe, an der nehmen auch Jugendliche aus den umliegenden Orten teil. Vor allem die Mädchen sind beim Skispringen im Kommen. Sie versuchen alle ihrer Vereinskameradin Carina Vogt nachzueifern, ein großes Talent im neu eingeführten Frauenskispringen.«

Hecht glaubte, sie nun genug zugetextet zu haben. Minutenlang schwiegen beide, bis Hecht den Wagen abbremste und in die Auffahrt zum Anwesen der Familie Bamberger einbog.

»Bin gespannt, was der alte Bamberger zu der Maucherbüchse zu sagen hat«, meinte Hering, als sie aus dem Wagen stiegen.

»Tut mir leid, Herr Bamberger ist nicht da«, sagte Rosemarie Hackstock.

»In der Firma hieß es …«, begann Hecht.

»Zweimal in der Woche geht er in die Kneipp-Anlage hinter dem Hotel Fortuna. Mal morgens, mal abends. Normalerweise kommt er aber nach dem Wassertreten gleich nach Hause. Ich weiß auch nicht …«

Die beiden Kripobeamten wollten die Gelegenheit nutzen und nochmals allein mit der Haushälterin sprechen. »Haben Sie vielleicht nicht doch etwas wahrgenommen? Wenn nicht gesehen, dann gehört?«, fragte Hecht in der leisen Hoffnung, irgendeinen Anhaltspunkt zu bekommen, der ihre Ermittlungen weiterbringen würde.

»Tut mir leid, alles was ich weiß, habe ich schon in der Nacht, in der …«, schluchzend brach sie den Satz ab.

»Wie ist denn das Verhältnis von Herrn Bamberger zu seinen Kindern?«, begann Hering vorsichtig.

Rosemarie Hackstock saß mit gesenktem Kopf auf dem wuchtigen Sessel im Salon, den Körper leicht nach vorn gebeugt, die Hände zwischen den geschlossenen Knien gefaltet. »Ständig kurz gehalten hat er die Kinder, immer zu große Erwartungen an sie gestellt. Alle mussten funktionieren, wie er es wollte. Nie hat er Zuneigung gegenüber seiner Familie gezeigt. Das hält er für ein Zeichen von Schwäche.« Ihre Stimme wurde bitter und leiser, sie sah zu den Beamten auf. »Nicht nur die Kinder, auch die gnädige Frau hat er so behandelt. Die hat das nicht mehr ausgehalten, Depressionen bekommen und … Schlaftabletten.«

Hecht und Hering sahen sie nur an und ließen sie reden.

»Die Kinder geben ihm die Schuld. Keiner von ihnen hat ihm das je verziehen.«

»Und Sie, Sie waren dann so was wie eine Ersatzmutter?«, fragte Hering.

»Kann man so sagen«, sagte sie mit einem gütigen Lächeln. »Vor allem für die kleine Johanna und den Andy. Das Heinerle war ja schon fast erwachsen. Wie oft habe ich den gnädigen Herrn gebeten, nicht so hart zu den Kindern zu sein, ihnen mehr Freiheit zu lassen, dass sie sich nach eigenem Gusto entfalten können.« Resigniert schüttelte die Frau den Kopf. »Aber nein, nur mit Strenge und Disziplin werden ordentliche und erfolgreiche Menschen aus ihnen, so hat er immer gebetsmühlenartig seine Haltung gerechtfertigt. Dabei hat er nicht bemerkt, einfach nicht wahrhaben wollen, wie weit sich die Kinder im Laufe der Zeit von ihm entfernt haben.«

Hecht hatte den Eindruck, dass es ihr guttat, sich dies alles einmal von der Seele zu reden.

»Der Erste, der sich abgenabelt hat, war der Andreas. Der gnädige Herr hat ihm sogar gedroht, als er einen Schnitt gemacht hat und ausgezogen ist. Dann das mit der Johanna … als sie mit siebzehn in Hoffnung war, und das ohne einen Vater. Er hat ihr vorgeworfen, sie hätte sich von irgendeinem Taugenichts ein Kind andrehen lassen. So was hätte keine Zukunft in der Familie, würde nicht geduldet. Er hat sie aus dem Haus gejagt. Angefleht habe ich ihn.« Die alte Frau machte eine lange Pause.

»Und er?«, fragte Hering, um das Gespräch weiterzubringen.

»Er hat nur gesagt, es ginge mich nichts an, es sei nicht meine Familie, dass er sich nach einer anderen Haus…«, ihre Worte erstickten in leichtem Schluchzen. Hering reichte ihr ein Taschentuch, das sie dankbar annahm. »Vielleicht ist er selber Opfer vergangener Zeiten«, grübelte Rosemarie Hackstock vor sich hin. Mit langsamen Bewegungen massierte ihre Hand die runzelige Stirn.

»Was ist mit seinem Elternhaus?«

»Sein Vater ist früh gestorben. Folgen einer Kriegsverletzung. Ganz jung, gleich nach dem Studium, hat der gnädige Herr von heute auf morgen die Firma übernehmen müssen.«

»Wurde ins kalte Wasser geworfen«, stellte Hering für sich fest.

»War eine harte Zeit, das hat er immer wieder betont. Vielleicht hat das seinen Charakter geprägt.« Es fiel ihr schwer weiterzureden. »Und jetzt das mit dem Heinerle. Der konnte den Druck nicht aushalten, dann der Alkohol. In letzter Zeit noch Drogen, so weißes Pulver.« Die alte Frau fiel schluchzend in sich zusammen. »Die glauben, ich hätte das nicht gemerkt.« Ihr Kopf sank nach vorn.

Hering legte die Hand auf ihre Schulter und sah dabei zu Hecht hinüber. Der forderte sie mit einer Geste auf, die alte Dame weiter erzählen zu lassen.

»Ich habe die letzten Nächte kein Auge zugemacht … Ich wünschte, es hätte nicht den Heinerle, sondern ihn ...« Ihr Kopf fuhr ruckartig nach oben. Sie war selbst erschrocken über ihre letzten Worte. Und doch, in ihren Augen schimmerte abgrundtiefer Hass.

Plötzlich hörten sie das Geräusch eines Wagens in der Auffahrt. Der weiße Splitt knirschte. Rosemarie Hackstocks Gesicht begann zu leuchten. Sie wischte sich die Tränen aus den Augen und eilte aus dem Zimmer.

Hecht und Hering gingen zum offenen Fenster und sahen, wie eine große Frau in khakifarbener Outdoor-Hose und einfacher weißer Bluse aus einem Taxi stieg. Der Fahrer holte einen riesigen, prall gefüllten Rucksack aus dem Kofferraum und stellte ihn neben den Eingang.

»Hannerl, wie schöööön.« Rosemarie Hackstock kam aus dem Haus gerannt, öffnete ihre Arme, fasste die große Frau an den Schultern, zog sie zu sich hinunter. Sie strich ihr die braunen Haare zur Seite und küsste sie stürmisch auf die Wangen und die Stirn. Der dünne seitliche Zopf mit winzigen bunten Vogelfedern am Ende schwang vor das Gesicht der Frau.

»Du hast doch nicht etwa geweint, Rosi?«, fragte sie und sah die Haushälterin voller Wehmut an.

»Vor Freude«, erwiderte Rosemarie Hackstock. Johanna Bamberger wischte ihr mit dem Daumen eine Träne von der geröteten Wange.

Hering und Hecht beobachteten vom Fenster aus, wie die beiden Frauen sich innig umarmten. Es schien, als wollten sie sich nie wieder loslassen. Ein Hauch von Rührung stieg in Hering auf. Auch Hecht musste schlucken.

»Ist er da?«, fragte die junge Frau.

Freudig schüttelte Rosemarie Hackstock den Kopf.

Johanna Bamberger deutete auf den silbernen Mercedes. »Aber du hast Besuch?«

»Komm erst mal rein.« Die alte Frau versuchte, den Rucksack aufzunehmen.

Johanna schob sie sanft beiseite, nahm ihr das schwere Teil aus der Hand und schwang ihn auf ihren Rücken.

Gemeinsam betraten sie das Haus und gingen nach oben, wo die Polizisten sie erwarteten. Rosemarie Hackstock stellte sie einander vor. »Ich mach uns erst mal einen Kaffee. Dein Zimmer ist gerichtet«, sagte sie zu Johanna und wollte in Richtung Küche verschwinden.

»Lass es gut sein, Rosi, ich wohne bei Andy. Er holt mich nachher ab.« Es fiel der Frau sichtlich schwer, diese Worte über ihre Lippen zu bringen. Die Haushälterin erstarrte, akzeptierte dann mit einem lauten Schnaufen und schweren Herzens diese Entscheidung.

Johanna Bamberger wurde von Hering ausführlich und einfühlsam über den Tod ihres älteren Bruders informiert und reagierte erstaunlich gefasst darauf – aber nur äußerlich, wie die Kriminaloberrätin spürte. Dann fragte sie vorsichtig: »Sie wohnen nicht in Ihrem Elternhaus, wenn Sie zu Besuch kommen?«

Einen Moment herrschte Stille im Raum. Die junge Frau überlegte, ob sie die Frage ausführlich beantworten sollte. »Das hat seinen Grund«, sagte sie schließlich.

»Und welchen?«, bohrte Hecht weiter.

»Darauf möchte ich jetzt nicht näher eingehen.«

»Wie würden Sie das Verhältnis zwischen Ihren beiden Brüdern beschreiben?«, fragte Hering, nachdem sie ihrem Kollegen einen vorwurfsvollen Blick zugeworfen hatte.

Die Frau dachte eine Weile nach. »Zuletzt wie Kain und …«, sie erschrak selbst über ihre Worte und sah die beiden Polizisten unsicher an. »Also, wie Hund und Katze würde ich sagen«, versuchte sie, den Anfang ihrer Äußerung etwas abzuschwächen. »Sie waren nicht nur unterschiedlicher politischer Meinung, jeder hatte auch eine andere Lebenseinstellung.«

»Wie sind Sie mit Heiner klargekommen?«

»Es war okay so, er hat mein Leben akzeptiert und ich seins.«

Für die nächste Frage zögerte Hering. Zu lange, wie Hecht fand, deshalb mischte er sich ein: »Gibt es jemanden in Ihrer Familie, dem Sie den Mord zutrauen würden?«, ging der Hauptkommissar aufs Ganze, was ihm einen missbilligenden Blick von seiner Chefin einbrachte. Wieder Stille.

Hecht hatte schon nicht mehr mit einer Antwort gerechnet, da kam von Johanna ein klares Nein.

»Sie leben nicht in der Gegend?«, wandte Hecht sich unverfänglicheren Fragen zu.

»Die meiste Zeit lebe ich in Afrika.«

»Und wo dort?«, fragte er.

»Immer da, wo es gerade am ärgsten brennt. Ärzte ohne Grenzen.«

Hackstock kam herein und stellte ein Tablett mit Kaffee, Tee und Kuchen auf den Tisch. »Bitte bedienen Sie sich.«

Johanna Bamberger schenkte sich einen Tee ein. Für Hecht war das eine Gelegenheit, seiner Chefin zu signalisieren, dass er sich bei der Befragung vorerst zurücknehmen wollte.

»Ich war nur zufällig in Deutschland, als ich davon ...« Die junge Frau musste schlucken. Sie hatte Mühe, sachlich zu bleiben und nicht in Tränen auszubrechen. »Ärztefortbildung in Heidelberg. Seit über vierzig Jahren sind wir dort, wo man uns am dringendsten braucht. Mit mobilen Kliniken. Anfangs, schon während meines Studiums, war ich oft in Ruanda, der Konflikt zwischen den Tutsis und Hutus. Abertausend Menschen wurden dort ermordet. Derzeit bin ich in Uganda, im Norden, das ist Rebellengebiet. Täglich sterben dort unglaublich viele Kinder, allein schon an Fehl- und Unterernährung.«

»Es fällt Ihnen bestimmt schwer, sich hier immer wieder einzugewöhnen«, mutmaßte Hering.

»Wie Recht Sie haben.« Johanna Bamberger schnaufte. »Wir haben eine Frau behandelt. Die Rebellen hatten ihr Lippen und Ohren abgeschnitten. Und hier«, sie fuhr mit dem Arm einen Halbkreis, deutete damit auf das Reich ihres Vaters, »hier geht es um teuren Schmuck und andere Dinge, die der Mensch nicht braucht.«

Die beiden Polizisten schwiegen voller Betroffenheit. »Ist das nicht für Sie gefährlich da unten?«, fragte Hering, nachdem sie sich wieder gesammelt hatte.

»Das ist es und das war es immer schon. Wir wissen ja, was uns erwartet. Aber soll man die Menschen dort, vor allem die Kinder, ihrem Schicksal überlassen? Aber ich profitiere ja auch davon. Ich finde Anerkennung, spüre Dankbarkeit. Hier hingegen ... Er hat immer das Wohl der Firma über unseres gestellt. Alles musste sich dem unterordnen«, sagte Johanna Bamberger. »Die Erste, die das nicht mehr ertragen konnte, die einen Schlussstrich gezogen hat, war meine Mutter.« Es fiel ihr schwer, die Fassung zu bewahren.

In den Gesichtern der Polizisten lag Betroffenheit. Sie merkten, dass die Worte der Frau unheimlich an Schärfe zugenommen hatten, seit sie den alten Bamberger erwähnt hatte. Hecht und Hering ließen ihr Zeit, alle Zeit, die sie brauchte, um weiterzusprechen.

»Wie ist jetzt Ihr Verhältnis zu Ihrem Vater?«, fragte Hering vorsichtig.

»Ich würde sagen, es gibt keines«, erwiderte sie schnell mit kalter Stimme.

»Ich verstehe nicht«, sagte Hering.

»Er hat mich aus dem Haus gejagt, als ich siebzehn war ... und schwanger. So was ist völlig inakzeptabel in unserem Hause, war seine Begründung.«

»Und Ihr Kind?«

»Ich ... ich hab es verl...«, der Rest ging in ihrem Schlucken unter. »Wenn meine Brüder, vor allem aber die Rosi, wenn die nicht gewesen wären ...« Sie stand auf, ging ans Fenster und strich ihre Haare aus dem Gesicht. Ihre Augen waren geschlossen, die verschränkten Hände hielten den Nacken. Langsam begann sie, mit ihrem Kopf zu kreisen.

Nach einer Weile stand Hering auf und trat direkt neben sie. »Könnten Sie sich vorstellen, wer Ihren Bruder ... wer das getan haben könnte, aus seinem geschäftlichen oder aus seinem privaten Umfeld?«

Johanna Bamberger atmete tief durch, sah hinaus in den Garten. Unten fuhr gerade der rote Z4 aus der Garage die Auffahrt hinunter. Das auf dem Teich schwimmende Stockentenpärchen schien das nicht zu stören.

»Wenn Sie mich das wirklich fragen«, Johanna deutete auf den Wagen von Anke Bamberger, »und ich mir das da ansehe, dann kommen mir schon so Gedanken.«

»Die wären?«, fragte Hering.

»Das verwöhnte Modepüppchen, die hat Heiner dem Vertriebsleiter, diesem Schmieri, diesem, ähm ...«

»Güngör«, warf Hering ein.

»... Felix Güngör genau, ausgespannt.«

*

Die beiden Beamten verließen die Villa und gingen auf den silbernen Daimler zu, der neben der Garagenzufahrt stand. Statt den Wagen zu öffnen, schaute Hecht seine Chefin über das Autodach hinweg an. Ihm waren ihre missbilligenden Blicke über seine Gesprächsführung nicht entgangen. Die Zeit für ein paar klärende Worte war überfällig.

Hering begriff, dass er reden wollte. Entschlossen erwiderte sie seinen Blick. »Fanden Sie das eben in Ordnung?«

»Ich stelle nur Fragen, die wir stellen müssen«, konterte er.

»Sie hat ihren Bruder verloren. Auch für den Fall, dass ich mich wiederholen muss, etwas mehr Sensibilität wäre hier angebracht gewesen«, sagte sie in eisigem Ton.

In ihm schien es zu kochen. »Ja ja, immer die gleiche Leier. Man könnte glatt meinen, wir sind eine, eine Beratungsstelle und keine Kripo, die einen Mord aufzuklären hat.«

»Jetzt kommen Sie mir nicht schon wieder damit«, zischte sie.

»Rücksicht, Einfühlungsvermögen, okay, aber nur da, wo es wirklich angebracht ist«, versuchte er, sich weiter zu rechtfertigen.

»Und hier war es das.«

»Ich glaube die ka… kann das vertragen, die ha… hat das ganz gut verarbeitet«, sagte Hecht leicht stotternd. »Wir müssen vorankommen. Wenn der Zybura wieder au… auf der Matte steht, dann haben wir nichts. Kollateralschäden müssen wir eben in Kauf nehmen, au… auch dann, wenn sich jemand auf den Schlips getreten fühlt.«

»Und was haben wir vergessen durch dieses Geplänkel hier?«, fragte Hering leicht gereizt.

»Nach dem genauen Alibi zu fragen«, antwortete Hecht. Er war ebenso wie seine Chefin in der Lage, blitzschnell umzuschalten auf die Ermittlungsroutine.

»Also.« Hering deutete mit dem Kopf an, dass sie wieder zurückgehen und nachfragen sollten.

Mit übertrieben starkem Tastendruck auf den Schlüssel öffnete Hecht den Wagen, als wolle er seine Worte damit bekräftigen: »Des können Sie sich sparen, die war es nicht.«

»Und warum sind Sie da so sicher?«

»Bauchgefühl.«

Sie stiegen ein und schwiegen, als sie in Richtung Innenstadt fuhren.

Hering dachte eine Weile nach, kam zu dem Schluss, dass dies die erste Auseinandersetzung seit Langem war. Vielleicht näherten sie sich allmählich an – dienstlich natürlich. Die Zeit schien vorbei, als sie sich ständig mit ihm wegen seiner manchmal unkonventionellen und sonderbaren Methoden in der Wolle hatte und überreagierte. Aber wenn sie ehrlich war, musste sie anerkennend zugeben, dass diese Methoden fast immer zum Erfolg führten. War sie doch zu weich für diesen Job? Konnte sie nicht mal über ihren eigenen Schatten springen? Hatte sie nicht zu oft Angst, dass er seine Kompetenzen auf ihre Kosten überschritt? Wieder einmal plagten sie Selbstzweifel.

Hecht hatte bisher stur auf den Verkehr geachtet und seine Chefin, seit sie losgefahren waren, keines weiteren Blickes gewürdigt. Sie war direkt, ehrlich und geradeheraus, das schätzte er an ihr. Ja, okay, ihr Einfühlungsvermögen, das war, wenn er ehrlich war, auch manchmal nützlich. Wo er am Ende war, erreichte sie oft noch etwas. Aber wenn sie damit in seine Strategien hineinfunkte – da ging ihm das ziemlich auf den Geist.

*

Die Kneipp-Anlage am Hauberweg hinter dem Hotel Fortuna war von hohen, schattenspendenden Winterlinden umgeben. Ein Mann mit breitkrempigem Strohhut schritt gemächlich im Storchengang seine Runden durch das mit Betonplatten umrandete Wassertretbecken. Seine Hosen waren bis zu den Waden hochgeschoben, die Anzugjacke hing über dem Edelstahlgeländer an der Treppe, die ins Becken hinunterführte. Seine hellen, dünnen Beine kamen abwechselnd und vollständig aus dem Wasser, die Fußspitzen waren nach unten gebeugt. Über all dem wachte auf einem Sockel eine große Bronzebüste von Pfarrer Sebastian Kneipp.

Hecht und Hering standen am Eingangstor und ließen die Szene eine Weile auf sich wirken. Langsam gingen sie an einem kleinen Holzhäuschen vorbei auf die Treppe zu. Davor blieben sie stehen, bis der Mann seine Runde zu Ende gedreht hatte.

»Sie schon wieder«, sagte Heinrich Bamberger, als er sie bemerkt hatte.

»Wir hätten noch ein paar Fragen«, sagte Hering.

Bamberger stieg die Treppe hinauf, griff nach seiner Jacke und ging zu einer Holzbank hinüber, vor der ein paar schwarze Halbschuhe standen. Seine blanken Füße hinterließen nasse Abdrücke auf den von der Sonne erwärmten Wegplatten. Stöhnend ließ er sich auf die Bank nieder. »Also, worum geht es denn, gnädige Frau?«

Hering setzte sich neben ihn. Hecht blieb mit ein wenig Abstand vor ihm stehen. »Warum haben Sie mir, als wir uns über die Maucherbüchse unterhalten haben, nicht erzählt, dass Sie einer der Hauptsponsoren sind?«, fragte Hering.

Bamberger begann, sich das Wasser von den Füßen zu streifen. »Weil es für mich nicht von Bedeutung ist. Sie aber sollten Ihrer Aufgabe nachkommen, sie wiederzufinden. Aber zuerst finden Sie bitte den Mörder meines Sohnes.«

»Können Sie sich einen Zusammenhang zwischen dem Raub und dem Mord vorstellen.«

»Nein, absolut nicht.« Bamberger versuchte, sich die Socken anzuziehen, was sich auf den feuchten Füßen gar nicht so einfach gestaltete.

Hering hatte erkannt, dass sie so nicht weiterkommen würden. Noch ehe sie weiterfragen konnte, hatte Hecht das Wort ergriffen. »Wir haben bei Ihrem Sohn Angebote zur Übernahme Ihrer Firma gefunden.«

»Dann sind Sie ja bestens im Bilde.« Wenn ihn das Thema berührte, so ließ er es sich nicht anmerken.

»Sie wollten nicht verkaufen. Obwohl Ihre Firma in finanziellen Schwierigkeiten steckt und die Banken Probleme machen.«

»Woher wissen Sie das? Das ist streng vertraulich!«, stieß er nun doch gereizt hervor.

»Ich wusste es nicht, habe es nur vermutet. Sie haben es mir aber gerade bestätigt«, antwortete Hecht mit eiskalter Schärfe in der Stimme.

Bamberger stutzte, dann schlüpfte er in seine Schuhe. Hering sah dem alten Mann an, dass es ihn ärgerte, von Hecht überlistet worden zu sein. Anerkennend zog sie die Augenbrauen hoch. Solche Methoden, diese Dreistigkeit ihres Kollegen konnte sie eigentlich nicht billigen. Doch in diesem Fall ... Verdammt noch mal, dieser alte Fuchs!

Hecht ließ nicht locker. »Des heißt, Sie wollen trotzdem nicht verkaufen oder fusionieren?«

»Nur über meine Leiche.«

»Und Ihr Sohn, der wusste das?«

»Das habe ich klargestellt, ein für alle Mal.«

»Ich werde nicht schlau aus dem Mann«, begann Hering laut zu denken, als sie wieder im Wagen saßen. »Diese Ausstrahlung, dieses vereinnahmend Bestimmende.«

»Tja, dieser Patriarch, der kann einem schon sagen, wo es langgeht. Geschäftlich und privat«, sagte Hecht.

»Wir haben ein tischgroßes Puzzle und nur eine Handvoll einzelner Stücke. Und davon kaum eines, das ins andere passt«, sagte Hecht mit kraftloser Stimme. Er hatte den Eindruck, dass sich auch bei seiner Chefin ein Gefühl von Hilflosigkeit und Ohnmacht eingestellt hatte.

»Für mich ist dieser Fall noch sehr verwirrend«, seufzte sie kopfschüttelnd.

Hecht sah kurz zu ihr hinüber, dann brach es aus ihm heraus: »Mir geht es genauso.«

*

Hecht und seine Frau saßen am Esszimmertisch. Er las die Vereinsnachrichten im Mitteilungsblatt für die Gmünder Ortsteile Bettringen, Degenfeld und Weiler. Simone lernte Dialoge für die nächste Theateraufführung des Turnvereins.

Marie-Luise kam in den Raum, grüßte kurz und ging auf direktem Weg zur offenen Küche hinüber. Die Zwanzigjährige studierte in Köln Medienwissenschaften. Es war nicht wie üblich einer ihrer monatlichen Besuche bei Familie und Freunden. Diesmal dauerte ihr Aufenthalt sechs Wochen, denn sie absolvierte während ihrer vorlesungsfreien Zeit ein Praktikum in der Redaktion der Remspost, einer der beiden Gmünder Tageszeitungen.

Hecht sah von seiner Lektüre auf. Es passierte immer wieder, dass er sich, wenn er sie sah, seine Marie-Lu, wunderte, was aus seiner kleinen Tochter geworden war. Insgeheim war er mächtig stolz auf sie, vor einem Jahr hatte sie ein Einserabitur hingelegt. Nur dass sie Medienwissenschaften studierte, wurmte ihn ein bisschen. Aber immer noch besser als so etwas Brotloses wie Philosophie oder gar indische Kunstgeschichte. Nur mit Grausen dachte er an diese Zukunftswünsche, denen sie vorher nachgehangen hatte. Ihm allerdings wäre Medizin, Jura oder wenigstens eine Ingenieurwissenschaft lieber gewesen.

Wie immer war Marie-Luise ungeschminkt, ihr Aussehen wirkte natürlich. Keine Spur von Kajal, nicht mal ein Hauch von Lipgloss war an ihr auszumachen. Hecht wurde warm ums Herz, wenn er ihre Art, ihre Gestik, ihre Bewegungen beobachtete. Sie war das Ebenbild ihrer Mutter, die Marie-Luises Alter hatte, als er sie kennenlernte.

Marie-Luise öffnete den Kühlschrank, was Simone veranlasste, von ihrem Drehbuch aufzublicken. »Willst du noch was essen? Ich hätte noch Maultaschen, die könnte ich dir warmmachen.«

»Nee danke, ich nehm mir 'nen Joghurt.«

»Und, wie läuft es so in der Redaktion?«, wandte sich Hecht an seine Tochter.

»Super, macht echt Laune«, freute sie sich und kam löffelnd aus der Küche herüber.

»Und die Kollegen?«

»Sind nett, alle.«

»Musst du noch Kaffee kochen, oder darfst du schon was schreiben?«, frotzelte Hecht und schmunzelte dabei.

Die Zwanzigjährige verzog das Gesicht, während Simone nach der Zeitung griff und sie auf den Tisch legte. Sie schlug eine Seite auf, schob sie zu ihrem Mann hinüber und zeigte auf einen Artikel, der die gesamte obere Hälfte der Seite füllte. Doch Hecht interessierte sich mehr für den Bericht darunter. Er las, dass das

Verfahren zur Wiedereinführung des ehemaligen Gmünd-Autokennzeichens kurz vor dem Abschluss stand. Morgen würde im Kreistag in Aalen eine endgültige Entscheidung darüber fallen. Das Kennzeichen »GD« war den Gmündern genau vor vierzig Jahren bei der Kreisreform weggenommen und durch das »AA« ersetzt worden. Der Ansturm auf die Zulassungsstelle würde enorm sein. Über dreitausend Vorreservierungen waren bereits beim Landratsamt eingegangen, stand zu lesen. So bald wie möglich wollte auch er sein Glück versuchen und seinem VW-Bus und Simones Polo ein GD-Nummernschild verpassen. Für ihn war das nicht nur reine Nostalgie, sondern ein Bekenntnis zu seiner Heimat, mit der er sich sehr verbunden fühlte.

Dann fiel sein Blick auf die dreispaltige Reportage, auf die ihn Simone hingewiesen hatte. Es war ein Bericht über den Widerstand gegen den Bau der Gaspipeline in Lindach und Alfdorf. Auf den Bildern waren mit Farbe besprühte Baumaschinen und Demonstranten mit Plakaten zu sehen. Stolz deutete Simone auf eine Stelle zwischen dem oben stehenden, fettgedruckten Anreißertext und dem eigentlichen Artikel, an der »Von Marie-Luise Hecht« stand.

»Von dir?«, fragte er mit einem ungläubigen Staunen.

Marie-Luise nickte eifrig. Die Freude darüber stand ihr ins Gesicht geschrieben.

»Na, was sagst du dazu. Unsere Große.« Simone warf einen stolzen Blick auf ihre Tochter. Hecht hingegen begnügte sich damit, die Mundwinkel anerkennend nach oben zu ziehen. Er freute sich mit ihr und wollte anfangen zu lesen, wurde aber von Simone abgelenkt.

»Schreib doch mal was über deinen Vater, seine Heldentaten im Dienst«, schlug sie ihrer Tochter lachend vor.

Hecht sah von der Zeitung auf. »Haha, die Reportage, die würde auf eine Briefmarke passen.«

Marie-Luise setzte sich ihren Eltern gegenüber an den Tisch. Ihre Füße verschränkte sie im Schneidersitz auf dem Stuhl. Jedes Mal, wenn Hecht sie so auf dem Stuhl hocken sah, taten ihm schon beim bloßen Anblick seine Knochen weh.

»Ach ja, hab ich's schon erzählt?« Ihre Augen wanderten schnell zwischen ihren Eltern hin und her. »In drei Wochen wird Dennis bei mir einziehen.« Sie wartete gespannt auf eine Reaktion ihrer Eltern. Beide sahen sie nur an, waren sprachlos. Dass sie seit einigen Monaten einen festen Freund hatte, wussten sie.

Hecht musste schlucken. Die Zufriedenheit war verflogen und extremem Misstrauen gewichen.

»Ist das nicht ein bisschen zu früh?«, begann Simone vorsichtig.

»Mit diesem, diesem Hungerleider willst du ...?«, fragte Hecht entsetzt. Insgeheim wünschte er sich, dass seine Tochter dies verneinte.

»Also Papa!«, rief sie empört. »Dennis ist Schauspieler.«

»Hungerleider, sag ich doch.«

»Und dazu noch ein guter«, legte sie mit einem gewissen Trotz nach.

Seine kleine Marie-Lu, sein kleines Mädchen, will mit irgend so einem Kerl zusammenziehen. An wen ist sie nur geraten, fragte er sich besorgt. »Wo stammt der denn her?«

»Aus L.A.«, sagte sie schnippisch.

»El-ey? Los Angeles?«, fragte Hecht erstaunt. »Auch noch ein Ami?« Sogar Simone runzelte ungläubig die Stirn.

»Lennestadt-Altenhundem«, korrigierte Marie-Luise und lachte dabei.

»Also aus dem Sauerland«, vergewisserte er sich. »Und was machen seine Eltern?«

»Wird das jetzt ein Verhör?«, raunzte Marie-Luise ihren Vater an. Bisher hatte sie gute Miene zu diesem Spiel gemacht. Jetzt reichte es ihr. »Ich komme mir vor, als stünde ich vor dem ... dem Großinquisitor.« Sie sprang auf und fuchtelte dabei mit den Armen.

Simone wollte die Unterhaltung entschärfen, versuchte mit beschwichtigenden Handbewegungen, die Wogen zu glätten. »Lass es gut sein, Tone. Erzähl lieber weiter aus der Redaktion«, forderte sie ihre Tochter auf, fasste sie am Arm und drückte sie sanft auf den Stuhl zurück.

Hecht kannte Marie-Luise zu gut. Ihm war klar, dass gegen ihren Dickkopf nicht anzukommen war. Von wem sie den hatte, daran verschwendete er keinen Gedanken. Er ließ die Sache auf sich beruhen – vorerst.

»Ich bin an einer Wahnsinns-Story dran«, teilte sie euphorisch mit.

Simone war gespannt. »Erzähl, an was denn?«, fragte sie voller Ungeduld. Auch Hechts Gesichtsausdruck signalisierte Interesse.

Langsam und ausschweifend fuhr die junge Frau mit der Hand einen Bogen durch die Luft. »Der Bamberger-Clan – Aufstieg einer alteingesessenen Gmünder Schmuckdynastie«, betonte sie theatralisch.

»Und der Abstieg, wenn des so weitergeht«, murmelte Hecht gedankenverloren vor sich hin.

»Wie meinst du das?«, fragte Simone.

»Die Banken, die sträuben sich zunehmend, dem Unternehmen Kredite zu geben, ähm, ach, vergiss es«, wiegelte er ab.

Vergessen? Wieso sollte sie, fragte Marie-Luise sich.

»Redet ihr über diesen Schmuck Bamberger?«, wollte Simone sich vergewissern.

»Ja. Die produzieren inzwischen zwar vor allem industriell, aber auch noch in der eigenen Manufaktur, tolle Stücke. Die musst du dir unbedingt mal ansehen, Mama«, kam Marie-Luise ins Schwärmen.

»Ich hab gedacht, die stellen nur Modeschmuck her«, warf Simone ein.

»Nicht nur. Bei denen kannst du dir jeden Ring mit den teuersten Klunkern machen lassen. Die sind ganz dick drin im Geschäft, mit der Herstellung von hochwertigem Schmuck mit Diamanten und anderen Edelsteinen«, erzählte die junge Frau weiter.

Hecht staunte nicht schlecht, wie gut seine Tochter über die Firma informiert war. »Woher du des alles weißt«, stellte er anerkennend fest und spitzte weiter die Ohren.

»Das ist investigativer Journalismus«, sagte Marie-Luise wie selbstverständlich.

»Was auch sonst«, stellte Hecht lapidar mehr für sich selbst fest.

»Ich hatte am Freitag Gespräche in dem Laden. Auch mit Anke

Bamberger, der Design- und Kreativchefin. Später kam noch ein Mann dazu«, sie überlegte, »so ein Gelfuzzi.«

»Güngör, Felix Güngör«, half Hecht ihr.

»Genau der.«

»Die haben Geschäftsbeziehungen in der ganzen Welt, vor allem aber in Pforzheim, Idar-Oberstein und Antwerpen.«

Hecht legte die Zeitung beiseite. »Antwerpen? Da wurde doch die Maucherbüchse restauriert.« Seine Tochter hatte durch ihren »investigativen Journalismus« anscheinend Informationen gesammelt, die ihm bisher entgangen waren.

»Und jetzt das mit dem Juniorchef. Schrecklich so was«, mischte sich Simone wieder ein und riss ihren Mann aus seinen Gedanken. »Hörst du überhaupt zu?«

»'türlich.«

»Es hat den Anschein, als schwele hinter den Kulissen ein Generationskonflikt«, sagte Marie-Luise. »Der alte Bamberger, das ist schon ein Patriarch, ein, ein …«, sie rang nach Worten, »ein Übervater, wie sie eigentlich schon längst ausgestorben sind. Alle müssen nach seiner Pfeife tanzen. Wahnsinn, was die mir in der Firma so alles hinter vorgehaltener Hand gesteckt haben, das glaubt ihr nicht. Das hält doch kein normaler Mensch aus.«

»Kein Wunder, dass sich seine Frau vor Jahren umgebracht hat, als die Kinder noch klein waren. Die hat im goldenen Käfig gelebt.« Kaum hatte Hecht dies ausgesprochen, wurde ihm nicht wohl in seiner Haut. Das waren Fakten, die eigentlich nicht für Unbeteiligte außerhalb des Dienstes bestimmt waren. Ihm wurde heiß. Adrenalin schoss durch seinen Körper. »Des alles habt ihr jetzt aber nicht gehört«, sagte er laut.

»Warum denn?«, fragte Simone etwas irritiert.

Marie-Luise witterte Morgenluft. Vielleicht war es eine Chance, mehr Informationen für ihre Geschichte zu bekommen. »Gibt es denn neue Erkenntnisse im Fall Bamberger?«

»Mensch Große, du redest schon daher wie eine alte, abgebrühte Journalistin«, bemerkte Simone anerkennend.

»Darüber kann, darf und will ich nicht reden.« Hecht schnaufte. »Das weißt du doch.«

»Ist schon gut, Papa, du machst deinen Job und ich mach meinen.« Feine Nervosität war bei ihr zu spüren. »Also, ich geh dann nach oben. Gute Nacht.«

Irritiert sah Hecht auf seine Armbanduhr und schüttelte verwundert den Kopf.

»Muss noch was arbeiten«, erklärte sie beiläufig und war schon durch die Tür verschwunden.

»Was hat sie denn auf einmal?«, fragte Simone.

Hecht sah vor sich hin, zuckte nur kurz mit den Schultern. Ihm war nicht wohl in seiner Haut.

*

»Da gibt es sicher auch Mädchen, nette Mädchen«, sagte Hering augenzwinkernd. Den ganzen Abend schon versuchte sie, ihrem Sohn einen Besuch im neu eröffneten Jugendraum von Weiler schmackhaft zu machen. Die beiden saßen an einem Tisch im Gasthof Mondschein und aßen zu Abend.

Torben kaute mit vollem Mund und hatte offensichtlich und zu ihrem Verdruss keine Lust, auf den Vorschlag seiner Mutter einzugehen. Sie verdrehte genervt die Augen, blies ihren Atem aus einem Mundwinkel hinaus, so dass eine Haarsträhne aus dem Gesicht zur Seite flog.

Nachdem er zu ihr nach Gmünd gekommen war, hatte es sie irritiert und geärgert, dass er sich dauernd hinter seinem Laptop verschanzte. Die einzigen Räume, in denen er sich neben seinem Zimmer aufhielt, waren Chatrooms im Internet und die Gaststube. Seitdem er ein eigenes Zimmer neben ihrem bezogen hatte, bekam sie das wenigstens nicht mehr hautnah mit, und ihre Beziehung hatte sich ein wenig entspannt.

Trotzdem machte sie sich Sorgen, dass Torben hier keine wirklichen Freunde finden würde, sich seine sozialen Kontakte nur noch auf Facebook beschränken könnten. Deshalb war es ihr wichtig, dass ihr Sohn hier im Ort Anschluss fand. Außerdem hatte sie mit Entsetzen feststellen müssen, dass der Junge schon begann, leichten Bauchspeck anzusetzen. Es musste etwas geschehen, sie musste gegensteuern. Seit Tagen schon versuchte sie, ihn zu motivieren und zu überzeugen, für ein Ziel zu arbeiten, sich vielleicht gemeinnützig zu engagieren und vor allem eines – Sport zu treiben. Vergeblich.

Sie fragte sich allerdings, ob sie nur das Wohl von Torben im Sinn hatte, oder auch ihr eigenes, wenn sie versuchte, ihn vom Computer fernzuhalten. Wollte sie in Wirklichkeit nur ein wenig mehr Zeit mit ihm verbringen? Und wenn schon, war das denn zu viel verlangt? Sie wollte ihn endlich vom Norden, von Eike, ihrem untreuen Ex, lösen und Torben für immer hier bei sich haben. War das Mutterliebe oder nur purer Egoismus? War es diese Unsicherheit, die ihr die letzten Nächte den Schlaf geraubt hatte?

»Du musst endlich was mit deinen Schulkameraden unternehmen.« Sie ließ nicht locker. Ein leichtes Flehen lag in ihrer Stimme.

»Oh Mona, die lerne ich doch erst nach den Ferien kennen«, entgegnete er genervt über so viel Unbedachtheit seiner Mutter.

Natürlich. Sie hatte nicht daran gedacht, dass die Ferien oben in Schleswig-Holstein bereits Ende Juni begonnen hatten und im Süden erst Mitte September enden würden. Also hatte Torben diesen Sommer ein paar Wochen länger Ferien und würde erst in ein paar Wochen seine neue Klasse kennenlernen. Sie verbesserte sich: »Die jungen Leute im Ort hier, meine ich natürlich.«

»Jaja.«

»Es gibt eine große Auswahl von Vereinen. Musikverein, Liederkranz.« Er schaute sie ungläubig an. »Ski- und Fußballverein«, schob sie schnell nach.

Er schenkte ihr nur ein mitleidiges Lächeln. »Ach Mona, ich mach mir doch meine Füße nicht kaputt.«

Hering war verblüfft. Es dauerte einen Moment, bis sie in der Lage war weiterzureden. »Menschenskind, irgendwas muss es doch hier im Dorf geben, was dich interessieren könnte.«

»Ich könnte rüber nach Degenfeld und mit dem Skispringen anfangen. Ich überleg es mir.«

Hering war entsetzt. Skispringen? Oh Gott, nein, das wollte sie nun wirklich nicht. Bei ihrer letzten Sonntagswanderung auf der

Schwäbischen Alb war sie an den Mattenschanzen im Süden des Kalten Feldes vorbeigekommen. Jungen und Mädchen in Torbens Alter und jünger waren die große Anlage hinuntergesprungen und über vierzig Meter weit durch die Luft geflogen. Sie als Flachländerin konnte sich sowieso nicht vorstellen, wie jemand so eine steile Rampe hinunterfahren und vom Schanzentisch springen konnte – und das noch im Sommer.

Hering war mit ihrem Latein am Ende. Beide schwiegen, blickten sich nur ab und zu abwartend an. Es war Torben, der das Gespräch wieder in Gang brachte. Er wischte sich den Mund ab und lehnte sich in seinem Stuhl zurück.

»Also gut Mona, damit endlich Ruhe ist. Wir machen einen Deal.«

Was würde da für ein Vorschlag kommen? Sie war skeptisch, beugte sich zu ihm nach vorn. »Ich bin ganz Ohr.«

»Du hörst endlich auf zu nerven, und ich verspreche dir, in den Jugendraum zu gehen. Und das gleich nachher.«

Herings Gesichtsausdruck erhellte sich.

»Aber nur ein einziges Mal«, relativierte er seinen Vorschlag sofort.

Mona verzog das Gesicht. Mit einem geseufzten »Okay« ging sie auf den Handel ein. Was sollte sie tun? Besser das als gar nichts. Erleichtert griff sie nach ihrem Glas Samtrot und nahm einen großen Schluck. Etappenziel erreicht – das ist doch schon was, lobte sie sich.

»Ach ja, die Tattoos, die lasse ich mir hier stechen«, teilte er seiner Mutter mit und fuhr sich mit der einen Hand über den Oberarm.

Hering musste sich zwingen, gefasst zu bleiben. »Viele Stoffe in Tätowierfarben lagern sich in den Lymphknoten ab und können krebserregend sein.«

»Keiner, den ich kenne, hat deswegen Krebs bekommen.«

»Das kann sich erst nach Jahren oder gar Jahrzehnten auswirken.« Hering musste das erst mal verarbeiten. Sie wollte jetzt nicht weiter auf dieses konfliktbehaftete Thema eingehen. Es würde sie zu sehr aufregen und ihren Schlaf bestimmt nicht verbessern, den sie bei der derzeitigen Arbeitsbelastung so dringend benötigte.

Torben beschäftigte sich wieder eifrig mit seinem Laptop, wie er es schon die ganze Zeit zwischendurch immer mal gemacht hatte. Der war immer dabei und stand jetzt seitlich zwischen den Gläsern und Tellern. »Mensch Mona, das ist voll crazy«, rief Torben begeistert. »Ich hab es endlich. Schau mal hier, die Motive.« Begeistert drehte er das Gerät zu ihr hinüber und zeigte auf die Fotos auf dem Monitor. »Yeah!«, rief er und stieß dabei seine geballte Faust in die Luft. »Ist das nicht der Knaller?«

In Herings Gesicht stand schlagartig blankes Entsetzen. »Bist du wahnsinnig! Du hast sie doch … alles andere, nur das nicht!« Hätte man ihr jetzt Blut abnehmen wollen, es wäre bestimmt kein Tropfen herausgekommen.

*

In sich gesunken kauerte der Niederländer am Tisch, direkt unterhalb des runden Fensters, auf dessen blauem Grund eine gelbe Mondsichel mit drei Sternen gemalt war. Im Fensterrahmen saß eine kleine Figur in einem Zaubererkostüm auf einer Schaukel. Vor ihm auf dem Tisch stand ein fast ausgetrunkenes großes Bier und ein leeres Glas Slibowitz. Daneben lag eine Ausgabe der Remspost. Der aufgeschlagene Lokalteil zeigte einen Nachruf mit Bild auf Heiner Bamberger. Seine Aufmerksamkeit aber war jetzt auf ein Foto gerichtet, das er in seinen Händen hielt. Es zeigte eine hübsche junge Frau und zwei kleine Kinder. Mit dem Finger strich er langsam und zärtlich über ihre Köpfe. Ab und zu blickte er auf und sah zu den Stammtischlern hinüber. Nebenbei bekam er wegen der hohen Lautstärke notgedrungen Bruchstücke ihrer Diskussion mit.

Bisher war es um den Mord an dem jungen Bamberger gegangen, jetzt schien das Thema Patientenverfügung und Organspende angesagt zu sein. Es war ein bunt durchmischtes Häuflein von Damen und Herren unterschiedlichsten Alters. Sie kamen auch aus umliegenden Ortschaften, hinter dem Furtlepass, sogar aus

Aalen und Esslingen. Der Übernachtungsgast aus Holland, der kaum redete, kam ihnen geheimnisvoll vor. Sein Verhalten gab ihnen Rätsel auf und damit auch Grund, über ihn zu spekulieren. Sie wussten nur, dass er sein Motorrad verkaufen wollte. Auch dass er finanziell klamm zu sein schien, hatten sie immerhin herausbekommen. Sie waren neugierig, wollten Hecht, der gerade den Gasthof betrat, auf ihn ansetzen.

»Anton, du bisch doch bei der Kripo, frag du den doch mal, was genau der vorhat«, forderte ihn einer in der Runde in leiser, konspirativer Lautstärke auf.

»Spinnst du! Du neugieriger Siach«, erwiderte Hecht gereizt. Die anderen am Tisch zuckten wegen der unerwarteten Schärfe in seiner Antwort zusammen. »Mensch Leute, tut mir leid. Aber macht mal einen Punkt. Vor allem lasst mir bitte heute meine Ruhe«, sagte er mit vor der Brust gefalteten Händen. »Ich habe im Geschäft genug um die Ohren. Ich kann mich doch nicht um alles kümmern«, versuchte er, die Situation zu entschärfen, verschwand um die Ecke und setzte sich ganz hinten an den Tresen.

Hering saß immer noch an ihrem Tisch. Die ganze Zeit schon, seit Torben sich wie versprochen in den Jugendraum verabschiedet hatte, war ihr Augenmerk auf das Verhalten des sonderbaren Gastes gerichtet. Sie hatte bruchstückhaft seine kurze Unterhaltung mit der Wirtin mitbekommen und ihn dann nicht mehr aus den Augen gelassen. Seine Gesichtsfarbe hatte jetzt zu leichenblass gewechselt. Schweißperlen standen auf der sorgenvoll gerunzelten Stirn. Die Mundwinkel begannen zu vibrieren. Tränen schossen ihm in die Augen. Hering stand auf, nahm ihr Weinglas und ging zu ihm hinüber. Als Erstes fiel ihr das an den Rändern stark abgegriffene Familienfoto auf. »Kann ich Ihnen helfen? Geht es Ihnen nicht gut?«

Langsam hob der Mann den Kopf und sah sie an. Sein Gesicht war verquollen und ernst. Er schüttelte den Kopf. »Mir kann keiner mehr helfen«, sagte er mit Hoffnungslosigkeit in der Stimme. Dann stand er auf und ging schnellen Schrittes an Hering vorbei in Richtung Toiletten. Ratlos blieb sie zurück und sah fragend zur

Wirtin hinüber, die das Ganze beobachtet hatte. Die verzog nur das Gesicht und zuckte mit den Schultern.

Auch die Stammtischler hatten die schlechte Verfassung des Mannes bemerkt und sie sofort zu ihrem Thema gemacht. »Oh Mann, der Motorradfahrer, der sieht vielleicht scheiße aus«, stellte einer aus der Runde fest.

»Net dass des womöglich noch ein Schlägle wird«, befürchtete der Strümpfelmüller-Karl.

»Quatsch, die Symptome eines Schlaganfalls sehen anders aus«, klärte ihn ein Glatzköpfiger auf.

Unsicherheit machte sich unter der Stammbesatzung breit. »Was machen wir jetzt?«

»Am Bezirksamt drüben, da hängt ein Defibrillator«, riet ein weißhaariger Mann mit roten Backen.

»Der bewegt sich doch noch«, stellte der Glatzköpfige sachkundig fest, »da benötigt man so ein Ding nicht.«

»Genau, den brauchen wir erst, wenn der nimmer zuckt«, warf ein anderer ein und zog genüsslich eine Prise Schnupftabak in seine Nase. Der Rotbackige gab sich zufrieden und bewunderte insgeheim seinen Tischnachbarn, der sich offensichtlich so gut auskannte.

Der Gast stand vor dem Waschbecken der Herrentoilette. Sein Oberkörper war darüber gebeugt, das Hemd geöffnet. Der Kopf versank in den mit Wasser gefüllten Händen. Er richtete sich auf. Er drehte den Hahn nicht zu. Heftig fuhr sein Kopf hin und her. Dicke Tropfen klatschten gegen den Spiegel und den Händetrockner. »Das darf doch alles nicht ...« Schluchzend sackte er in sich zusammen und stützte sich mit den Händen auf dem Waschbecken ab.

Hering hatte sich an die Theke gestellt und unterhielt sich mit der Mondschein-Wirtin.

»Irgendwas ist mit der Familie«, sagte die mit besorgter Miene.

»Sind sie etwa tot? Ein Unfall?«, mutmaßte Hering.

»Nein, ich denke, seine Frau hat ihn verlassen, mit den Kindern.

Er will sie bald wiedersehen, sie in die Arme nehmen, hat er die letzten Tage immer gejammert.«

»Ja, das kann einen buchstäblich zerreißen«, stellte Hering mitleidsvoll fest.

Ein gut gebräunter Mann mit kurzen grauen Haaren war unterdessen vom Stammtisch aufgestanden und mit einem leeren Hefeweizenglas zu den beiden Frauen an die Theke getreten. Es war Dr. Kaheifri aus dem Südsee-Königreich Tonga, der schon seit über zehn Jahren in Weiler wohnte und ab und zu am Stammtisch saß, meist aber nicht viel sprach, lieber zuhörte. Jetzt musste er doch einen Kommentar abgeben: »Mit dem Man da, da timmt wat nickt, überhaupt nickt. Dat tind nickt nur die Kinder. Der hat nock ein anderet, ein Rietenproblem.«

Hering überkam ein seltsames Gefühl. Sie spürte auch, dass es dem Niederländer nicht gutging, gar nicht gut sogar. Sie setzte sich ganz hinten zu Hecht an den Tresen und bestellte noch ein Viertel Samtrot. Ihr ließ das Ganze keine Ruhe. Hinter der Theke hatte sie sogar heimlich einen kurzen Blick in die Meldekarte des Gastes geworfen und mit dem Smartphone ein Foto davon gemacht. Tief über ihre Gläser gebeugt und ohne sich anzusehen, sprachen die beiden über den Niederländer, bis Hering ihn mit ihrem Ellenbogen leicht in die Rippen stieß und mit dem Kopf in Richtung Nebenausgang deutete. Melkert kam aus Richtung der Toiletten in die Gaststube. Er ging zu seinem Tisch, nahm seine Jacke, die er über dem Stuhl hängen gelassen hatte, zog sie an und ließ ein Spraydöschen in der Tasche verschwinden. Dann verließ er den Gastraum wieder, ohne aufzusehen, geschweige denn, mit jemandem zu sprechen.

Langsam richtete Hering sich auf und schaute ihren Kollegen an. »Hat Obergfell in seinem Bericht aus der Stauferklinik nicht erwähnt, dass der Besucher des Wachmannes ein Spray benutzt hat?«

Vierter Tag - Dienstag

Die Laternen erloschen nacheinander in den Straßenzügen. Es wurde bereits hell, als ein blau-silberner Streifenwagen die menschenleere Bocksgasse hinaufschoss, mit quietschenden Reifen nach links auf den Johannisplatz einbog und vor dem Hauptportal des Predigers zum Stehen kam.

Eine junge Beamtin sprang an der Fahrerseite heraus und sah zum Gebäudekomplex. »Da!«, rief sie ihrem Kollegen zu und zeigte zur Eingangstür. Dort lag ein in grobes Papier eingewickelter Gegenstand.

Nuding quälte sich vom Beifahrersitz und ging darauf zu. Vorsichtig nahm er das Paket, öffnete es so weit, dass der Inhalt eindeutig zu sehen war. »Unglaublich«, entfuhr es ihm und er trug es zum Wagen.

Lena Gärtner war unterdessen sofort zu einer gegenüber dem Predigerportal stehenden Telefonsäule gerannt, fand aber nichts Auffälliges. Dann spurtete sie mit der Hand an der Waffe in Richtung Marktplatz hinunter und sah sich um. Keine Menschenseele war zu sehen. Nur ein paar Tauben pickten gurrend Krümel aus den Fugen des rauen Pflasterbelages.

»Nichts. Wäre ja zu schön gewesen«, sagte die junge Polizistin keuchend, als sie wieder den Streifenwagen erreichte.

Der altgediente Polizeihauptmeister winkte ab. Das Paket hatte er bereits auf die Rückbank des Wagens gelegt und über Funk Verbindung mit dem Revier aufgenommen.

*

»Potatom, Potatom, Potatom«, hallte der eigenwillig dumpfe Sound einer Harley-Davidson durch das Dorf. Hering wachte auf. Das Geräusch wurde lauter, verstummte plötzlich unter ihrem Fenster. Es waren viele Dinge, die sie beschäftigten. Dementsprechend schlecht schlief sie. Ihr war so, als hätte sie heute Nacht durch die gekippten Fenster jemanden weinen hören. An weiteren Schlaf war nicht zu denken. Sie drehte sich trotzdem zur Seite und vergrub ihren Kopf im weichen Daunenkissen.

*

»Guten Morgen. Sie waren heute aber schon früh mit Ihrem Motorrad unterwegs«, sprach Hering den Gast aus den Niederlanden an, als sie gegen sieben die Gaststube betrat.

Er blickte nur kurz auf. »Guten Morgen. Ich konnte nicht mehr schlafen, da habe ich eine Tour über die Schwäbische Alb gemacht«, antwortete er kurz angebunden. Er ließ sich nicht weiter von seiner vermeintlichen Lektüre abhalten. Sein Frühstück hatte er kaum angerührt. Mit zittrigen Fingern blätterte er in der heutigen Ausgabe der Remspost. Auf dem Stuhl neben ihm stand ein großer schwarzer Rucksack.

Hering bemerkte, dass er mit der Geschwindigkeit unmöglich auch nur den kleinsten Artikel lesen konnte. Es sah aus, als sei er nicht bei der Sache und blätterte nur zum Zeitvertreib in der Zeitung. Womöglich auch deshalb, damit sie ihn nicht weiter mit ihrer Fragerei belästigte.

Sie setzte sich an ihren Tisch, schenkte sich einen Schwarztee ein und machte sich über die frischen Brezeln her. Einer der Gründe für ihren schlechten Schlaf waren die Bilder mit den Tätowierungen, die sich Torben stechen lassen wollte, sie gingen ihr nicht aus dem Kopf. Auf dem einen war ein Teufelskopf mit einem Schwert zwischen den Zähnen zu sehen gewesen. Das andere Foto hatte zwei gekreuzte Knochen und einen mehrfarbigen Totenschädel gezeigt, der so groß war, dass er den ganzen Oberarm bedeckte. In seiner Nasenhöhle saß ein horniger Falter und aus Augenlöchern wanden sich züngelnde Schlangen. Und dann stand da noch der Kopf eines Pitbulls mit gefletschten Zähnen zur Auswahl.

*

Langsam stapfte Hecht in seinen leichten Trekkingschuhen die Treppe in den zweiten Stock der Dienststelle hinauf. Dort befanden sich über den beiden Geschossen des Polizeireviers und der Schutzpolizei die Räumlichkeiten der Kriminalaußenstelle Schwäbisch Gmünd. Ihm war anzusehen, dass auch er keine angenehme Nachtruhe gehabt hatte. »Die Chefin?«, fragte er leise, als er Tombergs Vorzimmer betrat und deutete zu Herings offen stehender Bürotür hinüber.

»Noch nicht da.«

Hecht legte ein Blatt Papier vor Tomberg auf den Schreibtisch. »Könnten Sie bitte den Mann hier überprüfen«, sagte der Hauptkommissar leise.

Tomberg überflog das Blatt, auf dem Hecht handschriftlich einige Personendaten notiert hatte.

»Aber sollten wir nicht ...?«, begann die Polizeisekretärin in seiner Lautstärke.

»Fragen Sie nicht. Ist vertraulich, streng vertraulich«, fiel er ihr etwas verlegen mit einem Seitenblick und einem verschwörerischen Klang in seiner Stimme ins Wort.

»Aber Ihnen ist doch bewusst, jede fünfzigste Anfrage wird systemisch protokolliert und geprüft.«

Hecht nickte bestätigend. Er wollte seine Mitarbeiterin damit nicht in Bedrängnis und dienstliche Schwierigkeiten bringen. »Dann geben Sie mein Passwort ein«, beruhigte er sie und schrieb etwas auf den Zettel.

Sie warf nochmals einen Blick darauf, hob langsam den Kopf und sah ihn an. »Verstehe.« Mit einem Augenzwinkern öffnete sie ihre Schreibtischschublade, griff nach dem Blatt und ließ es unter ihren Horoskopzeichnungen und astrologischen Sternbildern verschwinden. Hecht quittierte dies mit einem erleichterten, dankbaren Blick. Er wollte schon in seinem Büro verschwinden, als ihm Tomberg nachrief: »Ach ja, Sie sollen zu Gottfried, ähm, zu Herrn Heckenlaible kommen. Der hat was für Sie.«

Hecht drehte sich um. »Was denn?«

»Sie werden es nicht glauben. Gehen Sie nur.«

Tomberg sah ihm nach und zog dann das Blatt mit Hechts Notizen aus der Schublade und begann, zuerst die Adresse zu überprüfen – eine in Köln.

*

»Jetzt halt dich fest«, sagte Heckenlaible mit feierlicher Stimme und forderte Hecht auf, ihm zu folgen. Sie gingen in das kriminaltechnische Labor, das neben dem Büro des kleinen, untersetzten Oberkommissars lag.

»Wieso?«

»Sie ist wieder da.«

»Wer?«

»Die Maucherbüchse.«

»Ach geh.« Hecht wollte es nicht glauben, bis er einen Moment später die fast eineinhalb Meter lange, reich verzierte Waffe auf dem aufgeschlagenen Packpapier liegen sah. »Ich fass es nicht. Wo hast du die denn her?«

»Hat jemand heute am frühen Morgen vor dem Prediger abgelegt und uns dann angerufen.«

»Was hat des denn jetzt zu bedeuten?«, fragte Hecht sich selbst.

»Da hat den Räuber wohl ein schlechtes Gewissen geplagt.«

»Oder er hat kalte Füße bekommen.« Hecht trat an den Tisch heran und bewunderte die kunstvollen Verzierungen des Gewehrschaftes. »Saubere, sehr schöne Arbeit.« Er war fasziniert von dieser Waffe, hätte zu gern mit der Hand über den Kolben gestrichen , wäre da nicht sein Kollege gewesen. Stattdessen fragte er: »Wo ging der Anruf ein?«

»Hier bei uns, auf dem Revier, männliche Person.«

»Konntet ihr ihn zurückverfolgen?«

»Kam von einem öffentlichen Telefon, direkt vor dem Prediger.«

»Fingerabdrücke?«

»Auf der Telefonsäule nichts. Und auf dem Gewehr – so weit bin ich noch nicht.«

*

Hering und Hecht hatten den Chef der Ostalbpolizei über die Rückgabe der Maucherbüchse und den Stand der Ermittlungen informiert. Wenn sie auch den Täter noch nicht ermittelt hatten, so schien Zybura doch froh zu sein, dass das wertvolle Stück bald wieder dem Museum zurückgegeben werden konnte.

»Na, da wird mein Golfkollege Bamberger aber zufrieden sein«, murmelte er vor sich hin. Er machte eine kurze Pause, »weil Sie sich jetzt ja ganz auf den Fall Bamberger konzentrieren können. Das Opfer war übrigens auch Clubmitglied. Und wie weit sind Sie da mit den Ermittlungen?«

»Wir stehen noch am Anfang«, sagte Hecht mit ehrlichem Blick, noch bevor Hering zu einer diplomatischeren Antwort ansetzen konnte. Ihrem Gesichtsausdruck war anzusehen, dass ihr Hechts Vorpreschen nicht recht war.

»Was heißt das konkret?«, fragte Zybura.

»Wir haben noch keine Beweise, nur ein paar vage Indizien. Wir vermuten, dass ...«

»Wir vermuten? Ich will Ergebnisse, keine Vermutungen! Zwei Tage Ermittlungen. Und was haben Sie? So gut wie nichts, nein, gar nichts!«

Hecht wunderte sich, dass der Polizeidirektor nur auf ihn losging. Warum schonte er die Chefin? Hatte die Geheimniskrämerei etwas damit zu tun? Eigentlich war er ja selbst schuld. Hätte er sich nur nicht - aus alter Gewohnheit - vorgedrängt und wie früher Bericht erstattet, sondern sich zurückgehalten und Hering den Vortritt gelassen.

Zybura stutzte. Er hatte wohl gemerkt, dass er etwas zu weit gegangen war. Er schlug sofort wieder einen sanfteren Ton an, einen zu sanften in Hechts Augen.

»Wie wollen Sie weiter vorgehen?«

»Das Umfeld erweitern, möglicherweise führt uns das dann auch in den Golfclub.« Sagte Hering das jetzt, um den Chef zu ärgern oder fand sie es wirklich wichtig, fragte sich Hecht.

Zybura überlegte einen Moment. »Gut, dann tun Sie das. Und graben Sie Beweise aus, und das bald«, forderte der Polizeichef und wandte sich dann an Hering. »Ähm, ja, ich hätte dann noch was mit Ihnen ...«

Hecht verstand sofort, verließ den Raum und ließ die Tür laut ins Schloss fallen.

Als Hecht grußlos an Tomberg vorbeigegangen war, nahm diese wieder ihr Aktenstudium an dem Schrank auf, der direkt neben Herings Bürotür stand. Doch so nah sie ihr Ohr auch an die Tür hielt, es brachte nichts. Die Stimmen der beiden waren für sie nur als leises, undeutliches Gemurmel zu vernehmen. Ab und an verstand sie mal ein Wort, konnte aber keinen Sinn darin erkennen. Verdammt noch mal!

Tomberg war sauer, weil sie beim besten Willen nichts Verwertbares herausbekommen hatte. Womöglich verschachern die beiden unsere Posten, die Versetzungen, schoss es ihr wieder durch den Kopf. Nach Auflösung der Außenstelle, würde bestimmt mehr als die halbe Gmünder Kripo nach Aalen oder Waiblingen oder gar nach Stuttgart versetzt. Ihr wurde schlecht, wenn sie daran dachte, jeden Tag bis zu sechzig Kilometer mit dem Zug zur Arbeit fahren zu müssen. Aber sie war nicht die Einzige, die sich ihr Gehirn zermarterte, ob die Geheimniskrämerei zwischen Hering und Zybura etwas mit den drohenden Umstrukturierungen zu tun haben könnte.

*

Hecht war wieder mit Hering im Dienstwagen unterwegs zur Firma Bamberger. Sie nahmen den Weg über die Buchauffahrt, bis sie die Güglingstraße – die längste Straße im Gewerbepark – erreicht hatten, und fuhren Richtung Osten.

Nachdem Zybura gegangen war, hatte sie sich vorgenommen, mit Hecht, dem Leiter ihres Dezernates 1, über Kompetenzen und Zuständigkeiten zu reden. Hechts Vorpreschen bei Zybura war ihr sauer aufgestoßen. Sie hatte überlegt, wie sie beginnen sollte und fragte nun vorsichtig: »Glauben Sie nicht, dass ich unseren Chef in solchen Fällen selbst informieren sollte?«

»Sie meinen, ich hätte mich vorgedrängt«, entgegnete Hecht, nahm kurz seine Hände vom Steuer und streckte sie entschuldigend von sich in Richtung seiner Beifahrerin. »Keine Angst, ich nehme Ihnen schon nichts weg. Kommt nicht wieder vor.«

»Herr Hecht, ich ...«

»Vielleicht können Sie das bald in Aalen oder Waiblingen auf ganz kurzem Wege tun«, presste er hervor. »Dann wird der Zybura leitender Direktor und Sie Kriminaldirektorin und vielleicht seine Stellvertreterin.«

Hering war über seine leichte Aggressivität erstaunt, konnte ihm nicht folgen. »Wie meinen Sie das?«

»Ist der Ausverkauf der Gmünder Kripo denn schon im Gange?«

»Herr Hecht, also, also jetzt machen Sie aber mal halblang.«

»Hat der Postenschacher schon begonnen? Und die Versetzungen, stehen die bereits fest?«

»Es wird alles nicht so heiß gegessen, wie ...«

»Sie haben gut reden, der Stellenplan ...«

»Die Entscheidungen dafür sind noch nicht gefallen.«

»Noch nicht. Und wenn keiner hier weg will?«

»Aalen oder Waiblingen, das sind wirklich keine Entfernungen.«

»Ja Sie, Sie brauchen sich ja nur einen neuen Gasthof in der Nähe zu suchen. Und was ist mit denen, die hier gebaut haben, deren Kinder hier zur Schule gehen? Aber das interessiert ja keine Sau.«

Schweigend setzten sie ihren Weg fort. Sie waren nur wenige Hundert Meter die Güglingstraße entlanggefahren, als Hecht herunterbremste und den Blinker setzte. Von den Längsparkplätzen am linken Fahrbahnrand fuhr ein Motorrad älteren Baujahrs los und kam den beiden auf der Gegenspur entgegen. Bevor Hecht nach links abbiegen konnte, musste er anhalten, um das schwere, rote Bike passieren zu lassen.

»Das ist doch – ich werd verrückt.« Die alte Harley kam Hering sehr bekannt vor. Ihr Blick folgte dem Oldtimer mit dem gelben Nummernschild und sie schaute ihm sogar noch durch die Heckscheibe nach. Der Fahrer hatte einen großen schwarzen Rucksack umgeschnallt.

In Hechts Gesicht stand ein Fragezeichen. Hering setzte an, es ihm zu erklären: »Vor dem Mondschein, am Samstagabend, als mich Doktor Krautschneider ...«

»Hhm.« Hecht verzog das Gesicht, fing sich aber schnell wieder. »Vor dem Mondschein … ja, das stimmt, gestern stand das Ding auch da.«

Hering deutete in Richtung Parkplatz der Firma Bamberger. »Kam der jetzt aus dem Hof da?«

»Keine Ahnung. Was hätte er denn da wollen können?«

»Na, dann fragen wir ihn doch einfach«, schlug Hecht vor und grinste zu ihr hinüber.

Hering hatte sich das Motorradkennzeichen gemerkt. Sie nahm ihr Smartphone aus der Tasche und bat Tomberg um eine Halterabfrage und einen vollen Background-Check.

*

»Sagt Ihnen der Name Melkert, Finn Melkert, etwas?«, fragte Hering.

Güngör überlegte. »Nein.«

»Vielleicht in Verbindung mit Schmuck, Juwelen oder so?«

»Wirklich nicht. Nie gehört«, beteuerte der Vertriebsleiter.

»Fährt eine rote Harley, einen Oldtimer«, versuchte sie, ihm auf die Sprünge zu helfen.

»Kann mich nicht erinnern.«

Sie sah zu Hecht hinüber, der sofort übernahm und den eigentlichen Grund ihres Besuches ansprach. »Herr Güngör, der Mord an Heiner Bamberger erscheint uns jetzt in einem völlig anderen Licht.«

»Inwiefern?«, fragte Güngör.

»Heiner Bamberger hat Ihnen vor einigen Jahren Anke Bamberger, Ihre damalige Lebensgefährtin ... ausgespannt, sozusagen.«

Güngör erstarrte. »Und was soll das heißen?«

»Sie haben jetzt ein Motiv.«

»Das da wäre?«

»Sich an ihm zu rächen.«

»Ist doch absurd. Warum sollte ich das jetzt erst, nach Jahren, tun?«

»Bei manchen staut sich da was auf, über die Zeit hinweg. Und dann, dann bricht es aus, da reicht ein banaler Auslöser«, erklärte ihm Hecht.

»Bei mir nicht. Ich habe das verkraftet. Und akzeptiert, wie ein richtiger Mann.« Güngör grinste in einer schmierigen Art, wie sie Hecht nicht ausstehen konnte. »Und Ihre nächste Frage wird jetzt wohl die nach meinem Alibi sein. Richtig?«

»Richtig«, bestätigte Hecht. »Wo waren Sie in der Nacht von Samstag auf Sonntag. Zwischen Mitternacht und ein Uhr?«

Güngör hob beide Hände vor die Brust. Sein Atem wurde schneller. »Das ist doch lächerlich.« Er lachte auf eine ekelhafte, künstliche Art, die bei Hering Schaudern und bei Hecht Stirnrunzeln auslöste.

»Also bitte, wo waren Sie?«, forderte er Güngör nochmals energisch auf.

»Na, in der Firma.«

Hecht legte leicht den Kopf zur Seite und sah ihn an.

»Sie glauben mir nicht.«

»War jemand dabei, der das bestätigen kann?«

Güngör zögerte einen Moment, dann atmete er tief ein. »Frau Bamberger.«

Hecht und Hering blickten sich vielsagend an.

»Nein, nicht, was Sie denken. Wir haben die letzten Tage jeden Abend die *Luxury Lifestyle Fair*, die Luxusmesse vorbereitet. Die beginnt nächste Woche in Antwerpen.«

»Und bis wann waren Sie zusammen«, Hecht machte bewusst eine Pause, »in der Firma?«

»Bis gegen eins, so in etwa, glaube ich.«

»Und Frau Bamberger wird uns das bestätigen?«

»Davon dürfen Sie ausgehen.«

»Dann fragen wir sie doch am besten gleich selbst«, schlug Hering vor. Die Polizisten machten Anstalten, Güngörs Büro zu verlassen.

»Da werden Sie kein Glück haben.«

»Warum?«

»Na, weil sie nicht da ist.«

*

Anke Bamberger war über ihr Handy nicht zu erreichen. Die beiden Ermittler erwogen kurz, es mit einer Handyortung zu versuchen, verwarfen den Gedanken aber gleich wieder. Diese Maßnahme schien ihnen doch nicht angemessen, um ein Alibi zu überprüfen. Sie kehrten zur Dienststelle zurück.

»Und wenn es doch der alte Bamberger war?«, stellte Funk die Frage in den Raum. »Mir geht das nicht aus dem Kopf.«

»Bringt ein Vater wirklich sein eigenes Kind um?«, fragte Obergfell.

»Dafür gibt es zahllose Beispiele, und wenn es uns noch so abwegig erscheinen mag«, behauptete Hering.

»Da muss es aber schon gewaltig um etwas gehen«, ergänzte Hecht. »In der Tierwelt gibt es das übrigens auch, sehr oft sogar. Es gibt Tiere, die fressen ihr Junges auf, wenn sie merken, dass es zu schwach ist, um zu überleben. Der Waldkauz, der verzehrt, wenn es darauf ankommt, seine ganze Brut.« Obergfell erweckte den Eindruck, als könne er das kaum glauben. »Wenn es im Frühjahr ein unzureichendes Nahrungsangebot für alle gibt und die jungen Vögel zu langsam groß werden«, konkretisierte Hecht.

»Vielleicht hat der alte Bamberger seinen Sohn als zu schwach angesehen, um die Firma zu führen, und deshalb befürchtet, Heiner würde den Laden nach seinem Ableben in den Sand setzen oder zu Geld machen«, zog Tomberg den Vergleich zur Natur.

»Na also, da haben wir es doch«, witterte Funk Morgenluft.

»Blödsinn!«, widersprach Obergfell. »Der alte Bamberger ist zwar total vernagelt, aber der bringt doch niemals seinen Kronprinzen«, er deutete mit je zwei Fingern Anführungszeichen an, »sein eigen Fleisch und Blut um.«

»Aber es gibt doch eine Alternative für den Erhalt der Firma und damit der Familientradition, oder täusche ich mich?«, bohrte Tomberg weiter.

»Nein, nein, das stimmt schon«, bestätigte Hecht. »Seine Schwiegertochter oder vielleicht der Böhm«, warf Hecht ein. »Er war für die Nachfolge nicht auf Heiner Bamberger angewiesen.«

Obergfell war noch nicht überzeugt. »Und wenn, der Vergleich mit der Tierwelt hinkt etwas, meint ihr nicht auch. Der Mensch ist ja nicht instinktgesteuert, jedenfalls nicht nur. Der geht nicht so weit.«

»Es gibt nichts, was es nicht gibt«, beteuerte Hering. »Deshalb sollten wir es nicht außer Acht lassen.«

Funk warf ihr erleichtert einen dankbaren Blick zu. »Aber der alte Bamberger bleibt für mich ein Rätsel, verschlossen wie ein Buch mit sieben Siegeln«, fuhr Hering fort.

Heckenlaible räkelte sich auf seinem Stuhl. Die ganze Zeit schon hatte er mit dem Schlaf gekämpft. »Und wenn er wirklich seinen Sohn loswerden wollte, ein Mann wie der alte Bamberger macht sich doch nicht selbst die Hände schmutzig. Der heuert jemanden an.«

»Klar, und hat selbst ein Alibi von dreißig Verbindungsbrüdern«, sagte Hecht.

Hering wandte sich an Tomberg. »In Bambergers Alibi klafft immer noch eine Lücke, wenn ich das recht in Erinnerung habe.«

»Von Samstag, dreiundzwanzig Uhr bis Sonntag früh hat er keines«, las sie vom Bildschirm ihres Laptops ab.

»Und dann ist da noch die Frage, wer die Maucherbüchse geraubt hat und ob es einen Zusammenhang mit dem Mord gibt.«

*

Verzückt begutachtete Museumsleiter Dr. Caspari zusammen mit Heckenlaible die kunstvoll verzierte Radschlossbüchse, als Hecht und Hering die Räume der Kriminaltechnik betraten. Das einzigartige, wertvolle Kunstwerk lag auf ein dunkelrotes Samttuch gebettet. In das Metall des Gewehres war im Bereich des Kolbenrückens das Schäfter-Monogramm des Herstellers Johann Michael Maucher eingraviert:

1O:MICHAEL:MAVCHER
BILDHAVER:V:BIXEN
SHIFTER:IN:SHWEBIS
HEN:GEMNNT 1:6:70

Im Gesicht des Museumsleiters lag große Erleichterung. »Ich kann Ihnen sagen, mir fällt ein Stein vom Herzen.« Theatralisch fasste er sich an die Brust und schaute ergriffen auf das wieder aufgetauchte Exponat. »Wann könnten wir denn das gute Stück zurückbekommen?«, fragte er Heckenlaible vorsichtig.

»Schwer zu sagen. Wird aber noch dauern.«

Casparis Erleichterung wich Besorgnis. »Am Sonntag ist die offizielle feierliche Übergabe an das Museum. Da kommen die Abgeordneten, der Landrat, der Erste Bürgermeister und viele weitere wichtige Personen. Die kann ich doch nicht wieder ...« Sein flehender Blick wechselte zwischen dem Kriminaltechniker und Hecht. »Bitte, Sie müssen sie mir wenigstens, nur für die Dauer der Feier … mit Bewachung durch Ihre Leute …«

Hecht tat der Mann leid. »Es sind ja noch ein paar Tage bis dahin. Wir werden eine Lösung finden«, versuchte er, ihn zu beruhigen.

»Hoffentlich. Ich melde mich dann wieder. Morgen«, sagte Caspari und sah noch ein letztes Mal auf die lange Schusswaffe, bevor er aus der Tür verschwand.

»Die dominierende Schnitzerei auf dem Kolbenschuber hier, die zeigt die nackte Venus«, erklärte Heckenlaible fasziniert und fuhr mit der Hand fast zärtlich über das Elfenbeinrelief.

Hecht fiel nur ein gleichgültiges »Ist nicht zu übersehen« dazu ein, während Hering nahe an das Stück herantrat, sich nach vorn beugte und es von der Laufmündung über den Abzug bis zum Kolben begutachtete.

»Die Kolbenabdeckung kann man abnehmen«, erklärte Heckenlaible und forderte seinen Kollegen auf, sie abzuziehen. »Na los, jeder Depp kann das, ähm …« Heckenlaible zog den Kopf ein und zog die Luft durch seinen gespitzten Mund.

»Hecki also ...«, empörte sich Hecht.

»Komm, versuch es mal.« Ein schelmisches Grinsen machte sich auf Heckenlaibles Gesicht breit. »Drück mal da drauf.« Er zeigte auf die rechte Brustwarze des wohlproportionierten Frauenkörpers. Hecht blickte ihn nur verständnislos an. Aber Heckenlaible ließ nicht locker. »Na los«, befahl er, woraufhin Hecht tat, wie ihm geheißen.

Nach der Entsperrung und dem Abnehmen der Kolbenabdeckung kam ein etwa zwei Fäuste großer Hohlraum zum Vorschein. Hecht und Hering bekamen große Augen.

»Gell, da staunt ihr. Auf so was muss man erst mal kommen. Nicht mal der Caspari wusste davon«, sagte Heckenlaible mit stolzgeschwellter Brust.

»Die hatten damals schon Fantasie«, merkte Hering trocken an.

»Der Deckel hier ...«, begann Hecht.

»Kolbenschuber«, verbesserte ihn Heckenlaible.

»Der Kolbenschuber von dem Gewehr ...«

»Von der Büchse! Radschlossbüchse!« Mit erhobenem Zeigefinger gab er den Oberlehrer.

»Egal, ich will wissen, für was des Ding des Loch, ähm, den Hohlraum hat.«

»Kolbenlade, so viel Zeit muss sein.«

»Zifixaberauch, Hecki, du bringst mich ganz durcheinander.«

Hering musste in sich hineinlächeln. Ihr gefiel, wie Heckenlaible seinen Kollegen vorführte. Sonst war es eher umgekehrt.

Der Kriminaltechniker fuhr mit zwei Fingern in der Aushöhlung umher. »Üblicherweise wird hier der Schlüssel für das Radschloss aufbewahrt.«

»Für was braucht man bei einem Gew... einer Büchse einen Schlüssel?«, fragte Hering erstaunt.

»Zum Aufziehen des Radschlosses vor dem Schuss. Man muss sich das vorstellen wie einen«, Heckenlaible deutete etwa die Länge einer Gabel an, »wie einen abgewinkelten Vierkantschlüssel, den man hier seitlich«, er zeigte auf eine runde Metallscheibe seitlich am Schaft, »einsteckt und spannt.«

»Und der Aufziehschlüssel, wo ist der?«, fragte Hecht.

»Der war nicht drin.«

Einen Moment lang herrschte Stille.

Heckenlaible war jetzt mit einer Begründung gefordert. »Der Caspari, der hat mir erzählt, dass die Waffen der Maucher weniger zum Gebrauch, sondern als mehr als Präsentationswaffen hergestellt wurden. Das waren seinerzeit einmalige Kunstwerke.« Er zeigte auf die vor ihnen liegende Büchse. »Und die hier stammt von

Johann Michael Maucher, dem berühmtesten Sohn der Gmünder Künstlerfamilie. Der hat auch Prunkkannen, Pokale mit Deckel, Jagdschalen aus Elfenbein und Perlmutt hergestellt. Aber zurück zum Thema. Ich habe unser Prunkstück akribisch auf Spuren untersucht. Der Dieb hat sie offensichtlich gründlich abgewischt.«

»Also keine Fingerabdrücke.« In Hechts Gesicht lag Enttäuschung.

»Und, sonst nichts?«, fragte Hering nach.

»Nur hier auf dem Perlmutt Politurabrieb, also Fusseln eines Lappens mit einer Stoffzusammensetzung, wie sie zum Polieren von Edelmetall verwendet wird.«

Hecht sah ihn an. Es arbeitete in ihm. »Edelmetall bedeutet Schmuck, Gold, Silber und so.«

»Und wer hat damit zu tun?«, fragte Hering und gab sich gleich selbst die Antwort: »Alle, die in der Schmuckindustrie arbeiten.«

»Und da brauchen wir gar nicht weit zu gehen, um die zu finden.« Hecht hatte das Bild mit den polierenden Frauen in der Firma Bamberger vor Augen.

*

Hering kam in Tombergs Zimmer, als die gerade Hecht ein Blatt Papier reichte. Es war zweimal zusammengefaltet, so dass der Text darauf nicht zu lesen war. »Danke, ich schmeiß Ihnen auch mal einen Stein in den Garten.« Hecht steckte es ein und schenkte der Sekretärin ein dankbares Lächeln.

Hering verfolgte die Übergabe mit neugierigem Blick.

»Tja, auch wir haben Geheimnisse.« Hecht konnte sich diese Bemerkung nicht verkneifen, aber Nelli Tomberg lief rot an.

»Ähm, ja, klar doch, natürlich«, druckste Hering herum, sah die beiden abwechselnd an. Da von ihnen keinerlei Information kam, hakte sie auch nicht nach. Stattdessen fragte sie: »Haben Sie schon was für uns, Frau Tomberg?«

»Ich habe diesen Finn Melkert, der im Mondschein wohnt, genauer überprüft.«

»Und?«

Die Sekretärin stand auf und ging auf die Kriminaloberrätin zu. »Kommt aus den Niederlanden, aus Bergen op Zoom, ist Juwelier und Diamantenhändler. Vater Niederländer, Mutter Deutsche. Verheiratet, zwei Kinder. Und er war früher Fallschirmjäger in der französischen Fremdenlegion.«

Hecht setzte sich auf den Bürostuhl seiner Mitarbeiterin. Mit ein paar Tastengriffen und Mausklicks hatte er den Ort bei Google Maps eingegeben.

»Selbstständig?«, fragte Hering.

»Ja«, bestätigte Tomberg. »Kleiner Schmuck- und Diamantenhandel und ein Antiquitätengeschäft.«

Bei Hering und Hecht begannen langsam die Alarmglocken zu klingeln.

»Hier«, Hecht deutete auf den Bildschirm, »dieses Bergen op Zoom, des liegt direkt an der belgisch-niederländischen Grenze.«

»Keine zwanzig Kilometer von Antwerpen«, präzisierte die Sekretärin.

Hering kam ins Grübeln. »Was ihn wohl hierhergeführt hat?«

»Vielleicht weil er hier einen Käufer für sein Motorrad gefunden hat. Er will es verhökern.« Hering sah ihn erstaunt an, fragte sich woher Hecht diese Information hatte.

»Das sagen die vom Stammtisch im Mondschein«, ergänzte er. »Bestimmt hat er Geldsorgen.«

»Vielleicht wusste er vom Transfer der Radschlossbüchse nach Gmünd und was die wert ist«, überlegte Hering.

»Dann klaut er das Ding, verkauft es und ist wieder flüssig und seine Geldsorgen los«, sagte Hecht.

Tomberg hatte inzwischen die Einsatzprotokolle auf ihrem Bildschirm. »Laut Firmenunterlagen war der Beginn des Kontrollganges im Prediger um dreiundzwanzig Uhr dreißig vorgesehen. Die Zeugen in den Straßencafés haben gesagt, dass der Wagen des Wachdienstes genau um diese Zeit vorgefahren ist.«

»Da muss der Täter schon im Gebäude gewesen sein«, stellte Hecht fest.

»Wann noch mal hat der Wachmann die Polizei alarmiert?«, fragte Hering.

»Ähm, das war«, Tomberg schaute im Protokoll nach, »genau um dreiundzwanzig Uhr achtundvierzig.«

Hecht massierte sich die Schläfen. »Okay. Lassen wir den Wachmann ein paar Minuten nach seinem Eintreffen auf den Täter gestoßen sein. Sagen wir mal, das war dann dreiundzwanzig Uhr fünfunddreißig.«

»Als wir, also Doktor Krautschneider und ich, als wir uns mit diesem Melkert vor dem Mondschein über das Motorrad unterhalten haben, da hatte die Kirchturmuhr gerade Mitternacht geschlagen«, erinnerte sich Hering und überlegte. Irgendwas war da noch. Ja richtig: »Der Motor der Harley, der war noch warm, das hat Doktor Krautschneider festgestellt.«

»Wäre es möglich …«, Tomberg rechnete, »in etwa zwanzig, fünfundzwanzig Minuten vom Prediger nach Weiler zu fahren?«

»Aber locker, da reicht eine gute Viertelstunde«, bemerkte Hecht.

»Und er benutzt ein Asthmaspray«, erinnerte sich Hering.

»Wie der Unbekannte, der den Wachmann in der Stauferklinik besucht hat«, sagte Tomberg und zeigte auf die entsprechende Zeile des Einsatzprotokolls von Obergfell und Funk.

Einen Moment lang sagte keiner der Anwesenden etwas. »Dann könnte er durchaus …«, durchbrach Hering als Erste das Schweigen.

»Und warum gibt er das wertvolle Stück wieder zurück?« Hecht verzog skeptisch das Gesicht. »Das macht überhaupt keinen Sinn, wenn er wirklich Geldsorgen hat. Mit dem Verkauf von dem Ding wär er die doch los.«

»Vielleicht hat ihn plötzlich sein schlechtes Gewissen geplagt?«, vermutete Hering. »Und deswegen hat er den Wachmann besucht.« Die Kriminaloberrätin erstarrte. Einen Moment später griff sie sich mit der Hand an die Stirn. »Mensch, der ist heute in aller Frühe mit dem Motorrad unterwegs gewesen. Als der wiedergekommen ist, bin ich von dem Motorensound aufgewacht.«

»Da könnte er die Büchse durchaus zurückgegeben haben«, zog Hecht seine Schlüsse.

»Tja«, Hering nickte ihm zu, »dann werden wir mal mit dem Herrn reden müssen.«

*

Unauffällig hatte Hecht ein Wasserglas von Melkerts Stammplatz im Mondschein genommen, es eingetütet und in seiner Jackentasche verschwinden lassen. Nun hielt er dem Holländer, der immer noch am Tisch saß, ein weißes Blatt Papier vors Gesicht. »Wir haben was zum Lesen mitgebracht.« Es war ein Durchsuchungsbeschluss für Melkerts Zimmer und die Seitentaschen des Motorrades. Hauptkommissar Rettig und sein Kollege vom zuständigen Polizeiposten Waldstetten sollten die beiden Kriminalbeamten unterstützen. »Wollen Sie bei der Durchsuchung anwesend sein?« Melkert wirkte abwesend, als er den Kopf schüttelte. Hering nahm einen Stuhl und setzte sich ihm gegenüber an den Tisch, während Hecht sich mit verschränkten Armen wie ein Bodyguard hinter seiner Chefin positionierte.

»Herr Melkert, in welcher Beziehung stehen Sie zur Firma Bamberger und zu Heiner Bamberger?«, fragte sie.

»In keiner«, beteuerte er schnell. Er musste schlucken. Die Ermittler spürten, dass das nicht stimmte.

»Was haben Sie heute am frühen Vormittag im Gewerbepark auf dem Gügling gemacht?«, wollte Hering von ihm wissen.

»Na, ich wollte sehen, wo die Firma jetzt ist, die den Unimog entwickelt und die ersten gebaut hat. Er... Erhard, ähm, wie heißt die genau?«

»Erhard und Söhne«, half ihm Hecht auf die Sprünge. »Die Firma liegt gleich in der Nähe von Schmuck Bamberger«, sagte Hecht direkt zu Hering und bohrte dann weiter: »Warum sind Sie hier? Was ist der Grund Ihres Besuches in Gmünd?«

»Ich will zum Oldtimertreffen am Samstag, mit den Motorrädern und vor allem den alten Unimogs.«

Hering schnaufte ihre Ungeduld hinaus und fragte direkt: »Herr Melkert, haben Sie die Maucherbüchse aus dem Prediger geraubt?«

»Maucher was?«, fragte er erstaunt. »Was ist Prediger?«

Die beiden Ermittler warfen sich einen kurzen, ungläubigen Blick zu.

Hecht beugte sich über seine Chefin zu Melkert. »Mau-cher-büch-se«, betonte er langsam, obwohl Melkert einwandfreies Deutsch sprach, und sah ihm dabei in die Augen.

Es hatte den Anschein, als ging Melkert ein Licht auf. »Ah ja.« Er schnaufte, lehnte sich dabei entspannt zurück. »Wieso sollte ich das Ding klauen? Und hier in der Stadt? Dazu muss ich doch nicht erst zu den Schwaben nach Süddeutschland kommen. Das hätte ich schon in Antwerpen tun können. Also bitte.«

»Wie kommen Sie darauf, dass die Radschlossbüchse aus Antwerpen kommt?«, fragte Hering.

»Ich lese Zeitung«, sagte Melkert ungerührt und zeigte auf den Stapel Zeitungen auf der Ablage hinter dem Stammtisch.

So was von aalglatt ist der, dachte sich Hecht. Es fiel ihm schwer, seine Argumentation zu akzeptieren.

»Wo waren Sie am Samstag in der Stunde vor Mitternacht?«, fragte Hering unbeeindruckt weiter.

»Na, hier.«

»Und der Motor Ihrer Harley, warum war der um Mitternacht noch warm?«

»Ein Gast hat sich dafür interessiert und wollte unbedingt eine Probefahrt machen.«

»Und Sie, wo waren Sie währenddessen?«

»Ich sagte schon, hier.«

»Kann das jemand bestätigen?«

Melkert drehte langsam seinen Kopf zur Theke hinüber. »Er.«

Hering und Hecht blickten zu dem Wirt hinüber. Der stand hinter dem Tresen, hatte das Gespräch verfolgt. Er nickte.

*

»Zum letzten Mal, ich habe ihn nicht ermordet und habe auch nichts damit zu tun. Alibi hin oder her. Und wenn ich hundert Mal mit ihm Streit hatte. Da bin ich nicht der Einzige.«

»Hätten Sie uns da noch jemanden anzubieten?«, fragte Hecht.

Böhm zögerte. Sein Kehlkopf bewegte sich kurz nach oben. Er überlegte, ob er antworten sollte. Aber er wollte endlich raus aus der Nummer. »Da brauchen Sie gar nicht so weit weg suchen.«

»Wer?«, fragte Hering nur.

»Erst letzte Woche hatte er eine heftige Auseinandersetzung mit seinem Bruder.«

»Und worum ging es da?«, bohrte sie weiter.

»Ich habe nur mitgekriegt, dass es wohl um einen Grundstücksverkauf ging, oben in Lindach, bei der Gaspipeline, die da gebaut wird.«

»Mehr nicht?«

»Mehr nicht!«

Unruhig patrouillierte Böhm hinter seinem Schreibtisch auf und ab.

»Und jetzt sage ich kein Wort mehr.« Er begann zu zittern. Seine Atemzüge wurden schneller und unregelmäßig.

»Herr Böhm ...«, setzte Hering an.

»Verhaften Sie mich«, schrie er verzweifelt und hustete, »oder gehen Sie.« Seine zittrigen Finger fuhren in die Seitentasche seines Jacketts. Erleichtert führte er ein Spraydöschen zum Mund. Gierig umschlossen seine Lippen die Inhalatoröffnung, aus der er mit heftigen Pumpbewegungen zwei Cortisonstöße in seinen Rachen abgab.

Hering warf ihrem Kollegen einen bestätigenden Blick zu.

»Herr Böhm, Sie können den Herrn Bamberger gar nicht getötet haben«, begann Hecht langsam. Dann machte er bewusst eine Pause, wartete seine Reaktion ab. Irritiert wanderte Böhms flackernder Blick zwischen den beiden hin und her. Auch Hering hatte ihn fixiert, um seine Reaktionen zu beurteilen. Es wurde unerträglich, nicht nur für Böhm.

»Sie waren ja mit dem Raub der Maucherbüchse beschäftigt«, fuhr Hecht wie selbstverständlich fort.

Böhm wurde leichenblass, sank in seinen Bürosessel und war kaum mehr in der Lage, seine Krawatte zu lockern. Die beiden Kriminalisten behielten ihn fest im Blick, sagten nichts mehr. Sie beobachteten ihn nur, zogen Stühle heran und setzten sich ihm gegenüber.

»Erzählen Sie uns, wie es abgelaufen ist«, forderte Hering ihn auf, doch er starrte nur ins Leere.

»Übrigens, dem Wachmann, dem geht es wieder gut, er wird heute entlassen«, versuchte Hecht, das Eis zu brechen.

Böhm schnaufte erleichtert aus, strich sich mit Daumen und Zeigefinger durch die Mundwinkel und drehte sich zur Seite. »Ich weiß nicht, wovon Sie reden.«

»Am Fensterrahmen des Damen-WC, da klebte ein getrockneter Kaugummi«, sagte Hecht.

»Dann bräuchten wir nur noch Ihre DNA«, legte Hering nach.

*

»Es hätte alles so einfach sein können«, jammerte Böhm. Blass und schwitzend saß er da. Sein Blick war stur geradeaus auf die Platte des Resopaltisches gerichtet. »Einfach durch das Toilettenfenster rein, über das Treppenhaus rauf ins Museum, hin zu den provisorischen Bautüren. Deren Schlösser, das war für mich eine leichte Übung, eine sehr leichte.« Trotz des Ernstes der Situation konnte er sich ein kurzes Lächeln nicht verkneifen. Hering hatte fast den Eindruck, als sei er stolz auf diese Leistung. Im kahlen Vernehmungszimmer der Dienststelle lief seine Videovernehmung. Hecht und Hering ließen ihn reden.

»Es waren nur wenige Handgriffe. Kolbenschuber abnehmen, raus mit den Dingern, wieder schließen und wieder verschwinden.«

Die beiden Ermittler warfen sich einen kurzen Blick zu, der bedeutete, Böhm weiterreden zu lassen.

»Es hätte alles so einfach sein können, kein Diebstahl, keine Spuren, kein Schaden und kein Verletzter. Und die Gegebenheiten im Prediger, die kannte ich. Ich wusste genau wohin, hatte ja die Infos vom Chef.« Er stutzte plötzlich, sein Kinn sank auf die Brust. Zu spät realisierte er, dass er zu viel gesagt hatte. Er schloss die Augen, atmete tief ein und ließ seinen Kopf in den Nacken fallen.

»Vom Chef? Vom Juniorchef Heiner Bamberger?« Hering konnte ihr Erstaunen nicht verbergen.

Böhm sah sie irritiert an. »Es gibt nur einen Chef, und das ist immer noch der alte Herr Bamberger.«

»Der alte Bamberger hat Sie beauftragt?«, fragte Hecht skeptisch.

Böhm sagte eine Weile nichts. Dann nickte er.

»Und wie ging es dann weiter?«, fuhr Hecht ungeduldig fort.

»Plötzlich ist dieser Wachmann aufgetaucht. Oh Mann, ich hab mir fast in die Hosen …«

»Sie und der alte Bamberger, Sie wussten nicht, dass ein Wachdienst beauftragt worden war?«, begann Hering.

Böhm schüttelte den Kopf, kam richtig in Fahrt. »Ich überlegte, was ich tun sollte, geriet in Panik, dachte nur noch an die Rettung der Firma, die einzige Chance, die Diamanten, das hatten wir doch alles wieder und wieder durchgesprochen.« Böhm hörte auf zu reden. Er wusste sofort, dass er sich jetzt endgültig in die Bredouille gebracht und auch den alten Bamberger hineingeritten hatte.

»Diamanten?«, hakte Hecht sofort nach.

Böhm schnaufte, rutschte unruhig auf seinem Stuhl herum. »Ja, mein Gott … da waren Diamanten, im Kolben der Büchse«, gab er zu und schien erleichtert. »Die Klunker, das ist höchster Wert auf kleinstem Raum, an Wertkonzentration mit nichts zu übertreffen. Und in den Kolben der Büchse, da passt was rein an Steinen.«

»Und von welchem Eurobetrag sprechen wir da?«, wollte Hecht wissen.

»Keine Ahnung. Das müssen Sie den Chef fragen.« Böhm wurde von einem leichten Hustenanfall geplagt.

»Reden Sie weiter«, forderte Hering ihn auf, als er sich wieder beruhigt hatte.

»Es musste klappen. Ich konnte den Chef doch nicht enttäuschen.« Sein flehender Blick erwartete Verständnis von den beiden. Vergeblich.

»Wieviel springt denn für Sie dabei raus?«, fragte Hecht.

»Nichts«, entgegnete Böhm trocken.

Hecht fühlte sich nicht ernst genommen. »Herr Böhm, also bitte«, versuchte er, ihm eine ehrliche Antwort zu entlocken.

Hering jedoch spürte sofort, dass dieser Mann kein Krimineller war, dem es nur ums Materielle ging. »Herr Böhm, jetzt mal Butter bei die Fische. Was hat Sie wirklich dazu bewogen, da einzubrechen?«, mischte sie sich in ruhigem Ton ein.

Der Mann überlegte. Es fiel im sichtlich schwer, eine Antwort zu formulieren. »Ich, ich stand in seiner Schuld ... Mein Sohn, es ist schon einige Jahre her, diese Scheißdrogen, diese gottverdammte Spritzerei. Und der einzige, der mir geholfen hat, das war der Chef. Der hat ihn aus diesem Sumpf rausgeholt. Meiner Frau, und vor allem mir, ging es damals nicht gut. Ich war am Ende, psychisch. Sie verstehen?« Er sah zu Hering hinüber. Sein Blick bat um Bestätigung. »Ich war in Behandlung, und er, der Alte, hatte Verständnis, großes Verständnis. Ein anderer hätte mich rausgeworfen. Er als extrem gläubiger Christ, das war für ihn, glaube ich, gelebte Nächstenliebe.«

Hering guckte skeptisch und Hecht musste schlucken. Alles nur Berechnung, dachte er sich. Dem wird es doch nur darum gegangen sein, einen Sklaven und Verbündeten an sich zu ketten.

»Und Sie, Sie konnten sich jetzt revanchieren«, formulierte es Hering vorsichtig.

»Er hat mich nicht gedrängt. Ich hätte es nicht tun müssen. Ich habe es aus freien Stücken getan. Das, was er für mich getan hat, das hätte ich in tausend kalten Wintern nicht mehr gutmachen können.«

»Und wie geht es Ihrem Sohn jetzt?«, musste Hering etwas abschweifend fragen.

»Gut. Er hat es gepackt. Der Entzug, die Therapie, ein voller Erfolg. Er ist verheiratet, und ich bin Opa.« Das Gesicht des Mannes leuchtete. Er zog ein Taschentuch aus seiner Hosentasche und wischte damit über sein Auge. »Und jetzt, da die Firma auf der Kippe steht, da konnte ich«, er führte die geballte Faust zum Brustbein, »ich ihm helfen, aus den finanziellen Schwierigkeiten, mit minimalem Aufwand ... dachten wir. Er selbst war dazu ja nicht in der Lage, er bewegt sich nur noch unter Schmerzen. Die Gelenke. Das merkt keiner, so diszipliniert, wie er ist. Schwäche zeigen, das ist ihm ein Gräuel. Da hat er mich gebeten, ob ich nicht für ihn, nur für die Firma ...«

Einen Moment herrschte Stille im Raum. Böhm sah auf. Seine Augen wanderten zu Hering und blieben an ihr hängen. Dann fuhr er langsam fort. »Seine Schmuckdynastie zu erhalten, die hundertfünfzig Jahre alte Firmentradition fortzuführen, das hatte er seinem Vater am Sterbebett versprochen, hoch und heilig.«

»Und dazu ist ihm jedes Mittel recht?«, fragte Hecht dazwischen.

»Hhm, er fühlt sich auf Gedeih und Verderb der Tradition verpflichtet, das ist einer seiner Leitgedanken. Und wenn er was verspricht, dann hält er das auch. Komme, was da wolle.«

»Ob sein Vater damit einverstanden gewesen wäre?«, fragte Hering.

»Das waren damals noch andere Zeiten. Heute ist alles viel härter geworden, überall.«

»Herr Böhm, was haben die Diamanten mit dem Mord an Heiner Bamberger zu tun?«

»Keine Ahnung.« Ihm ging ein Licht auf. Seine Stimme klang jetzt gereizter, sein Gesicht errötete. »Ach ja, erst klaue ich die Büchse und gleich danach fahr ich zu meinem Chef nach Hause und bringe seinen Jungen um.«

»Wäre das denn so abwegig?«, fragte Hering.

»Vielleicht wusste ja auch der junge Bamberger von den Diamanten. Der ist jetzt tot, Sie müssen nur noch den Alten erledigen«, begann Hecht mit seiner Theorie.

Böhm schüttelte fassungslos den Kopf.

»Und Sie hätten die Diamanten für sich«, spann Hecht den Faden weiter. Hering sah ihren Kollegen erstaunt, aber respektvoll an. Auf diese Möglichkeit wäre sie selbst gar nicht gekommen.

»Das ist, das ist doch völlig absurd, völlig verrückt ist das«, schrie Böhm verzweifelt. »Und wenn Sie glauben«, er deutete dabei leicht nach vorn gebeugt abwechselnd mit dem Zeigefinger auf Hecht und Hering, »dass ich wegen der Diamanten den

Sohn eines Mannes umbringe, der meinem Kind das Leben gerettet hat .... Ach glauben Sie doch, was Sie wollen.« Erschöpft ließ er sich nach hinten gegen die Rückenlehne seines Stuhles fallen und drehte demonstrativ den Kopf zur Seite. »Ohne meinen Anwalt...« Ein neuer Hustenanfall ließ ihn verstummen, aber es war klar, was er ihnen sagen wollte. Dann streckte er den Polizisten seine zu Fäusten geballten Hände entgegen.

*

»Herrn Böhm trifft keine Schuld«, sagte Heinrich Bamberger mit zementierender Bestimmtheit. »Er hat nur meine Anweisungen befolgt. Ich übernehme die volle Verantwortung.«

»Herr Böhm wird sich zu verantworten haben, mehr als Sie«, stellte Hecht klar. »Warum haben Sie sich auf so ein riskantes Geschäft eingelassen?«

»Es war die einzige und schnellste Möglichkeit, die Firma zu retten.«

»Und wie lange wäre das noch gut gegangen?«, fragte Hering.

Bamberger hob langsam seinen Kopf, sah sie nur an und zuckte mit den Schultern. »Hätte ich nur auf meinen Sohn gehört, und den Laden verkauft. Man muss wissen, wann Ende ist, wann man verloren hat«, begann er zu sinnieren, » endlich jemand anderes, die Jungen ranlassen.« Die Polizisten merkten, wie es in ihm arbeitete. »In den letzten Tagen hatte ich viel Zeit zum Nachdenken.«

Hering sah einen anderen Bamberger vor sich. Sie hatte den Eindruck, dass ihn das hier stärker mitnahm, als der Tod seines Sohnes. Hecht hingegen dachte: Diese Einsicht kommt reichlich spät. Er sah kurz in Richtung der von hier aus undurchsichtigen Glasscheibe zum Zimmer nebenan hinüber, hinter der Obergfell, Heckenlaible und Funk die Vernehmung beobachteten. Der Ton wurde über einen Lautsprecher übertragen.

»Was hätten Sie an meiner Stelle getan, wenn die Firma, die viele Generationen aufgebaut, erweitert und vorangetrieben haben, langsam den Bach runtergeht? Und Sie, Sie wären schuld daran, könnten nichts mehr tun? Würden Sie da nicht nach jedem Strohhalm greifen, auch wenn es bedeutet, etwas Illegales zu tun?«

»Tut mir leid, Herr Bamberger, bei allem Respekt, aber da muss ich passen«, sagte Hering.

»Gut, alles vorbei«, sagte Bamberger leise.

»Warum lohnt es sich, Diamanten nach Deutschland zu schmuggeln?«, fragte Hecht.

»Umgehung der Zollbestimmungen, Steuerersparnis.«

»Von welchem Wert sprechen wir da?«, bohrte Hecht weiter.

Bamberger zögerte einen Moment. »In dem Fall von fast zwei Millionen.«

»Wert?«, wollte sich Hecht versichern.

»Ersparnis.«

Hecht pfiff sein Erstaunen hinaus. »Und der Wert der Steine?«

Bamberger sah sie an und schnaufte. »Neun.«

»Wo kommen die her?«, fragte Hering.

»Afrika.«

»Blutdiamanten?«, fragte sie unsicher.

»Sie halten mich wohl zu allem fähig.« In seiner Stimme lag Entrüstung. Hecht fragte sich, ob sie echt war. »Blutdiamanten kaufen, mit denen Kriege korrupter Systeme finanziert werden? Ich bin vielleicht ein Steuersünder, aber kein Verbrecher. Die Hälfte des weltweiten Diamantengeschäfts läuft über den Schwarzmarkt.« »Und die Kimberley-Zertifikate, die haben Sie für die Steine?«, fragte Hecht.

»Natürlich«, sagte Bamberger wie selbstverständlich.

Hecht und Hering schienen ihm das nicht abzunehmen.

*

Funk hatte nicht verstanden. »Was für ein Zertifikat meint der?«, fragte sie ihre beiden Kollegen, die neben ihr hinter der Scheibe standen.

»Kimberley, damit wird die Herkunft und der Handelsweg jedes Edelsteins lückenlos dokumentiert.« Heckenlaible öffnete eine Mappe, entnahm ihr ein paar Blätter und gab sie Funk.

»Kimberley Process Certificate – The European Community«, las sie die Zeilen des Briefkopfes vor.

»Seit über zehn Jahren gibt es diesen Selbstregulierungsmechanismus zwischen den Staaten«, fuhr er fort. »Da sind neben der EU noch knapp über fünfzig Länder beteiligt.«

*

»Das ist für alle ein einträgliches Geschäft, die Steine kommen problemlos aus der ganzen Welt über Händler und Schleifereien in Antwerpen zu uns«, erklärte Bamberger in einer Weise, als hielte er einen Vortrag vor Kunden. »Keiner kommt zu Schaden.«

»Außer der deutsche Staat«, widersprach Hering.

»Wusste Ihr Sohn von dem Schmuggel oder war er daran beteiligt?«, fragte Hecht.

Bamberger räusperte sich und lehnte sich in seinen Stuhl zurück. »Nein, nur Herr Böhm und ich.«

*

»Ich weiß nicht, irgendwie kann ich mich über den Aufklärungserfolg nicht freuen«, sagte Hering zu ihrem Kollegen, als die beiden wieder allein waren. »Unseren Erfolg«, besserte sie nach.

»Und im Mordfall, da haben wir immer noch nichts Greifbares, absolut gar nichts«, jammerte Hecht.

»Tja«, seufzte sie und sah dabei zu Boden. Dann blickte sie ihn an. »Sehen wir uns nachher? Im Mondschein.«

Er fühlte, dass sie etwas sehr beschäftigte. Deshalb verkniff er sich die spontane Antwort, die ihm auf der Zunge gelegen hatte: Das steht zu befürchten. Stattdessen sagte er nicht sehr freundlich, aber zumindest nicht ablehnend: »Ist nicht auszuschließen.«

*

Hering schnaufte laut aus, als sie ihr Fremdenzimmer betrat. Dieses hübsche Mädchen mit den langen blonden Haaren, das ihr gerade mit Torben auf der Treppe begegnet war – das also war Hanna. Ihr Sohn hatte sie im Jugendclub kennengelernt und ihr am Telefon davon erzählt. Die jungen Leute hatten es eilig. Sie wollten zu einer abendlichen Beachparty ins Bud-Spencer-Bad im Schießtal. Die Genugtuung darüber, dass ihr Plan so schnell aufgegangen war, Torben auf andere Gedanken als die an seine Computerspiele zu bringen, währte nur kurz. Sie warf ihre Schlüssel auf den Tisch und kickte ihre Ballerinas nacheinander in die Ecke. Sie musste sich ducken, denn einer donnerte gegen den Schrank, kam zurück und traf fast ihren Kopf.

Warum hatte sie sich so einfach von Zybura überreden lassen? Richtig überrumpelt hatte er sie, einen schwachen Moment von ihr ausgenutzt. So hatte sie nicht Nein sagen können zu seinem Anliegen. Wahrscheinlich hatte er ihre Personalakte genau gelesen, in Kiel hatte sie solche Aufgaben erledigt und war froh gewesen, in Gmünd an der Basis arbeiten zu können. Er aber wollte für sein Vorhaben von ihren Erfahrungen profitieren. Nur hatte es Dimensionen angenommen, die sie total unterschätzt hatte.

Es war eine Sprosse auf seiner Karriereleiter, und sie, was hatte sie davon? Eine Sprosse auf ihrer Leiter war das nicht – ganz sicher nicht. Sie nahm sich ganz fest vor, morgen zu ihm zu gehen oder ihn anzurufen. Sie würde ihm beibringen, dass sie es nicht zu Ende bringen könne, nicht geeignet dafür sei, und ihm ihr bisher erarbeitetes Material überlassen.

Sie schaltete den Fernseher ein, aber ihre Gedanken schweiften schnell ab. In ihr begann es zu arbeiten. Es war nicht Mona Herings Art, jetzt das Handtuch zu werfen und dann auch noch so kurz vor dem Ziel. Kein Zweifel, wenn sie es zu Ende brächte, hätte sie etwas gut bei Zybura. Vielleicht konnte sie ihm bei der Polizeireform für ihre Leute Zugeständnisse in puncto Arbeitsstellen und -orte aus dem Kreuz leiern. Diese Chance sollte sie sich vielleicht nicht entgehen lassen.

Zufrieden mit ihrer Entscheidung ging sie in ihr Bad, um unter einer warmen Dusche zu entspannen. Anschließend schlupfte sie in ihren Morgenmantel. Eigentlich hätte sie ihn längst zerschneiden oder verbrennen sollen. Bei ihrer letzten Reise mit Eike vor drei Jahren – zum Jahreswechsel nach Hong Kong – hatte sie ihn in der Auslage eines Geschäftes gesehen, und die Verkäuferin hatte das in Champagnersilber glänzende Stück für sie herausgenommen. Es war ein wunderbares Gefühl, diesen weichen Stoff mit den Händen zu berühren, ihn auf ihrer nackten Haut zu spüren. Immer wieder hatte sie ihn streicheln müssen und schließlich gekauft. Das Aufsticken der drei kreisförmig angeordneten, springenden Delphine war kostenlos. Wieso gab ihr dieser Mantel immer noch das Gefühl, ganz bei sich anzukommen, obwohl er doch noch aus ihrem Leben mit Eike stammte?

Sie ging zu dem kleinen Tisch am Fenster, auf dem ihr Laptop stand. Nach mehreren Tastengriffen lief auf dem Bildschirm das Youtube-Video *Remember the future* von Enigma mit entspannender Sphärenmusik. Sie warf sich auf das Doppelbett. Ihre Hand fiel auf das leere Bett neben ihr und ertastete ein schmales Heftchen. Es war das Programm des Festivals der Europäischen Kirchenmusik.

*

»Wenn der dann bei dir wohnt, dann musst du den auch noch durchfüttern.«

Diesen Wind wollte Marie-Luise ihrem Vater gleich aus den Segeln nehmen: »Dennis beteiligt sich an den Kosten für die Wohnung.«

»Haha, dass ich nicht lache. Wie soll denn des gehen? Ohne feste Stelle, nur mit Taxifahren und ein wenig in der Kneipe jobben.«

»Genau wie du sagst, mit ...«, Marie-Luise blickte ihren Vater skeptisch an. »O... kay.« Sie musste die Antwort ihres Vaters erst verarbeiteten. »Im Moment ist er ein bisschen klamm. Das liegt nur daran, dass er derzeit kein festes Arrangement hat. Es stehen noch mehrere Castings an.«

»Wie soll denn des funktionieren, wenn einer Schulden oder Mietrückstände hat. Ist mir schon klar, dass der bei dir einziehen muss.«

Sie stutzte. »Woher weißt denn du ...? Das habe ich euch nie erzählt«, ereiferte sie sich. Ihr dämmerte es. »Du hast ihm nachspioniert.« Sie sprang von dem Esszimmerstuhl auf.

»Du schnüffelst unserer Tochter nach?«, mischte sich plötzlich Simone ein.

»Überprüft. Aber nicht unsere Tochter«, verbesserte er.

»Das glaub ich jetzt nicht«, sagte Marie-Luise leise und kraftlos.

»Des ist nur zu ihrer eigenen Sicherheit«, versuchte sich Hecht zu rechtfertigen und sah Simone dabei an, die ebenfalls geschockt dasaß. »Es geht hier schließlich um des Wohl, die Zukunft unseres Kindes.«

»Also wirklich, Anton, du ...«, begann seine Frau.

Ihre Tochter unterbrach sie. »Woher weißt du das alles? Das ist doch streng vertraulich.«

»Ich bin bei der Polizei.«

»Das finde ich, das ist, das ist ja wohl das Letzte, das Allerletzte.« Die Augen der jungen Frau traten hervor. Wortlos verließ sie das Esszimmer.

»Bist du da nicht gewaltig übers Ziel hinausgeschossen?«, fragte Simone.

»Liegt dir die Zukunft deiner Tochter so wenig am Herzen, ist dir des völlig gleichgültig?«

»Das ist doch maßlos überzogen. Ein übler Vertrauensbruch.«

Hecht hatte sich ohnehin nicht wohlgefühlt, Tomberg um diesen Gefallen zu bitten. Deshalb konnte er die beiden sogar verstehen. »Ich habe es nur gut gemeint«, sagte er kleinlaut.

»Aber so doch nicht.«

»Die beruhigt sich schon wieder.«

»Sei dir da nicht so sicher.« Simone nahm ein Stück Papier von einem Schränkchen und legte es vor ihrem Mann auf den Esszimmertisch. »Von Sergio. Das kosten die Teile, hat er gesagt. Am Freitag bringt er sie mit.«

»Heilig's Bügeleisen, erst am Freitag«, schimpfte Hecht vor sich hin. Er griff nach dem Blatt und versuchte, den Abstand zu seinen Augen einzupendeln. »Oha. Billig ist des Zeug nicht. Der Zahnriemen auch gleich. Was muss ausgerechnet jetzt die blöde Wasserpumpe verrecken«, schimpfte er.

»Seit Monaten sage ich dir, du sollst dich nach einem anderen Wagen umschauen. So ein Jeep oder SUV vielleicht.«

»Da passt doch nicht viel rein.«

»Mit Allrad, dann hätten wir es im Winter leichter.«

»Der VW-Bus ist noch pfenniggut.«

»Aber fast fünfzehn Jahre alt.«

»Wenn ich des mit der Pumpe hinbekomme, dann macht der des noch ein paar Jahre, kommt locker durch den TÜV.« Er überlegte und sah dabei seine Frau an. »Die Frage ist bloß, wie komme ich morgen ins Geschäft?«

»Vielleicht nimmt dich deine Chefin in ihrem Käfer-Cabrio mit. Oder fährt die mit dem Bus?«, fragte Simone.

»Niemals! Ich will zwischen Privat und Dienst trennen. Schnaps ist Schnaps, und Dienst ist Dienst.«

»Die Fahrt zum Dienst, die ist doch eigentlich Dienst«, versuchte sie schmunzelnd, ihn zu überzeugen.

»Jetzt hör aber auf mit diesen Spitzfindigkeiten. Mein Dienst beginnt, wenn ich ins Büro komme. Und damit basta!«

»Was bleiben dir denn für Alternativen?«

Hecht zuckte nur mit den Schultern. »Mit dem verrosteten, rußenden Traktor vom Vater, des geht schon gleich gar nicht.«

»Stefans Mofa. Der Bub kommt doch erst am Wochenende von der Klassenfahrt aus Berlin zurück.«

Sofort kam Hecht das Theater mit seinem Sohn in den Sinn, als der mit einem nicht zugelassenen Mofa angezeigt worden war. Und dann noch die versuchte Körperverletzung, wegen der Bienen, die er angeblich wild gemacht hatte. Jedes Mal wurde ihm schlecht, wenn er daran erinnert wurde.

»Oder der Bus«, riss ihn Simone wieder aus seinen Gedanken.

»Des fehlt noch, dass ich mit dem Schulbus fahre. Du wirst doch nicht glauben, dass ich in einen dieser überfüllten Sardinenbüchsen …«

»Dann fahr halt eine Stunde eher ins Büro.«

»Bist du verrückt, da muss ich ja früher aufstehen.«

Simone schnaufte. Sie musste das Verhalten des ausgeprägten Morgenmuffels schon seit über zwei Jahrzehnten ertragen. Das würde niemals funktionieren. »Dann bleibt halt doch nur Stefans Mofa.«

»Blödsinn.«

»Aber warum denn nicht?«

»Da sehe ich aus wie der Affe auf dem Schleifstein.«

»Jetzt komm, da kennt dich ja keiner.«

Hecht sah sie fragend an.

»Du hast doch einen Helm auf, mit Visier, und das ist sogar getönt.«

Hecht schien einen Moment zu überlegen. Eigentlich hatte dieses kluge Geschöpf Recht. Trotzdem. »Hör mir auf. Ich blamier mich doch nicht. Niemals fahre ich mit dem, diesem Bonsai-Dingens.«

Fünfter Tag – Mittwoch

Schließlich hatte er dann doch die Linie 2 nehmen wollen, aber am Morgen wegen eines Streits mit Simone völlig die Zeit vergessen. Er war zu spät los und sah, an der Haltestelle angekommen, nur noch das Heck des Busses hinter der ehemaligen Dorfpost verschwinden. Er überlegte einen Moment und zückte sein Handy, nur um es gleich wieder einzustecken. Simone war bereits in Richtung Degenfeld weggefahren und längst über den Furtlepass. Zu spät, die konnte ihm jetzt nicht helfen. Wenn sie überhaupt gewollt hätte, nach dem Streit um eine Nichtigkeit. Worum war es dabei gegangen? Er erinnerte sich nicht einmal mehr. Für den Bruchteil einer Sekunde kam ihm in den Sinn, seine Chefin anzurufen. Ob sie noch im Mondschein war?

*

Das leichte Mofa, das mit seiner schwarzgelben Lackierung einem Feuersalamander ähnelte, erreichte den Stadtrand von Gmünd. Der Geruch von unvollständig verbrannter Zweitaktmischung lag in der Luft und zog sich die Straße entlang. Ein stämmiger Mann, dessen Knie gerade so unter den Lenker passten, saß leicht nach vorn gebeugt darauf. Das kleine, leichte Gefährt hatte stark unter seinem Gewicht zu leiden.

Mit quietschenden Bremsen kam der *Firejet* vor dem Polizeirevier zum Stehen. Der Fahrer sah an dem beigefarbenen, vierstöckigen Jugendstilgebäude hinauf und hielt kurz inne. Sollte er …? Der Chef des Dezernates 1 und stellvertretende Kripochef fuhr auf dem Mofa vor? Nein. Das ginge auf keinen Fall, es war eine Frage der Ehre. Er knatterte weiter bis zu dem nebenan liegenden Schulkomplex des Hans-Baldung-Gymnasiums. Dutzende Fahrräder und einige Mofas standen unter der Blechüberdachung neben dem Haupteingang. Hecht stieg vom Mofa und nahm den Helm ab. Im Nu standen ein halbes Dutzend Jungen und Mädchen vor ihm.

Breitbeinig trat ein kleiner, etwas fülliger Steppke auf ihn zu und schaute zu ihm hinauf. »Hey Sie, habe Sie Ihne da Führerschei zwickt?«

Hecht winkte nur ab und schüttelte den Kopf.

»Was parket Sie dann hier an onserer Schul und net in Ihrem Gschäft?«

»Tja, berechtigte Frage.« Hecht überlegte kurz. Die Kinder starrten ihn gespannt an. Es schien, als wollten sie ihn ohne Antwort nicht gehen lassen. Dann kam ihm die rettende Idee. »Na weil es da keine Mofaparkplätze gibt«, sagte er schnell, drehte sich um und verschwand in Richtung Dienststelle.

*

Hecht merkte bei der morgendlichen Begrüßung, dass sich Tomberg nicht wie gewohnt verhielt. Sie erschien ihm ungewohnt ernst, fast bedrückt. Als er durch das Vorzimmer in sein Büro gehen wollte, hielt sie ihn auf: »Ähm, Herr Hecht, ähm, Sie möchten bitte zu Frau Hering kommen.«

»Gleich, ich muss nur noch ein Telefonat ...«

»Ähm, Sie sollten besser gleich ...«, sagte sie mit bedauernder Miene und deutete verschämt auf die geschlossene Tür zu Herings Zimmer.

Hecht zuckte nur mit den Schultern. »Na dann«, sagte er und verschwand in Herings Büro, gerade als Heckenlaible hereinkam. »Das ist das erste Mal, dass mir der Tone echt leid tut – seit ich ihn kenne«, sagte der, seinen Blick auf die sich schließende Tür heftend. Tomberg nickte und zog den Kopf zwischen die Schultern, als wolle sie einem Gewitterschauer entgehen.

Zybura war auf dem Weg hierher in die Gmünder Kripo-Außenstelle. Bis er eintreffen würde, wollte Hering die Zeit nutzen und Hecht auf das bevorstehende Gespräch vorbereiten. Sie legte ihm die Remspost mit der Reportage seiner Tochter hin.

»Die Bambergers – Aufstieg und Abstieg einer alteingesessenen Gmünder Schmuckdynastie«, lautete die Schlagzeile. Es durchfuhr ihn wie ein Stich. Abstieg? Der war nicht Bestandteil ihrer Recherche gewesen, als sie sich abends darüber unterhalten hatten. Hatte etwa er davon …? Nein. Oder doch? Er überflog den Artikel, konnte es nicht glauben, las ihn noch einmal quer: »… im goldenen Käfig gehalten … Dominiert vom Alten ... Es stellt sich die Frage, warum die Ehefrau den Freitod gewählt hat?«

Hecht konnte sich nicht mehr erinnern, welche Informationen er an sie weitergegeben hatte. Sicher hatte sie auch andere Quellen benutzt. Aber das war jetzt auch unwichtig, es würde ohnehin alles ihm angelastet werden. »Verdammt, des darf doch nicht …«, murmelte er leise vor sich. »… klarer Fall von extremem Generationenkonflikt … die traditionsreiche Firma in finanzieller Schieflage, wie ein Polizeisprecher bestätigte.« »Ja, spinnt denn die?« Hechts Gesicht wurde puterrot, seine Halsschlagader schwoll an.

»Sie bringen mich da in eine Lage, die ... Ich will versuchen ...« Hering wusste offensichtlich nicht, ob sie zornig sein oder Mitleid mit ihm haben sollte.

Hecht merkte, dass seiner Chefin das Gespräch unangenehm war. »Vergessen Sie es. Danke. Des bringe ich allein in Ordnung, mit den Konsequenzen, mit allen. Kann ich jetzt?«

»Ja«, sagte sie knapp und lehnte sich nachdenklich in ihren Sessel zurück, als er die Tür hinter sich geschlossen hatte. Sie streifte ihre Schuhe ab, legte ihre Füße auf einen Stuhl und schloss die Augen. Hecht mochte eckig und knorrig sein, wie er wollte. Aber sie schätzte sehr an ihm, dass er ehrlich, geradlinig, in der Sache beharrlich und seinen Leuten gegenüber ein guter Chef war, ein menschlicher. Ihr imponierte, dass er sich von niemandem einschüchtern und beeinflussen ließ. Und das sogar auf Kosten einer Beförderung. Und jetzt die dumme Sache hier, diese saublöde.

Sie musste wohl einige Minuten grübelnd dagesessen sein, als sie aus ihren Gedanken gerissen wurde. Im Vorzimmer war eine laute, markante Stimme zu hören. Sie sprang auf, schlüpfte in ihre flachen Schuhe und überprüfte die Haare.

Mit hochrotem Kopf stürmte Zybura zur Tür herein, gefolgt von Hecht. Nach einer knappen Begrüßung warf er eine Ausgabe der

Remspost vor den beiden auf den Besprechungstisch. »Was haben Sie dazu zu sagen?«, begann er ohne Umschweife.

»Das kann ja mal passieren«, versuchte Hering, gleich die Luft rauszunehmen, »jeder macht mal einen Fehler.«

Aber Hecht ging hart mit sich selbst ins Gericht. »Des darf nicht passieren. Nicht mal einem Anfän…«

Zybura fiel ihm ins Wort, schnaufte seinen Ärger hinaus: »Menschenskind, Hecht! Was haben Sie sich denn dabei gedacht? Ausgerechnet Sie.« Er sah Hecht an, als wollte er ihn gleich an die Wand nageln.

»Der alte Bamberger hat mich gleich heute in aller Frühe angerufen, quasi zu sich zitiert. Mann, war der auf Hundertachtzig.« Er kehrte ihnen den Rücken zu, ging zum Fenster.

»Wir hätten ihn einbuchten sollen«, murmelte Hecht zu Hering gebeugt durch die Zähne.

»Bitte?«, fragte Zybura, während er sich schnell wieder zu den beiden drehte.

Sie zeigte auf ihren Kollegen und sich. »Wir können uns vorstellen, dass er not amused war.«

»Not amused?« Zybura bewegte sich wieder in Richtung seiner Mitarbeiter. »In diesem Fall«, er hob seine Hand, um seine Worte zu bekräftigen, »steckt jede Menge gesellschaftspolitische Brisanz drin. Das sollten Sie langsam mal zur Kenntnis nehmen. Bamberger verlangt personelle Konsequenzen.«

»Für unsere Leute verlangt er, der alte Bamberger, Konsquenzen?«, stellte Hering mit einem Unterton fest, der Zybura ins Grübeln brachte. Kurze Zeit herrschte Stille im Raum. »Und was heißt das genau?«, fuhr sie fort.

»Disziplinarmaßnahmen.«

»Es muss ja nicht sein, dass dieses Missgeschick so hoch gehängt wird«, versuchte Hering, die Wogen zu glätten. In Hecht stieg ein Hauch von Rührung auf. Er hatte fast den Eindruck, als kämpfe da eine Löwin um ihr Junges.

»Der Bam..., ich will«, betonte Zybura, »dass der Mörder gefunden wird und Sie dabei ein Höchstmaß an Diskretion walten lassen. Er möchte seinen Namen nicht in der Presse durch den

Schmutz gezogen sehen, weil hier einer seinen Mund nicht halten kann.«

Trotz des Ernstes der Situation hatten es sich Hering und Hecht nicht verkneifen können, ab und zu an ihrem Direktionsleiter hinunterzusehen. Der stutzte, folgte ihrem Blick hinunter zu seinen hochgekrempelten Hosenbeinen. »Alles nur Ihretwegen, Herr Hecht«, raunte er. »Ich bin mit ihm beim Wassertreten gewesen. Das Wasser war saukalt.« Zybura schüttelte sich fröstelnd.

»Soll gesund sein«, sagte Hering.

»Und gegen Krampfadern helfen«, legte Zybura automatisch nach, als habe er vergessen, warum er hergekommen war.

»Und wenn der alte Bamberger anruft, dann springen alle«, sagte Hering leise vor sich hin.

Zybura verzog keine Miene, tat so, als hätte er das nicht gehört, und brachte seine Hosenbeine in Ordnung. Warum konnte sie sich solche provokanten Bemerkungen leisten, fragte sich Hecht.

»Mir ist es allerdings lieber, mit ihm Wasser zu treten, als Golf mit ihm und seinem Sohn zu spielen. Dieser Heiner, mal ganz unter uns, der ist mir gewaltig auf den Senkel gegangen mit der Angeberei und mit seiner Großspurigkeit.«

»Der Golfclub …« Hering überlegte einen Moment. »Es wäre langsam an der Zeit, den mal ...« Sie hatte gemerkt, dass Zybura offensichtlich Bambergers Forderung nach Disziplinarmaßnahmen nicht nachkommen würde und versuchte nun das Gespräch abzukürzen. Aber Zybura unterbrach sie.

»Bevor Sie dahin aufbrechen, lassen Sie mich bitte mit Herrn Hecht allein.« Sie kam seinem Wunsch nach und überließ den beiden ihr Büro.

»Menschenskind Hecht, hat das denn sein müssen?«

Der Hauptkommissar schnaufte nur und zuckte mit den Schultern.

»Also jetzt mal unter uns Pfarrerstöchtern«, begann der Polizeidirektor und rückte näher zu seinem Dezernatsleiter. Seine Worte nahmen eine leicht verschwörerische Tonlage an. »Ausgerechnet jetzt, wo endlich Ihre Beförderung zum Ersten Hauptkommissar ansteht.« Laut sog er den Atem zwischen seinen Zähnen hindurch. »Dann könnten Sie in Gmünd bleiben und den Kriminaldauerdienst leiten.«

Mit einem Mal begriff Hecht, in welch missliche Situation der Artikel seiner Tochter ihn gebracht hatte. War damit seine Beförderung in weite Ferne gerückt? Würde es ihm so gehen wie Zybura, der seit Jahren und immer noch erfolglos darauf wartete? Aber er schien noch einmal Glück zu haben.

»Also Herr Hecht, wir machen erst mal gar nichts, ich meine in Sachen Diszi und so. Und bitte, versprechen Sie mir in Zukunft vorsichtiger zu sein, wenn Sie sich mit Ihrer Tochter unterhalten.« Seine Stimme bekam einen flehenden Unterton. »Wenn sich der Bamberger abgekühlt hat, werde ich noch mal mit ihm reden.«

*

Hering saß neben Nelli Tomberg an deren Schreibtisch. Sie hatten zusammen Recherchen über diesen Golfclub angestellt.

»Frau Hering, wieso ist der alte Bamberger noch auf freiem Fuß?«, fragte Tomberg etwas verwundert.

»Der Böhm auch«, sagte die Kriminaloberrätin. »Die haben gute Anwälte. Voraussetzungen für Haftbefehle liegen nicht vor, meint der Haftrichter und hat sie ausgesetzt.«

»Bei beiden besteht also keine Verdunkelungs- und Fluchtgefahr«, schlussfolgerte Tomberg erstaunt.

»Außerdem hat er Bambergers fortgeschrittenes Alter berücksichtigt. Dann hat sein Anwalt vorgebracht, dass Bamberger als Mitsponsor der Maucherbüchse so was wie Teileigentümer des Gewehres ist.«

»Aber er muss doch ein Steuerverfahren an den Hals kriegen«, sagte Tomberg.

»Wie das bei beiden weiter zu bewerten ist, entscheiden die Richter. Die dürfen halt die Stadt nicht verlassen«, sagte Hering.

Die Tür zu Herings Büro öffnete sich. Hecht und Zybura hatten ihr Gespräch beendet. Tomberg tippte mit dem Finger auf ihre Armbanduhr. »Herr Zybura, Ihr Flugzeug nach Berlin, Sie müssen sich ...«

»Danke, bin schon unterwegs«, unterbrach er sie und drehte sich in der Tür nochmals den beiden Frauen zu. »Ähm, ja, Frau Hering, ich kann mich auf Sie verlassen?«

»Selbstverständlich. Heute Abend gehe ich nochmals drüber und schicke Ihnen alles per Mail.« Erleichtert winkte er ihr zu und verschwand.

»Der Golfclub, in dem das Opfer Mitglied war, liegt ein paar Kilometer Richtung Lorch«, sagte Tomberg.

»Der Hetzenhof?«, fragte Hecht und schnappte sich, während Tomberg bestätigend nickte, die Wagenschlüssel – erleichtert und wieder voller Tatendrang.

*

Hecht steuerte den Dienst-Mercedes über die Ausfallstraße in Richtung Westen aus der Stadt hinaus. Auf der Gegenspur war weit entfernt ein sonderbares Fahrzeug zu erkennen, das rasch auf sie zufuhr. Hecht nahm den Fuß vom Gaspedal, ließ seine Seitenscheibe herunter und streckte dann den Arm winkend hinaus, um den Fahrer zu grüßen. Auch Hering warf einen Blick hinüber. Das Gefährt, ein schwarzes, dreirädriges Lastenfahrrad, kam näher, war jetzt fast auf gleicher Höhe. Sie sah, dass über dem Vorderrad ein Hilfsmotörchen montiert war. Der fingerdicke Auspuff reichte senkrecht bis fast auf den Boden hinunter. Über der Hinterachse zwischen den beiden Rädern befand sich eine kleine hölzerne Ladepritsche. Auf dem knatternden Oldtimer saß, leicht nach vorn gebeugt, ein Mann mit brauner abgewetzter Lederjacke und löchrigen Jeans. Unter seinem beigefarbenen Retro-Halbschalenhelm lugte hinten ein blonder Pferdeschwanz hervor.

»Gucken Sie mal, der Molly gefällt das auch«, freute sich Hecht und lachte laut.

»Molly? Wer zum Teufel ist Molly?« Hering schaute genauer hin: Auf der kleinen Ladefläche saß ein Golden Retriever, der seinen Kopf auf die Schulter des Fahrers gelegt hatte und nach vorn sah. Die Nase hielt er in den Fahrtwind und die Ohren legte er stromlinienförmig an den Kopf. Er schien den Ausflug in vollen

Zügen zu genießen. Die Auspuffgase des alten Zweitakters schienen ihn nicht zu stören. »Wahnsinn! Ist ja echt krass!«, rief sie begeistert.

Jetzt hatte der Fahrer den silbernen Dienstwagen bemerkt. Er winkte Hecht und Hering zu. »Das ist, das ist doch …«, rief sie erstaunt und blickte dem seltsamen Gespann durch die Heckscheibe nach.

»… der Doktor Krautschneider. Der ist mal wieder mit einem seiner seltenen Sammlerstücke unterwegs«, bestätigte Hecht.

Auf ihrer weiteren Fahrt das Remstal hinunter in Richtung Lorch kamen sie an der Anhöhe vorbei, auf der das von den Staufern gegründete ehemalige Kloster Lorch lag. Unterhalb des Klosterberges bogen sie ab, fuhren weiter in südliche Richtung. Die Straße schmiegte sich eng an den steilen Hang und führte in Serpentinen durch den Wald in Richtung Süden. Hechts Fahrstil ähnelte plötzlich dem eines Testfahrers, der rauskriegen wollte, was man aus dem Wagen herausholen konnte. Wozu hat man mal so eine Karre unterm Hintern, entschuldigte er sein Verhalten vor sich selbst. Er genoss es, den Wagen um die Kurven driften zu lassen.

Beide sagten nichts. Nur das Pfeifen der Reifen war zu hören und die Wechsel von Bremsung und Beschleunigung zu spüren. Bei der einen Kehre kam Hering ihm sehr nahe, bei der anderen entfernte sie sich wieder und ihr Kopf schien fast die Seitenscheibe zu berühren. Nur der Gurt hielt die beiden auf einer kollegialen Distanz. Hecht fand Gefallen daran, wie sich seine Chefin hin und her wiegte.

Mit dem Mann konnte man richtig Spaß haben. So kannte sie ihn bisher noch nicht. Sie hatte den Eindruck, als sei der kleine Junge in ihm erwacht.

»Tolle Straßenlage, der Wagen. Nicht wahr?«

Mehr als ein wohlig zustimmendes »Hhm«, war von ihr nicht zu vernehmen.

Gab sie selbst vielleicht noch mehr Körperneigung in den Kurven dazu, fragte er sich. Denn wenn er die Richtung wechselte, hatte er weiß Gott nicht denselben großen Ausschlag wie sie. Ob sie das etwa mit Absicht machte? Das würde zu ihrem Verhalten in der letzten Zeit passen. Sie schien ihm irgendwie besser drauf zu sein.

Als sie die Hochfläche erreichten, sagte sie: »Schade, hätten ruhig noch ein paar Kehren mehr sein können.«

»Wir fahren nachher wieder runter«, sagte er schmunzelnd. »Tolles Auto. Mein Wohnmobil, der VW-Bus, der wäre da schon längst umgekippt.«

Hier oben bot sich ihnen ein atemberaubender Panoramablick auf die Drei Kaiserberge Rechberg, Stuifen und Hohenstaufen. Gleich links erreichten sie das weitläufige, beidseits der Straße liegende Gelände des Golfplatzes Hetzenhof mit seinem Clubhaus. Hecht bog ab. Nur ein knappes Dutzend Wagen verloren sich auf dem ausgedehnten Parkplatz davor. Um sich zu orientieren, gingen Hecht und Hering zu einem Wegweiser, nur leider konnten sie mit den darauf stehenden Begriffen wie Putting Green und Driving Range nichts anfangen. Fast ganz unten wies ein Pfeil in Richtung Sekretariat und Restaurant, der sie in das langgestreckte Gebäude führte. Neben der Rezeption mit Golfer-Shop führte eine Treppe zum Restaurant ins obere Stockwerk hinauf. Sie gingen zwischen den Sitzgruppen mit den gemütlich wirkenden Clubsesseln hindurch in Richtung des U-förmigen Tresens, der schräg in den hohen, lichtdurchfluteten Gastraum gebaut war. Dieser strahlte ein angenehmes Ambiente aus, wie Hering fand. Wer das hier eingerichtet hatte, der hat Geschmack, dachte sie sich.

Nachdem Hecht und Hering sich kurz umgesehen hatten, gingen sie zielstrebig auf die Theke zu. Dahinter befüllte eine große, etwas rundliche Frau die Kühlschränke mit Getränken. Als sie die beiden bemerkte, richtete sie sich auf und sah über die lange Reihe von Flaschen zu ihnen hinüber. Die Polizisten kamen näher und zogen ihre Dienstausweise heraus. Die Schwarzhaarige trat vor den Tresen und schaute kurz auf Hechts Ausweis. Dann fixierte sie ihn mit einem Blick, aus dem Erinnerung und frisch erwachtes Verlangen sprachen. »Ich werd nicht mehr«, rief sie. Tone? Ja gibt's das?«

Hecht blinzelte sie ungläubig an. Seine Mundwinkel begannen zu zucken. »Desi? Desiree Winter?«

Ihr Gesicht erstrahlte, und ihr leuchtender, weicher Blick ließ auch Hering erkennen, dass die beiden in der Vergangenheit einmal etwas miteinander gehabt hatten. »Jahrzehnte ist es her, dass wir uns das letzte Mal ... Da waren wir noch jung und schlank ... beide.« Sie lachte und sah dabei auf Hechts leichten Bauchansatz. Ihre Stimme war kräftig und hatte einen Hauch Rauchiges. »Wie komm ich jetzt zu der Ehre?«

Endlich bemerkte Hecht, dass er immer noch seinen Dienstausweis in der Hand hielt. »Ich, also ich bin dienstlich da«, versuchte er, einen sachlichen Ton anzuschlagen.

»Seh ich.« Sie deutete lachend auf seinen Ausweis.

Schnell steckte er ihn in seine Brusttasche. Hat ihn ganz schön durcheinandergebracht die Dame, stellte Hering für sich fest.

»Du bist also noch bei der Polizei«, bemerkte die Frau ungläubig. »Und auch immer noch glücklich verheiratet?«, fragte sie mit zur Seite geneigtem Kopf.

Hecht griff an seinen Ehering, drehte ihn kurz, ging aber nicht auf ihre Frage ein. »Und, und du, du, ähm, wie geht's dir so?«, begann er zu stottern.

»Ja, schon so, na ja. Ganz gut eigentlich. Ich bin beschäftigt.« Strahlend sah sie dann zu Hering hinüber und zwinkerte mit den Augen. »Den Anton, den nannten wir Mädels damals, als wir noch ein paar Jährchen jünger ...«

»Desi, warum wir hier sind ...«, fiel Hecht ihr schnell ins Wort. Die beiden Frauen sahen ihn fast vorwurfsvoll an, so dass er schlucken musste.

Desiree Winter lachte, wollte es unbedingt loswerden. »Den tollen Hecht, so haben wir ihn damals genannt.« Ihre Stimme hatte ein sonderbares Timbre angenommen. Die Frau, in der einen Moment lang das junge Mädchen wiedererwacht war, seufzte. In ihren Augen lag ein leichter Anflug von Wehmut. »Tja, ist lange her.« Hering warf ihm einen anerkennenden Blick zu. Hecht verzog das Gesicht, konnte aber nicht verhindern, dass es ein sattes Rot annahm, während für einen Moment Stille zwischen den dreien eintrat.

Hering besann sich als Erste wieder auf den eigentlichen Grund ihres Besuchs. Um endlich mit der Befragung voranzukommen, beschloss sie kurzerhand, diese allein durchzuführen. »Herr Hecht, Sie wollten sich doch draußen noch umsehen. Vielleicht hat jemand …«

»Ja, 'türlich, bis nachher.« Er wirkte erleichtert und verschwand schnell durch die Terrassentür.

Hering setzte sich auf einen der Barhocker und wandte sich der Frau hinter der Theke zu. »Frau Winter, Sie sind die Chefin hier, nehme ich an.«

»Ich habe das Restaurant gepachtet, seit fast zwölf Jahren schon.«

»Da bekommen Sie doch viel mit, haben quasi eine Schlüsselstellung, wo alle Informationen zusammenlaufen und Neuigkeiten ausgetauscht werden.«

Desiree Winter nickte heftig. Sie fühlte sich geschmeichelt und endlich einmal wichtig genommen. »Klar doch. Ich weiß mehr, als Sie glauben«, bekräftigte sie. Nach einem Moment der Besinnung erklärte sie: »Ich kann mir schon denken, um was es geht. Heiner Bamberger, nicht wahr?«

»Der war doch Mitglied hier.«

»Ja, bestimmt seit zehn Jahren. Ist auf Drängen des Alten, ähm, seines Vaters, dazugekommen.«

»Ist außer den beiden sonst noch jemand aus der Familie hier im Club?«

»Die Anke, seine Frau.«

»Und Bruder und Schwester?«

»Nee, die sind sich doch, na, die haben andere Interessen.«

»Wer hätte Ihrer Meinung nach einen Grund gehabt, Heiner Bamberger umzubringen?«

Desiree Winter überlegte einen Moment, schüttelte den Kopf. »Hier kann ich mir niemanden vorstellen.«

»Hatte er irgendwelche Neider oder Feinde im Club? Gab es mal Streit, vor allem in letzter Zeit?«

Winter überlegte einen Moment. »Nein, nicht dass ich wüsste.« Die Kriminaloberrätin schaute sie skeptisch an. Ihr Gegenüber wirkte jetzt etwas verlegen. »Na ja, der Vereinskram, der übliche halt. Ganz normale Meinungsverschiedenheiten, wie das in jedem Club so üblich ist.« Sie überlegte, rührte in ihrem Kaffee. Hering wollte sie nicht drängen, ließ ihr Zeit. »In den letzten Wochen, da hat er mir richtig leidgetan.«

»Wieso das denn?« Hering wurde hellhörig.

»Na ja, seine Frau, die hat wieder was mit ihrem Ex, diesem Schönling, angefangen.«

»Schönling?«

»Na, Felix Güngör. Der ist vor ein paar Monaten bei uns eingetreten. Arbeitet auch bei Schmuck Bamberger, als Vertriebsleiter glaube ich.«

»Und der junge Bamberger, wusste er, dass sie mit dem …?«

»Keine Ahnung, ob der das geschnallt hat.« Sie beugte sich vor zu Hering, so als wollte sie ihr ein Geheimnis anvertrauen. »Ist doch irgendwie lustig. Der Heiner, der hat selbst die Anke damals diesem Güngör ausgespannt.«

»Wissen wir. Wann war das?«

»Hhm, das ist schon ein paar Jahre her. Kurze Zeit später haben die beiden dann geheiratet. Würde mich nicht wundern, wenn sie das schnell bereut hätte.« Es sprudelte nur so aus der Wirtin heraus. Wunderbar, eine unerschöpfliche Quelle, von Frau zu Frau, freute sich Hering. »Sie meinen den Altersunterschied von vierzehn Jahren?«

»Ach was, da sind wir hier im Golfclub ganz anderes gewöhnt.« Sie grinste. »Nein, seine Spielerei. Ständig diese Casinobesuche und die privaten Pokerrunden. Das kostet natürlich, deshalb war der auch ständig klamm. Er soll sogar mal eine Therapie angefangen und wieder abgebrochen haben, sein Vater hat ihn wohl dazu … na, sagen wir mal, gedrängt.«

»Wie sah denn das Verhältnis zwischen den beiden aus, was meinen Sie?«, fragte Hering.

Darüber brauchte sie nicht lange nachzudenken. »Der alte Bamberger gibt sich gerne charmant und freundlich, ist aber ein selbstgerechtes Arschloch, der schien seinen Sohn gar nicht ernst zu nehmen. Ich habe mehr als einmal erlebt, wie er ihm über den

Mund gefahren ist. Und der Heiner …«, Desiree Winter zögerte. »Man soll ja nicht schlecht über Tote reden.«

»Bitte, wir müssen alles wissen, was uns irgendwie weiterhilft. Sie wollen doch, dass sein Mörder gefasst wird«, sagte Hering.

»Ja, gut, also … ein paar Mal habe ich mitbekommen, dass er bei einigen im Verein in der Kreide stand. Und das gewaltig, keine kleinen Beträge. Ständig hat er sie vertröstet. Aber neulich hat er so Andeutungen gemacht, das Geld bald zurückzahlen zu können.«

»Und woher wollte er es nehmen, hat er was gesagt?«

»Nichts Konkretes. Er hat nur, ganz geheimnisvoll, von einem Riesendeal, dem seines Lebens, gesprochen.«

»Könnte es sich um einen Grundstücksverkauf handeln?«

Desiree Winter schüttelte lachend den Kopf. »Müsste aber ein sehr wertvolles sein. Mag sein. Möglich. Für mich hörte es sich aber nach was viel Größerem an.«

»Was vermuten Sie?«

»Hhm, ich schätze mal, es hatte mit der Firma zu tun.«

*

Hecht hatte in der Umgebung der Gebäude und auf dem Platz kaum jemanden angetroffen, der das Opfer kannte. Und wenn, dann nur flüchtig. Kein Wunder, denn der Verein zählte über tausend Mitglieder. Es war nur ein gutes Dutzend Golfer, die sich so früh auf dem Platz bewegten. Wer hatte auch schon die Zeit, am Vormittag Golf zu spielen? Über die Terrasse hatte er, von den beiden Frauen unbemerkt, das Club-Restaurant wieder betreten.

Gleich darauf kam draußen eine Schar Kinder mit wildem Geschrei um die Ecke gefegt. Sie hatten Körbchen mit Golfbällen und kleine Absperrhütchen aus Kunststoff unter dem Arm. Mit einer Betreuerin verschwanden sie auf einem Übungsfeld.

»Ich dachte, Golf sei nur was für Senioren.« Hecht sah Desiree verwundert an.

Die lachte nur. »Kooperation mit den Schulen. Wir haben eine große Kinder- und Jugendabteilung. Quer durch alle Altersgruppen.

Nicht umsonst sind wir vor ein paar Jahren als jugendfreundlicher Golfclub ausgezeichnet worden.« Sie zeigte auf eine hohe Glasvitrine mit einer Vielzahl von Pokalen, Plaketten und Auszeichnungen, die draußen neben dem Eingang stand.

Hering stand auf und sah zu Hecht hinüber. »Hätten Sie noch was?«

Statt einer Antwort hielt er Desiree mit lang ausgestrecktem Arm seine Visitenkarte hin. »Falls dir noch was einfällt.« Sein Blick streifte ihr Gesicht nur so lange, es nötig war. Es fiel ihm schwer, die weiteren Worte über seine Lippen zu bringen. »Ruf einfach an.«

»Worauf du dich verlassen kannst«, hauchte Desiree mit einem leicht lasziven Augenaufschlag.

Hering hatte den Eindruck, als wolle sie Hecht mit ihren Blicken förmlich ausziehen, ihn am liebsten gleich vernaschen, und verspürte das Bedürfnis, ihm zu helfen. Schnell sagte sie: »Tja, das wär's dann fürs Erste. Vielen Dank.«

»Ja, Tschüss dann«, schob Hecht hinterher, machte auf dem Absatz kehrt und ging schnurstracks auf den Ausgang zu. Hering folgte ihm schmunzelnd hinaus.

Draußen vor der Tür musste Hecht erst einmal tief Luft holen. »Des hat mir jetzt gerade noch gefehlt«, schnaufte er.

»Weiß gar nicht, was Sie wollen. Ist doch nicht so schlimm, wenn man wieder mit seiner angenehmen Vergangenheit konfrontiert wird.«

Hecht sah sie nur mit saurer Miene an und stieg in den Wagen. »Und, hat uns der Besuch hier was gebracht?«, wollte er wissen.

»Und wie!«

*

»Das ist echt der Kracher, der volle!«, jubelte Nelli Tomberg. »Wenn ich das meinen Chefs erzähle.« Wie so oft verbrachte sie mit ihren Freundinnen die Mittagspause im Unicorn House in der Gmünder Innenstadt. Sie hatte bisher kaum Zeit gefunden, von ihrem Gourmet-Salat zu essen, so aufregend waren die Gespräche mit den jungen Frauen aus der Anwaltskanzlei und dem Rathaus. Für jede der drei brachten diese Treffen oft interessante Neuigkeiten. Selbst wenn es nur um Klatsch und Tratsch über die High Society der Ostalb ging oder darum, was in der Gmünder Szene gerade so lief. Die junge Beamtin aus dem Rathaus wusste in der Regel das Meiste beizusteuern. Sie saß in der Schalt- und Machtzentrale, sozusagen an der Quelle, kannte sich überall aus und wurde von Tomberg anerkennend das »lebende Tageblatt« genannt.

Ohne den Salat aufzuessen, eilte die Polizeisekretärin mit vielen wichtigen Informationen wieder zur Dienststelle, um gleich mit ihren Kollegen darüber zu sprechen. Leider waren die noch nicht aus der Mittagspause zurück. Sie nutzte die Zeit, um die Vermögensverhältnisse von den Bambergers zu prüfen.

Stolz präsentierte Tomberg die Ergebnisse ihrer mittäglichen Arbeit. Hecht und Hering saßen im Einsatzraum entspannt auf ihren Stühlen und hörten aufmerksam zu. Nur Heckenlaible machte nach dem Verzehr einer Schweinshaxe mit Knödeln einen müden Eindruck. Ihm fielen fast die Augen zu.

»Die Bamberger-Brüder besitzen Grundstücke im Bereich der Leitungstrasse der GTS-Pipeline. Von der Mutter geerbt.«

»Der Böhm erwähnte doch einen Streit zwischen Heiner und Andreas Bamberger, bei dem es um Grundstücke ging«, merkte Hecht an.

»Desiree Winter hat auch etwas von einem Grundstücksverkauf angedeutet«, sagte Hering.

»Andreas Bamberger hat mit allen Mitteln gegen den Verkauf von Heiners Schlüsselgrundstück gearbeitet. Um damit den Bau der Pipeline dort zu verhindern. Er wirkt nach außen hin harmlos, aber er ist ein extremer, eiskalter Fanatiker, dem jedes Mittel recht ist.«

Hecht und Hering sahen sie erstaunt an.

»Details habe ich vorhin in der Mittagspause ...«

»Mädelnetzwerk«, stellte Hecht klar.

Nelli Tomberg nickte. »Heiner wollte seine Streuobstwiese zum

Bau einer«, sie las weiter von ihren Notizen ab, »Verdichterstation, Absperrstation und Ausblaseeinrichtung an die Betreiberfirma verkaufen und damit ordentlich Kohle machen.«

»Na, wer sagt's denn«, merkte Hecht an, »als letzter Ausweg, um das zu verhindern, blieb nur noch der Tod seines Bruders.«

»Achtung, ich hab noch mehr«, verkündete Tomberg mit erhobenem Zeigefinger. »Anke Bamberger ist die Begünstigte einer hohen, vor vier Jahren abgeschlossenen Lebensversicherung.«

»Und was ist bei Selbstmord? Oder Mord?«, warf Heckenlaible plötzlich hellwach ein.

»Die Versicherung zahlt bei Selbstmord erst, wenn er später als drei Jahre nach Vertragsabschluss stattgefunden hat. Bei Mord erhält die Begünstigte nur Geld, wenn die Tat aufgeklärt ist und sie nicht die Täterin ist.« Die Sekretärin legte die Geschäftsbedingungen vor ihnen auf den Tisch. »Hier steht es.« Dann fuhr sie fort: »Außerdem erbt die Witwe das Haus und die Firmenanteile ihres Mannes, die derzeit ja noch gering sind.«

»Und sie macht gerade wieder mit der alten Liebe Güngor rum.« Alle schauten Hering entgeistert an. Schnell erläuterte sie: »Das habe ich von Hechts alter … von der Pächterin des Golfclub-Restaurants.«

»Das heißt, Frau Bamberger gehört ganz oben auf die Liste unserer Verdächtigen«, zog Hecht rasch die Schlussfolgerung.

»Und der Güngör dann natürlich auch«, ergänzte Hering.

»Es ist zum Verrücktwerden. Zuerst hatten wir gar keinen Verdächtigen und jetzt fast eine Handvoll«, stellte Hecht fest.

»Mit den paar Indizien sind wir noch sehr weit davon entfernt, einen von ihnen festzunehmen«, schnaufte Hering ihre Unzufriedenheit hinaus.

*

In der Firma erfuhren die Ermittler, wo sie Anke Bamberger finden konnten. Es ging jetzt nicht mehr nur um ihre Bestätigung von Güngörs Alibi. Auch sie brauchte eines, da sie ein Motiv hatte – ein starkes.

In einem Reitstall in Straßdorf war ihr Pferd eingestellt. Hering rümpfte die Nase, als ihnen ein junges Mädchen mit einem Schubkarren voll Pferdemist begegnete. Intensiver Stallgeruch drang auch aus der Tür. Mit einem Strohbüschel rieb Anke Bamberger das Tier ab. Offensichtlich war sie gerade von einem Ausritt zurückgekehrt.

Schräg von vorn und beruhigend sprechend ging Hecht auf das braune Rassepferd zu. Seine offene Hand bewegte sich langsam in Richtung seiner Nüstern und streichelte dann sanft seinen Hals. Mit leichtem Schnauben blies es seinen Atem hinaus. »Schwedisches Warmblut?« Behutsam begann er die Stirn des Tieres zu reiben. Der Hengst schnaubte leise, blies Hecht wieder ins Gesicht. Auch er pustete ruhig und langsam seinen Atem in Richtung der Nüstern.

Anke Bamberger lächelte. »Ja, das ist Luckner, ich nenne ihn Lucki«, sagte sie mit glänzenden Augen. Hering spürte, dass sie dieses schöne Tier über alles liebte. Und Anke Bamberger wiederum merkte, dass sich da jemand auskannte und wusste, wie man mit diesen sensiblen Lebewesen umging. »Haben Sie auch ein Pferd?«, fragte sie Hecht.

»Nein, aber ich kenne eins«, antwortete er, ohne sie anzusehen.

Hering musste schmunzeln. Sie wusste, dass er früher in der Landwirtschaft seiner Eltern mit Tieren aufgewachsen war. Er beschäftigte sich weiter mit dem Pferd, während er ihr einen kurzen Blick zuwarf, der sie aufforderte, die Verdächtige zu befragen.

Die Kripoleiterin kam gleich auf den Punkt. »Frau Bamberger, Sie sind die alleinige Begünstigte einer hohen Lebensversicherung Ihres Mannes. Und einiger wertvoller Grundstücke obendrein.«

Die Reiterin hörte auf, das Pferd zu striegeln, und wandte sich Hering zu. »Worauf wollen Sie hinaus?«

»Das wäre für uns ein astreines, plausibles Mordmotiv.«

Anke Bamberger sah sie entsetzt an. »Sie glauben doch nicht …?«

»Wieso nicht?«

»Wenn Sie schon in meinen Unterlagen rumgeschnüffelt haben, dann hätten Sie es genauer tun und auch das Kleingedruckte lesen sollen.«

»Das da wäre?«

»Dass ich zwar Begünstigte bin, aber bei Mord nur dann, wenn Sie in der Lage sind, den Mörder zu fassen. Sieht im Augenblick ja nicht danach aus.«

»Aber bei Selbstmord zahlt die Versicherung. Und so hätte sein Tod ja aussehen sollen. Dummerweise haben wir schnell herausgefunden, dass es keiner war. Was für ein Pech.«

Das Pferd wandte sich gierig seinem Futter zu, das Hecht ihm in den Trog gelegt hatte. Der fand, es war Zeit, Tacheles zu reden. »Frau Bamberger, haben Sie ein Verhältnis mit Herrn Güngör?«, fragte er ohne Umschweife.

Sie wandte sich von den beiden Polizisten ab und begann, den Hals des Pferdes zu tätscheln. »Schön fressen Lucki, schön fressen.«

»Wusste Ihr Mann, dass zwischen Ihnen beiden wieder was läuft?«, mischte sich Hering ein.

Die junge Frau sah zu den beiden hinüber. »Keine Ahnung … Er war viel zu sehr mit sich und seiner Sucht beschäftigt.«

»Wo waren Sie zum Todeszeitpunkt?«, fragte Hering.

»Wie bitte? Mein Mann wurde vor ein paar Tagen ermordet, und Sie, Sie verlangen von mir ein Alibi«, empörte sich Anke Bamberger.

»Reine Routine«, sagte Hering.

Anke Bamberger schluckte und sah ihr in die Augen. »Also gut, ich war nur ganz kurz auf der Vernissage und dann mit Felix zusammen.« Sie schien froh, es endlich über ihre Lippen gebracht zu haben. »Ich hätte es Ihnen gleich sagen sollen, aber … ich war mir nicht sicher, ob Sie mir glauben würden, dass wir nur gearbeitet haben, um die Messe vorzubereiten. Nächste Woche fahren wir nach Antwerpen. Zeitlich wurde es langsam eng mit den Vorbereitungen. Heiner ist zum Zocken gefahren, und wir haben bis in die Nacht in der Firma …«

»Wie lange?«, hakte Hering nach.

»Bis weit nach Mitternacht. Dann bin ich gleich nach Hause gefahren. Ich hätte normalerweise vor Heiner daheim sein müssen. Umso überraschter war ich, als ich angekommen bin und Sie ...«, sie deutete auf Hecht und verstummte plötzlich.

»Wie würden Sie Ihre Ehe beschreiben«, drängte sich Hering, die kleine Gesprächspause nutzend, wieder dazwischen.

Anke Bamberger warf ruckartig ihren Kopf zur Seite und sah kurz zu ihr hinüber. Sie rieb ihre Hände aneinander. Unruhig zuckten ihre Augen hin und her. »Worauf wollen Sie hinaus?«

»Auf nichts Spezielles. Keine Angst«, versuchte die Kriminaloberrätin, sie zu beruhigen. »Ich will mir ein Gesamtbild verschaffen.«

»Von mir?«

»Von allem. Von der Situation. Von den Menschen, die dem Toten nahegestanden haben«, stellte die Kriminaloberrätin klar.

»Ehe?« Sie lachte hämisch. »Wir haben nur noch nebeneinander her gelebt, unter einem Dach. Nach außen, besonders für den Alten, da haben wir versucht, heile Welt zu spielen. Ob der uns das abgekauft hat – ich weiß es nicht. Heiners Freizeit hat neben dem Golfplatz nur noch im Glücksspiel bestanden. Vor allem seit er in dieses Milieu mit seinen Poker-Kumpels gerutscht ist. Aber so richtig zur Sache ist es erst gegangen, wenn sie Spielbanken besucht haben. Roulette, Baccara, Black Jack und was weiß ich noch für Zeug.«

»Das muss man sich leisten können. Konnte Ihr Mann das?«, fragte Hering.

»Eben nicht. Er musste immer neue Geldquellen erschließen. Zuletzt hatte er sogar versucht, seine Anteile an der Firma zu verkaufen. Wie oft haben sein Vater, Frau Hackstock und ich versucht, ihn zu überreden, damit aufzuhören, einen Entzug zu machen. Mehr als einmal habe ich die Experten-Hotline für Glücksspielsüchtige und Angehörige angerufen.«

»Mit welcher Konsequenz?«, fragte Hecht.

»Wir haben ihn wenigstens so weit gebracht, dass er sich selbst in sämtlichen deutschen und österreichischen Spielbanken ein Spiel- und Betretungsverbot auferlegt hat. Aber die Privaträume seiner Spielerkumpels standen ihm natürlich nach wie vor offen.« Anke Bamberger wandte Hecht den Rücken zu und trat näher zu Hering. »Heiner war nicht immer so. – Sind Sie verheiratet?«

»Ich war es, bis vor einem halben Jahr.«

»Ist er … tot?«

Hering lachte kurz und bitter auf. »Nein, wir sind ordentlich geschieden.«

»Haben Sie Kinder?«, fragte Anke Bamberger nach einem Moment der Stille.

»Einen Sohn, fünfzehn.«

»Schön.« In ihren Augen lag ein wenig Wehmut. »Dann ist Ihnen wenigstens das geblieben.«

Hering spürte, dass diese Frau gerne Kinder gehabt hätte. Hecht schien sich ganz auf das Pferd zu konzentrieren, tatsächlich lauschte er aufmerksam dem Gespräch der beiden Frauen. Vielleicht gelang es seiner Chefin mit ihrer einfühlsamen Art, in der weiteren Unterhaltung von Frau zu Frau mehr Hintergrundinformationen über die Bambergers zu bekommen.

»Schlimm wurde es, als … Der Alte hat Heiner und mich ständig gedrängt, richtig massiv unter Druck gesetzt, wollte endlich einen Stammhalter. Fast schon Panik hatte er. Die Zeit schien ihm davonzulaufen. Mir auch. Jahrelang ging das so, wurde unerträglich. Und von Andreas konnte er auch nichts erwarten, der ist frisch geschieden, hat vorerst die Nase voll von einer Beziehung. Der lebt nur für seine Ideale, momentan geht es gegen die Gaspipeline. Richtig fanatisch und verbohrt ist er deshalb.«

»Und seine Schwester?«, fragte Hering weiter.

»Bei Johannas Lebensplanung sind wohl keine Kinder zu erwarten. Und dann, was ihr Vater ihr angetan hat«, sie drehte sich zur Seite, »aber das ist eine andere Geschichte.«

»Verstehe«, sagte Hering.

Wieso sollte diese Polizistin das verstehen, fragte sich Anke Bamberger. Als sie das Gespräch wieder auf ihren Mann lenkte, hatte Hering den Eindruck, als wollte sie sich etwas von der Seele reden. Die Worte der jungen Frau wurden leiser. »Heiner funktionierte nicht so, wie der Alte es wollte. Er ließ ihn spüren, dass er ihm nicht zutraute, die Firma zu leiten. Heiner begann zu trinken, immer mehr, Drogen kamen dazu, dann die Spielerei. Er wollte Geld, wollte raus aus dieser Welt … mit der Firma seines Vaters nichts mehr zu tun haben. Mein Schwiegervater hat ihn zu dem gemacht, was er zuletzt war. Hätte er ihm die Firma vor Jahren übergeben, als Heiner noch clean, voller Elan und guter Ideen war, noch sein Selbstwertgefühl hatte, wäre alles anders gelaufen.« Sie streifte mit der Hand ihre langen pechschwarzen Haare aus dem Gesicht.

Hering hörte weiter geduldig zu. Sie würde einen Teufel tun, sie jetzt mit einer Frage zu unterbrechen.

»Man hat es wirklich schwer im Hause Bamberger«, schnaufte sie. »Der Schwiegervater und Chef – ein extrem traditionalistischer Patriarch. Der eigene Mann ein alkohol- und drogenabhängiger Spieler. Können Sie sich so ein Leben vorstellen? Nein, können Sie nicht«, schob sie schnell nach, ohne eine Antwort von Hering abzuwarten.

*

In einem leichten bordeauxroten Hausanzug saß Johanna Bamberger im Atelier ihres Bruders den beiden Polizisten gegenüber. Ihre Beine waren zum Schneidersitz verschränkt. Sie strahlte eine innere Ruhe aus. Im Hintergrund lief leise afrikanische Musik. Eigentlich hatten die beiden Kriminalisten ihren Bruder in der Grundstücksangelegenheit und wegen seiner Auseinandersetzung mit dem Opfer befragen wollen. Doch der war in Lindach bei einer Demonstration gegen die GTS-Pipeline. Nun wollten sie die Gelegenheit nutzen und sich noch einmal mit Johanna Bamberger unterhalten.

Die Ärztin hatte ihnen bereits, wie Hecht es bei ihrer ersten Begegnung gewünscht hatte, diverse Unterlagen und Kontaktdaten über Ansprechpartner zukommen lassen, die ihren Aufenthalt bei dem Ärztekongress lückenlos bestätigten. Nun ging es um ihre Einschätzung ihres Bruders.

»Heiner war nicht immer so.« Das hören wir heute schon zum zweiten Mal, dachte Hecht, unterbrach sie aber nicht. »Erst in den letzten Jahren hat er resigniert.«

»Wie meinen Sie das?«, fragte Hering.

»Früher, da war er voller Tatendrang, wollte was bewegen.

Aber unser Vater hat ihn immer gebremst, ihm nichts zugetraut.« Sie rieb sich die Augen, schüttelte den Kopf dabei. »Er sah beruflich keine Perspektive mehr, Nachwuchs wollte sich auch nicht einstellen, ich weiß nicht warum. Aber es hätte ihn glücklich gemacht. Schließlich fing er an zu verzweifeln, bekam Depressionen, begann zu trinken. Nie kam er an unseren Vater ran. Unterhaltungen beschränkten sich immer nur auf sachlich Notwendiges. Zärtlichkeiten wie Umarmungen oder gar einmal ein Lob und so, das gab es bei meinem Vater nicht. Nur Rosi – wenn sie nicht gewesen wäre, ich weiß nicht, was dann …?« Die junge Frau schloss verkrampft die Augen und schüttelte den Kopf.

»Wie funktioniert die Beziehung zu Ihrem Vater jetzt, wie gehen Sie damit um?«, fragte Hering.

Johanna Bamberger öffnete die Augen und überlegte eine Weile. Dann formulierte sie ihre Worte mit Bedacht. »Ich versuche seit Jahren, meinen Hass nicht Oberhand gewinnen zu lassen.«

*

Obergfell, Funk, Tomberg und Heckenlaible für die technischen Belange, hatten sich intensiv mit Andreas Bamberger beschäftigt, während Hecht und Hering die Befragungen durchgeführt hatten. Sie hatten sich um sein Motiv gekümmert, seine Vermögensverhältnisse überprüft und in Sachen Grundstücksverkauf im Umfeld der GTS-Pipelinetrasse recherchiert und die Ergebnisse für ihre Chefin und Hecht übersichtlich zusammengestellt.

»Die besagten Parzellen des Opfers liegen direkt an der geplanten Leitungstrasse«, filterte Hering aus den auf ihrem Schoß liegenden Unterlagen heraus.

»Ein Schlüsselgrundstück, ein Filetstück sozusagen«, stellte Hecht fest.

Hering blätterte weiter in den Kopien der Pläne, die Obergfell und Funk anschaulich zusammengestellt hatten. »Eine Verdichterstation mit Leitwarte soll darauf gebaut werden«, las sie vor. »So groß wie ein Fußballfeld.«

»Mein lieber Schwan, wenn der Heiner Bamberger das verkauft hätte, einen ordentlichen Reibach hätte der gemacht«, sagte er. »Klar, dass seinem Bruder das gegen den Strich ging. Sein Ziel, dass die Gasleitung weiter vom Ort weg verlegt wird, wäre dadurch in weite Ferne gerückt. «

»Also musste er den Verkauf mit allen Mitteln verhindern«, sagte sie.

»Verzögern, um Jahre, das hätte schon gereicht.« Hering sah ihn fragend an. »Die Pipelinebauer hätten eine andere, viel teurere Trasse, weitab von Lindach suchen müssen.«

»Und die Bürgerinitiative und Andreas Bamberger hätten ihr Ziel erreicht, zumindest zum Teil.«

Die beiden Kripobeamten waren auf dem Weg nach Lindach zur Baustelle der GTS-Pipeline. Sie fuhren am Bud-Spencer-Bad vorbei durch das bewaldete Schießtal. Bereits vor Tagen hatte das Ordnungsamt diese Demonstration genehmigt, die schon im Gange war. Neben dem Einsatzzug aus Aalen waren etwa ein Dutzend Beamte der Gmünder Polizei für die Veranstaltung abgestellt worden. Als ob die Personaldecke nicht schon dünn genug wäre, hatte Hering bei der letzten Führungskräftebesprechung geseufzt.

Nach der Lagebeurteilung des Gmünder Reviers wurden hier keine großen Ausschreitungen erwartet. Einzig das benachbarte Alfdorf hatte sich als eine Hochburg des Widerstandes herauskristallisiert. Dort hatten vor einigen Tagen Unbekannte mehrere Anschläge verübt. Begonnen hatte es mit herausgerissenen Vermessungspfählen und Farbschmierereien an Baumaschinen. An einem Bagger waren Motorabdeckungen abgerissen und Hydraulikschläuche durchtrennt worden. Erst gestern hatten Pipeline-Gegner vier Bagger schwer beschädigt. Heckenlaible hatte notiert, dass die Schäden wohl in die Zehntausende gingen. Nach den Vorkommnissen der vergangenen Tage war das Gmünder Polizeirevier dort besonders aufmerksam und hatte die umliegenden Polizeiposten mit verstärkten Streifenfahrten entlang der Leitungstrasse unterstützt.

Etwa sechzig Demonstranten mit Plakaten standen am Rande

der Baustelle und sahen in den Graben hinunter. »Landräuber raus, Baustopp sofort« und »Gas-Pipeline – Leben mit der Bombe« konnte man auf den Protestschildern lesen. Inmitten der Menschenmenge standen eine Handvoll Journalisten und ein Fernsehteam. Alle Augen waren auf einen Redner gerichtet.

Etwas abseits hinter einem Rohrverlegekran wartete eine Gruppe Polizisten in dunkelblauem Overall und Barett. Nur einer der Männer fiel mit einem in die Jahre gekommenen grünen Einsatzanzug auf. Der kam gleich, als er die beiden Ermittler aus dem Dienstwagen steigen sah, auf sie zu. Ein weißer Schutzhelm baumelte an seiner Hüfte. Hering erkannte Nuding. War seine Kleidung von den Demos an der Frankfurter Startbahn West und gegen die Stationierung der Pershing-Raketen im Mutlanger US-Depot Anfang der Achtzigerjahre übrig geblieben? Mühevoll musste Nuding erst aufgeschüttetes Erdreich übersteigen. Die zur Verlegung hergerichteten Stahlrohre reihten sich wie eine glitzernde Schlange entlang eines ausgehobenen Grabens. Darin saßen eine Handvoll Jugendlicher im Schneidersitz. Ihre Arme waren untergehakt. Ein Mann in Rockerkluft, Piratentuch und Sonnenbrille hockte dazwischen und diskutierte mit ihnen.

Zum dritten Mal nahm der Polizeiführer vor Ort das Megafon in die Hand, trat oben an den Graben heran und forderte die Blockierer auf, diesen zu verlassen. Ansonsten werde geräumt. Pressevertreter streckten Diktiergeräte und Mikrofone in Richtung des Redners. Das Kamerateam hatte Mühe, seine Position ganz vorn zu verteidigen.

Nur bruchstückhaft nahmen die beiden Kripobeamten die leidenschaftlich vorgetragenen Argumente des Sprechers der Initiative gegen das Projekt wahr, der auf einem Erdhaufen stand. Es war Andreas Bamberger. »Es führen schon mehrere Leitungen direkt am Ort vorbei, das ist bereits Belastung genug für die Bürger. Das Maß ist jetzt voll. Wir sind nicht bereit, das hinzunehmen, und wir lassen uns nicht kleinkriegen!«, rief er leidenschaftlich in die Menge.

»Was ist mit den Anschlägen auf Baumaschinen?«, tönte es aus der Meute der Journalisten.

»Davon distanzieren wir uns ausdrücklich, das sind nicht unsere Methoden«, rief Bamberger zurück. »Wir sind friedlich und gewaltlos und fügen niemandem Schaden zu.« Die letzten Worte gingen fast im Applaus, lauten Pfeifen und Getröte der Demonstranten unter. Dann stiegen auch der Redner und einige weitere Demonstranten in den Graben hinunter.

Nuding ging zu den jungen Kollegen des Einsatzzuges hinüber, die in ihren zeitgemäßen Anzügen eine lockere Kettenformation bildeten und der Dinge harrten, die da kommen sollten. »Schaffet mir zuerscht den alten Rocker da weg. Sieht aus, als wär des der Rädelsführer«, flüsterte er dem Gruppenführer zu, stieg mit diesem in den Graben hinunter und stellte sich hinter den am Boden sitzenden Mann. »Ich fordere Sie nochmals ...«, begann der altgediente Beamte in reinstem Hochdeutsch.

Der Mann schaute zu ihm hinauf und schob seine Brille ein wenig die Nase hinunter. »Pssst.«

Nuding erstarrte. »Oh Gott,Hecki! Du?« Er deutete auf dessen Outfit. »Ich hätt di gar net erkannt in deinem …«

»Mensch, Lorenz«, zischte Heckenlaible und verdrehte genervt die Augen und hoffte, dass es die Demonstranten nicht mitbekommen hatten. Dann tat er so, als beuge er sich der Macht des Ordnungshüters, und folgte ihm zischend: »Du versaust mir meine ganze Mission.«

»Aha, Undercover für die Ermittlunga wega de Anschläg auf die Baumaschena, ich verstand scho«, sagte Nuding in entschuldigendem Ton.

Hering und Hecht standen etwas abseits und beobachteten das Ganze amüsiert. »Heilig's Bügeleisen«, entfuhr es ihm und sie musste schmunzeln.

Jetzt wurde ein anderer Demonstrant von Nuding und zwei weiteren Beamten zu ihnen herangetragen und vorsichtig vor ihnen abgesetzt. Nuding war vor Anstrengung die Dienstmütze leicht ins Gesicht gerutscht. Da er keine Hand frei hatte, musste er den Kopf nach hinten nehmen, um überhaupt nach vorn sehen zu können. Der Schweiß lief ihm unter der Mütze hervor an Schläfen und Wangen hinunter.

»Ach, sieh einer an, der Herr Bamberger«, sagte Hecht mit sarkastischem Unterton, »eine Lieferung, frisch zur Befragung.«

»Das ist aber mal ein Service. Danke, Herr Nuding«, rief ihm Hering zu.

»Nix für unguat. So lang des net ausartet«, bruddelte der altgediente Polizist. »Da hab ich mi über vierzig Jahre gschont und jetzt soll ich mi auf meine letzte Monat wega so Halbstarke no mei Kreuz kaputt macha«, keuchte er.

»Hat das denn sein müssen«, beklagte sich Andreas Bamberger, stand auf und ordnete seine Kleidung.

»Es lag ja an Ihnen«, gab Hering zurück. »Warum sind Sie unserer Aufforderung zu einer Befragung in der Dienststelle nicht gefolgt.«

»Das kann doch wohl nicht so wichtig sein, wie diese Demonstration. Was wollen Sie denn bloß von mir?«

»Der Tod Ihres Bruders, der passt Ihnen gut ins Konzept«, begann Hecht das Gespräch ganz direkt.

»Bitte?« Andreas Bamberger klopfte sich den Staub von Hose und Holzfällerhemd.

»Na, sein Grundstück, das fällt laut Erbvertrag Ihrer Mutter jetzt an Sie«, sagte Hering.

»Das wird dann wohl nichts, das mit dem Bau der Verdichterstation neben Ihrem Bauland, das werden Sie zu verhindern wissen«, legte Hecht nach.

»Richtig. Das Gelände wird der Stachel im Fleisch der GTS sein.« In Andreas Bambergers Gesicht lag ein Leuchten. »Die sind jetzt gezwungen, auf unsere Forderungen einzugehen und mit uns zu reden, und zwar auf Augenhöhe.« Er atmete tief ein und sah einen Moment ins Leere. »Auch wenn wir uns in den letzten Jahren oft stark gefetzt und voneinander entfernt haben … er fehlt mir. Mir tut es leid, dass er sterben musste, damit sich das Problem der Trassenführung so einfach regelt.«

»Wirklich?«, fragte Hecht mit skeptischem Blick.

»Ich stelle mir vor, Ihnen liegt die Pipeline so sehr am Herzen, dass Sie dafür auch seinen Tod hingenommen hätten«, sagte Hering.

Andreas Bamberger schluckte und zögerte einen Moment. »Da muss ich Sie enttäuschen, ich war es nicht. Natürlich hätte ich ihm manchmal ...« Er zögerte.

»Ja?«, bat Hering aufmerksam um genauere Auskunft.

»... in den Arsch treten können. Dass ihm das Schicksal der Menschen hier völlig gleichgültig war, Hauptsache er kam zu Geld. Ihm war einfach alles egal. Jede, absolut jede sich bietende Möglichkeit, an Geld zu kommen, hat er zu nutzen versucht.«

»Was noch, neben dem Verkauf des Grundstücks?«, fragte Hecht.

»Hhm, die Sache in der Firma, mit dem Böhm ...« Andreas Bamberger erschrak. Hatte er bereits zu viel erzählt? Er schätzte Böhm, wollte ihn nirgends hineinreiten.

»Mit Böhm, was war da?«, hakte Hecht nach.

Andreas Bamberger machte nicht den Eindruck, als wollte er weiter erzählen, vielmehr schien er gehen zu wollen. Hering trat vor ihn, versperrte ihm den Weg. »Herr Bamberger, wir sind immer noch bei Ihrer Befragung. Jetzt mal Butter bei die Fische«, sagte sie mit entschlossener Stimme.

Er wusste, dass er es nun den beiden Ermittlern erzählen musste. »Letzte Woche, da war ich mal wieder in der Firma, seit Langem.«

Die beiden Polizisten sahen ihn fragend an.

»Na ja, ab und zu mache ich Entwürfe und Einzelanfertigungen für meine Schwägerin. Da habe ich mitbekommen, wie Böhm meinem Bruder nach einem Streit die Tür vor der Nase zugedonnert hat. Es ging um die Anmeldung eines Patentes von Böhm. Heiner hat es aber als seines ausgegeben. Er hatte nur minimal dabei mitgewirkt, kaum der Rede wert.«

»Es hätte also definitiv Böhm allein zugestanden?«, vergewisserte sich Hering.

»Ja.«

»Und Sie meinen, der wäre deshalb in der Lage, Ihren Bruder umzubringen«, fragte Hecht.

»Das habe ich nicht gesagt«, konterte Andreas Bamberger schnell und begann, seine Hände zu kneten.

Hering schüttelte sich, als sie dabei das Knacken seiner Fingergelenke vernahm. »Worum geht es bei dem Patent?«, wollte sie wissen.

»Ich weiß es nicht genau, nur, dass es sich um einen neuen Prozess in der Galvanik handelt. Die Kosteneinsparung für die Firma ist wohl enorm, und der Rechteinhaber verdient auf Dauer ganz schön daran.«

Die beiden Ermittler warteten auf weitere Informationen.

»Mehr weiß ich nicht.«

»Und was hat Böhm dagegen unternommen, dass Heiner Bamberger sich seine Erfindung patentieren lassen hat?«, fragte Hecht.

»Gar nichts.«

»Der hat sich das einfach so gefallen lassen?« Hering zog die Augenbrauen hoch.

Andreas Bamberger zuckte leicht mit den Schultern. »Die, die davon wussten, haben sich auch gewundert. Aber ja, er hat das so hingenommen.«

»Wann war das?«, hakte Hecht nach.

»So vor zwei Monaten. – Aber von mir haben Sie das nicht.« Dann ging er hinüber zu den versammelten Pressevertretern.

*

Die uniformierten Kollegen hatten sporadisch die Personalausweise der Demonstranten überprüft. Plötzlich begannen sie zu tuscheln und warfen schräge Blicke zu Hering hinüber, einige grinsten auch schadenfroh, wie sie meinte. Einen Reim konnte sie sich auf dieses Verhalten nicht machen. Sie war ein wenig verwirrt.

»Hi«, rief plötzlich eine Stimme hinter ihnen. »Cool was?«

Herings Haltung versteifte sich. Sie zog die Schultern hoch, schloss kurz die Augen, atmete tief ein und drehte sich langsam um. Ein Junge in Sitzstellung, das Siegeszeichen zeigend, wurde von zwei Beamten unter dem Gejohle der Demonstranten vorbeigetragen. Unter den verbliebenen Blockierern saß ein auffallend hübsches junges Mädchen mit langen blonden Haaren. Sie rief dem Jungen Durchhalteparolen hinterher und warf ihm mit der flachen Hand Küsse zu. Der Junge war Torben.

*

Hering schmetterte ihren Kugelschreiber auf den Tisch. »Der Böhm sei erst morgen Vormittag wieder in Gmünd, sagen die in der Firma.«

»Der nützt seine Meldeauflagen aus, er muss erst morgen um zwölf auf dem Revier erscheinen«, erklärte Hecht.

»Wir haben sonst nichts, und Zybura macht Druck, drängt auf eine rasche Aufklärung«, seufzte sie.

»Auch mir macht er die Hölle heiß. Hat schon zwei Mal angerufen«, brummelte Heckenlaible.

»Zifixaberauch!« Hecht stand auf und ging hinüber zur Pinnwand mit der Darstellung des Mordfalles. »Alles nur vage Indizien, wackelige Alibis, unterschiedlich starke Motive«, murmelte er vor sich hin.

Heckenlaible drehte sich zum Ohr seiner Chefin und fragte leise: »Und was ist jetzt mit seiner Diszi?«

»Schwebt noch wie ein Damoklesschwert über ihm«, entgegnete sie ihm in gleicher Lautstärke. Dann wandte sie sich wieder an die Runde. »Also Leute, irgendwelche Vorschläge, wie es weitergehen könnte?« Einen Moment lang herrschte Ruhe im Raum.

»Morgen Vormittag ist die Beerdigung von Heiner Bamberger«, gab Hecht bekannt. »Vielleicht bringt uns die weiter.«

»Was genau versprechen wir uns davon?«, wollte Funk wissen.

»Na, die Leute beobachten«, antwortete Hecht, »schauen, wie die miteinander umgehen und reden.«

»Oder sich aus dem Weg gehen«, fügte Obergfell hinzu.

»Womöglich kommen da Leute, an die wir nicht gedacht haben und mit denen wir noch reden könnten«, sagte Hecht hoffnungsvoll. »Vielleicht ergeben sich neue Ermittlungsansätze.«.

»Gut, den konkreten Einsatz auf dem Friedhof besprechen wir dann gleich morgen früh«, ordnete Hering an. »Und für heute? Haben wir neue Unterlagen, die wir noch diskutieren sollten?«

Nelli Tomberg reichte ihr eine Liste. Sie hatte Steuerakten und Bankdaten des alten Bambergers durchforstet, die der Staatsanwalt in dem Maucherbüchse-Fall auf richterliche Anordnung beschlagnahmen lassen hatte. »Viele dubiose Überweisungen, die auf den ersten Blick nicht nachvollziehbar sind. Vor allem diese regelmäßigen Zahlungen, zweimal pro Jahr.« Sie tippte auf mehrere Stellen hintereinander: »Hier … hier … und hier …«

Hering nahm ihr das Blatt aus der Hand und fuhr darauf mit dem Finger die Spalten entlang. »Schönes Sümmchen, das da zusammengekommen ist.«

»Fast Dreihunderttausend Euro in den letzten elf Jahren.« Tomberg hatte es schon ausgerechnet.

»Wohin?«, fragte Hering.

»Unterschiedlich. Simbabwe, Ruanda ... aber immer nach Afrika.«

»Hhm, etwa doch Blutdiamanten? Noch so eine Nummer von Bamberger?«, fragte Hering.

»Dafür scheinen mir die Zahlungen aber nicht hoch genug.« Tomberg blätterte in ihren Notizen. »Im letzten Jahr ging Geld nach Uganda, insgesamt fünfundzwanzigtausend.«

»Tja, das ist tatsächlich zu wenig für Diamanten, das lohnt sich nicht für ein paar Tausend Euro«, mischte sich Hecht ein.

Hering sah Nelli Tomberg an. »Ich bin sicher, Sie haben noch mehr für uns.«

»Logisch«, sagte sie freudig, »die Beträge gingen nur an eine Organisation, mit Namen MMDA.«

»MMDA?"

»Mobile Medical Doctors of Africa. Und immer an Projekte, die eine bestimmte Person leitete«, Tomberg machte eine bedeutsame Pause. »Seine Tochter.«

*

»Die Leute aus dem Jugendraum, die haben einen ganz schlechten Einfluss auf dich. Vor allem diese, diese Hanna.« Hering sprach ungewöhnlich laut.

»Du wolltest doch unbedingt, dass ich dahingehe. Und jetzt ist es wieder nicht recht«, schrie Torben und lief in seinem Zimmer auf und ab.

»Konnte ich ahnen, dass du dort zu strafbaren Handlungen angestiftet wirst?«

»Das war nur passiver Widerstand, ein Akt zivilen Ungehorsams.«

Hering war platt. »Da bin ich mal gespannt, wie die Richter das sehen und ob es zu einer Verhandlung kommt.«

»Jetzt krieg dich wieder ein, Mona, ich bin minderjährig.«

Einige Augenblicke lang herrschte eisige Stille zwischen den beiden. Hering war ja eigentlich froh, dass der Junge nicht nur vor seinem Computer rumgehangen und sich diese hirnlosen Videospiele reingezogen hatte. Sie fand es sogar in Ordnung, wenn er sich für etwas einsetzte, aber nur im Rahmen von Recht und Gesetz. Und natürlich dachte sie dabei auch an sich selbst, an ihre Stellung. Deutlich hatte sie schon die Schlagzeile vor Augen: »Kripochefin mit fünfzehnjährigem Sohn vor Kadi.« Und das noch im Gmünder Amtsgericht. Sie mochte gar nicht daran denken.

*

Hecht saß heute nicht wie sonst üblich am Stammtisch, sondern wieder am Tresen, ganz hinten in der Ecke. Er fühlte sich leer, so verdammt leer. Seine Hände umklammerten das halb volle Hefeweizenglas. Nach Gesellschaft und Unterhaltung war ihm heute Abend nicht zumute. Den Gästen am Stammtisch bereitete sein ungewöhnliches Verhalten Kopfzerbrechen, sie machten sich Sorgen um ihn.

Hecht konnte den Kopf einfach nicht von seiner Arbeit freibekommen. Was hatten sie im Mordfall Bamberger übersehen? Immer noch hatten sie nichts Greifbares. Dazu der Druck von Zybura. Und die ungewisse Zukunft bei der Polizei. Würde er als Leiter des Kriminaldauerdienstes hier bleiben können? Wie würde das mit der Disziplinarmaßnahme für ihn ausgehen? Alles Fragen, die ihm starkes Kopfzerbrechen bereiteten. Auf der Suche nach einer Antwort starrte er auf das Spülbecken vor ihm, in dem der Mondscheinwirt in aller Seelenruhe Gläser spülte.

Er wurde erst aus seinen Gedanken gerissen, als sich Hering mit feuchten Haaren grußlos neben ihn setzte und ein Viertel Schwarzriesling mit Samtrot bestellte. Sie ließ ihren Kopf entspannt nach vorn sinken, so weit, dass ihre langen Haare den Tresen berührten.

Ohne sich anzusehen, wechselten die beiden ein paar belanglose Worte. »Und der da drüben«, Hecht deutete auf Melkert, der im Nebenzimmer ganz hinten allein an einem Tisch saß, »der hockt wieder sinnierend vor dem Bild seiner Familie.«

»Hhm.« Hering hatte weiß Gott andere Sorgen, als an den Familienangelegenheiten anderer Anteil zu nehmen. Sie musste erst einmal mit ihren eigenen klarkommen – ganz davon abgesehen, dass sich ihre Gedanken immer wieder auch um den Mordfall drehten. Aber auch Torbens Absicht, sich diese grässlichen Tattoos stechen zu lassen, ließ ihr keine Ruhe und bereitete ihr schlaflose Nächte. Und jetzt noch dieser »Akt zivilen Ungehorsams«.

»Ähm, ja ähm«, begann sie nach einer kurzen Zeit des Schweigens herumzudrucksen.

»Nur zu«, ermunterte er sie.

»Wie ging, ähm, also ich habe Verständnis, wenn, wenn Sie nicht drüber reden wollen.« Sie unterstrich ihre Worte sanft mit den Händen gestikulierend.

»Schießen Sie los.«

»Wie ist denn damals diese Sache mit Ihrem Sohn ausgegangen? Die Fahrt mit dem nicht zugelassenen Mofa und so.«

Hecht atmete lautstark ein, stutzte plötzlich. Knoblauchgeruch zog die Theke entlang. Der Mondscheinwirt balancierte eine meterlange Balkanplatte für fünf Personen aus der Küche durch das Lokal. Genüsslich sog Hecht den intensiven Duft ein, aber er begnügte sich mit einem Getränk. »Peter, einen Slibo bitte«, rief er zum Wirt hinüber.

»Zwei«, kam es von Hering sofort hinterher.

Dann begann er zu erzählen.

Sechster Tag – Donnerstag

Langsam bewegte sich der Trauerzug von der Aussegnungshalle in Richtung des frisch ausgehobenen Familiengrabes. Die schwere Marmorabdeckung mit den Namen von einem halben Dutzend Vorfahren lagerte seitlich davon. Der kurze Regenschauer war weitergezogen. Die durch die Wolken brechende Sonne ließ die nassen Kränze und Blumengebinde kontrastvoll leuchten. Würdevoll schritt Anke hinter dem Sarg her. Johanna und Rosemarie Hackstock folgten ihr an den Armen untergehakt vor Heinrich und Andreas Bamberger. Ein paar Gräberreihen weiter spielte und sang eine Gitarristin leise und gefühlvoll »Me and Bobby McGee« von Janis Joplin.

Hecht und Hering standen etwas abseits und beobachteten die Trauergäste. Sie hatte auf seinen Vorschlag hin auch Nuding in Zivilkleidung dazu gebeten. Nach fast vierzig Jahren Dienst kannte das Gmünder Urgestein die wichtigsten Leute und Honoratioren der Stadt. Ab und zu hatte er auf Herings Nachfragen kurze Informationen über einzelne Personen geliefert. Er gab sich alle Mühe, die Chefin zufriedenzustellen, sprach langsam und hochdeutsch – mit schwerem schwäbischem Akzent.

»Da!«, sagte Hecht leise und deutete in Richtung der brusthohen Mauer, die den Leonhards-Friedhof umschloss. »Den müssen wir uns wohl noch mal kräftig zur Brust nehmen, ähm, mit ihm reden, meine ich.«

»Und zwar ausgiebig«, bekräftigte Hering.

Der Oberkörper und hochrote Kopf eines Mannes in schwarzer Lederjacke ragte über die Umfriedung hinaus. Kein Zweifel – es war Finn Melkert.

*

»Was halten Sie davon? Warum war der auf der Beerdigung?«, fragte die Kripochefin in die Runde.

Hecht stand vor der Pinnwand, an der Tomberg das Beziehungsgeflecht des Mordfalles mit Fotos und Schlagworten aktualisiert hatte. »Hhm, schwierig.« Er setzte sich an den langen Besprechungstisch, der fast den ganzen Einsatzraum ausfüllte. Die anderen zuckten nur mit den Schultern.

»Verdammt noch mal«, Hechts flache Hand knallte auf den Tisch, »wir müssen die Verbindung von Melkert zum Opfer finden.«

»Fragen wir ihn doch einfach«, sagte Hering, begann dann aber, selbst den Faden zu spinnen: »Was ist, wenn Melkerts Frau etwas mit Bamberger zu tun, vielleicht gar ein Verhältnis mit ihm hatte?«

»Nach Informationen der belgischen Kollegen ist sie auch im Geschäft ihres Mannes tätig. Der junge Bamberger war regelmäßig in Antwerpen, auf Messen, da ist es möglich, dass man sich über den Weg läuft«, sagte Tomberg.

»Die ausländischen Nummern auf Bambergers Handy hat Jenny mit den Leuten von Europol überprüft und die Gespräche von Melkert mit den belgischen Kollegen«, meldete sich Heckenlaible.

»Und?«

»Fehlanzeige. Keine Hinweise einer Verbindung zwischen dem Opfer und Melkert oder gar Melkerts Frau.«

»Melkerts Verhalten lässt vermuten, dass sie sich von ihm getrennt und die Kinder mitgenommen hat«, sagte Hering. »So fertig, wie der ist.«

»Der Melkert hat das mit dem Verhältnis herausgefunden und den jungen Bamberger deshalb umgebracht?«, brachte es Nelli Tomberg auf den Punkt.

»Ich kann mir nicht vorstellen, dass Heiner Bamberger was mit der Melkert hatte. Hängt sich ein Spieler, Kokser und Alkoholiker, der nur mit sich selbst und seiner Sucht beschäftigt ist, an eine Frau mit zwei Kindern?«, warf Hecht ein.

»Oder umgekehrt: Was soll eine Frau mit einem verheirateten, süchtigen Liebhaber?«, merkte Hering an.

»Der über sechshundert Kilometer entfernt wohnt«, ergänzte Tomberg.

»Außerdem scheint Melkert um Bamberger getrauert zu haben. Seine geröteten Augen sprechen dafür. Warum sollte ihn aber der Tod eines Rivalen traurig stimmen?«, fragte Hecht.

»Aber warum kommt er zur Beerdigung. Woher, verflixt, sollen die beiden sich gekannt haben?« Hering schien kurz davor, sich die Haare zu raufen. »Alle Bambergers und die Firmenangehörigen beschwören, dass sie Melkert weder gesprochen oder gesehen noch von ihm gehört haben.«

Die Ermittler blieben ratlos zurück. Für sie stellte sich immer noch die bohrende Frage, was Finn Melkert und Heiner Bamberger verbunden hatte.

*

»Zum letzten Mal, ich habe mit dem Mord nichts zu tun«, schrie Böhm.

Hering hatte den Kollegen unten in der Wache Bescheid gegeben, Böhm zu ihr zu bringen, wenn er wegen seiner Meldeauflagen vorbeikam. Sie wollte ihn mit ihren neuen Erkenntnissen konfrontieren. Jetzt saß sie ihm im Vernehmungsraum gegenüber und ließ ihn keinen Augenblick aus den Augen.

»Versetzen Sie sich in meine Lage. Was hätte ich davon, wenn ich ihn umbringen würde?«

»Rache für das gestohlene Patent? Oder einen Anteil an den Diamanten?«, mutmaßte Hering.

»Durch seinen Tod werde ich das Patent nicht wiederbekommen.«

»Das Festhalten von Bamberger senior an der Firma wird sich erledigen, irgendwann mal ... biologisch. Wenn Sie es richtig angestellt haben, könnten Sie den Betrieb als Geschäftsführer übernehmen«, forderte sie ihn heraus.

Böhm war perplex. »Wie kommen Sie da drauf?«

»Wer weiß, was der alte Bamberger in seinem Testament verfügt hat? Sie sind anscheinend der Einzige, dem er vertraut.«

»Also das, das ist doch … da liegen Sie völlig daneben. Mir reicht es jetzt!« Er deutete auf die Tür. »Ich marschiere jetzt da raus, oder …«

»Oder?«

»Oder Sie verhaften mich wegen Ihres Verdachts, dass ich Heiner Bamberger umgebracht habe.«

Herings einzige Reaktion war ein kurzer Blick zur Seite auf den venezianischen Spiegel. Irgendetwas sagte ihr, dass jetzt etwas Übles auf sie zukommen würde.

»Aber es dürfte Ihnen schwerfallen, das zu begründen. Ich habe nämlich ein Alibi.« Er lächelte sie genüsslich an. »Um halb eins in der Nacht ist meine Frau nach Hause gekommen und hat mich schlafend angetroffen. Natürlich hat sie mich nicht geweckt, sie hatte ja keinen Grund dazu. Und am nächsten Morgen hatten wir ein anderes Gesprächsthema, wie Sie sich vorstellen können. Da war nämlich mein Juniorchef tot. Und seinen Mörder, den haben Sie«, er zeigte mit dem Finger auf Hering, »immer noch nicht gefasst.«

*

»Böhms Frau hat sein Alibi bestätigt«, berichtete Nelli Tomberg ihren Kollegen.

»Es ist zum Verrücktwerden«, ließ Hering ihrer Enttäuschung freien Lauf, fasste sich aber schnell wieder. »Was ist mit Melkert? Was hat er in der Mordnacht gemacht.«

»Bis um zwölf war er im Mondschein, das hat der Wirt bestätigt«, vergewisserte sich Tomberg anhand ihrer Unterlagen.

Hering überlegte einen Moment. »Ja, das kommt hin. Doktor Krautschneider und ich haben ihn um Mitternacht dort noch gesehen.«

»Das Opfer wurde zwischen halb eins und eins ermordet«, sagte Heckenlaible.

»Das heißt, Melkert hätte die Zeit haben können, den Mord zu begehen«, schlussfolgerte Hering.

»Wir fahren nachher gleich nach Weiler raus und checken sein Alibi. Mal sehen, ob den jemand später noch dort gesehen hat. Und wenn nicht, nehmen wir ihn in die Mangel.«

Jenny Funk ließ es keine Ruhe. »Und sein Motiv, was könnte das sein?«

Hering schnaufte laut aus. »Tja, das ist unser Problem, wir kennen es nicht. Wir haben einfach nichts aus dem herausbekommen, haben nichts außer ein paar Indizien und Vermutungen.«

»Womit sollten wir ihn dann festsetzen?«, ließ Funk nicht locker. »Dafür, dass man ihn vor der Firma Bamberger gesehen hat, dass das Opfer oft in Antwerpen war und Melkert dort ein Geschäft betreibt? Oder dass er auf einer Beerdigung war?«

»Der Mörder auf der Beerdigung seines Opfers. Das gab es schon oft«, sagte Tomberg.

»Zumindest im Film.« Dafür fing Obergfell sich von ihr einen vorwurfsvollen Blick ein.

»Die niederländischen Kollegen haben Melkerts ganzes Leben und das seiner Familie durchleuchtet«, las Tomberg von einem E-Mail-Ausdruck vor. »Nichts Bewegendes, außer …«

»Was?«, fragte Hecht schnell.

»… dass er früher Fallschirmjäger war, bei der französischen Fremdenlegion. Ähm, ja, das hatte ich ja schon mal ausgeführt«, entschuldigte sie sich.

»Das sind Kampfmaschinen, die haben gelernt zu töten«, sagte Hecht vor sich hin.

»Dieser Melkert, ein eiskalter Killer? Also ich weiß nicht. So einen fertigen, jämmerlichen Eindruck, wie der macht.« Hering schaute skeptisch in die Runde.

»Außerdem war er einen Großteil seiner Dienstzeit als Sanitäter eingesetzt«, las Tomberg weiter vor. »Der Versuch der Kollegen in Holland und Belgien, Melkerts Frau aufzutreiben, ist bisher erfolglos geblieben«, berichtete sie weiter. Sie fuhr mit dem Finger zur entsprechenden Textstelle auf dem Ausdruck der E-Mail. »Hier, sie ist seit letztem Wochenende verschwunden. Wann genau und wohin, wussten die Nachbarn nicht. Auch nicht, wie oder womit sie auf und davon ist. Ihr Wagen steht jedenfalls in der Garage.«

»Kann schon sein, dass der weg wollte, Abstand nehmen, wenn ihn die Frau mit den Kindern verlassen hat«, überlegte Hering laut.

»Nein, das passt nicht, der ist doch schon vorher weggefahren«, führte Tomberg weiter aus. »Aber warum kommt er ausgerechnet hierher nach Gmünd?«

»Na, zum Unimog-Treffen, wie er gesagt hat«, begründete Hering.

Hecht wandte sich an Tomberg. »Bitte machen Sie sich Gedanken, wie wir über die niederländischen Kollegen rausbekommen, wo die Familie sein könnte. Kreditkarten, Bahntickets, Flughäfen überprüfen, das übliche Prozedere halt. Schon komisch, dass sie mit Kind und Kegel nicht ihren Wagen genommen hat.«

»Und was ist, wenn wir einfach die Häuser der Bambergers und die Firma komplett durchsuchen?«, fragte Funk. »Vielleicht entdecken wir da eine Verbindung zu Melkert.«

Hering hielt dagegen: »Was wir haben, reicht nicht für einen Durchsuchungsbeschluss. Aber vielleicht kommen wir auf anderem Weg ... Wie ist die Firma genau aufgestellt?«

Nelli Tomberg suchte die Unterlagen zur Handelsregistereintragung heraus. »Eigentlich nichts Besonderes«, begann sie vorzulesen. »Geschäftsführer Heinrich Bamberger, geboren am 28. Januar 1939. Einzelprokura hat Böhm, Konrad, 26. August 1960. Und eingeschränkte Prokura Bamberger, Heinrich, geboren am 14. August 1961.« Sie warf den Ausdruck als erledigt auf den Tisch zu den anderen Unterlagen.

Hering griff danach und überflog sie. »Sieh an, sämtliche Anfragen der letzten zwei Jahre auf diese Handelsregisternummer sind auch noch aufgelistet. Je eine kam aus Simbabwe, Südafrika und Dubai und hier, drei aus Antwerpen.«

Hechts Blick schweifte fragend in die Runde. »Warum interessiert sich jemand aus diesen Ländern für eine Schmuckfirma in Gmünd?«

Heckenlaible runzelte die Stirn, und setzte sich aufrecht auf seinem Stuhl. Er zog seinen Laptop zu sich heran. Ein paar Tastendrucke später öffnete sich eine Liste. »Hier.« Er drehte das Gerät herum, so dass seine Kollegen auf den Bildschirm schauen konnten. »Der E-Mail-Verkehr des Opfers. Alles schon ausgewertet, und, nebenbei bemerkt, keine einzige Mail an diesen Melkert und auch keine von ihm an Bamberger dabei. Aber guckt euch die an«, Heckenlaible deutete mit dem Finger auf den unteren Rand des Monitors, »die sind aus Südafrika, Simbabwe und eine Menge aus Antwerpen. In einigen wird um ein persönliches Treffen mit Heinrich Bamberger in Antwerpen gebeten.«

»Und die Absender der Mails?«, fragte Hecht.

»Das sind Mails von Firmen aus aller Herren Länder, die auf Schmuck Bamberger scharf waren und das Unternehmen übernehmen wollten«, sagte der Kriminaltechniker und stand auf. »Bin gleich wieder da.«

»Aber der alte Bamberger stellt sich quer und will nicht verkaufen«, sagte Hering.

»Aber der junge hätte das gemacht«, rekapitulierte Hecht.

»Was muss also passieren?«, fragte die Kriminaloberrätin.

»Hat etwa der junge Heinrich einen Killer beauftragt, seinen eigenen Vater umzubringen?«, fragte Funk und war selbst über ihre Worte erschrocken.

»Warum bringt der dann den jungen und nicht den alten Bamberger um? Das macht doch keinen Sinn«, stellte Hecht fest.

»Er ist dann Opfer seines eigenen Auftrages geworden«, spann Funk ihren Gedanken weiter.

Obergfell schüttelte verständnislos den Kopf. »Ist doch absurd.«

»Und was ist, wenn der Täter die beiden verwechselt hat?«, fragte Funk vorsichtig.

Einen Moment herrschte Stille. Tomberg hörte auf, das Gesprächsprotokoll zu tippen. Hering war die Erste, die skeptische Worte fand. »Ein professioneller Mörder ist doch nicht so dilettantisch, dass er Auftraggeber und Zielperson durcheinanderbringt.«

»Halt!« Hecht sprang auf und nahm das Foto des Opfers von der Pinnwand.

»Jenny, das mit der Verwechslung«, er warf Funk einen anerkennenden Blick zu, »das ist gar nicht so abwegig. Hier Bamberger junior. Das Bild haben wir von seiner Frau, ist vor ein paar Wochen aufgenommen. Hier eines, wo er auf dem Tisch von Doktor Krautschneider liegt.« Er hängte es neben das Porträt von Bamberger senior.

»Hhm.« Er zeigte auf die drei Fotos. »Was fällt euch auf?«

Die Kollegen standen nacheinander auf und traten näher.

»Der junge Bamberger sieht ganz schön sch... ähm, verbraucht aus«, platzte es aus Funk heraus.

»Und der alte, der hat sich erstaunlich gut gehalten für seine fünfundsiebzig.« Aus Herings Stimme hörte man die Bewunderung.

»Das kann leicht zu einer Verwechslung führen, und ich meine nicht nur wegen des Namens«, sagte Hecht.

»Moment mal!« begann Funk. »Sascha, als wir mit dem Besitzer der Reifenwerkstatt gesprochen haben ...« Sie schloss die Augen, legte den Kopf in den Nacken und schnippte mit den Fingern.

»Ja, was denn?« Obergfell konnte ihr nicht folgen.

»... da hat der doch nebenbei erwähnt, dass in der Regel Firmenangehörige den Mercedes bringen und Bamberger senior seinen Mercedes immer selbst abhole. Nur am Tag des Mordes sei Bamberger junior gekommen.«

»Verwechseln konnte die beiden nur jemand, der nicht aus Gmünd ist, ein Fremder«, bemerkte Funk.

»Melkert«, ertönte es fast wie im Chor aus mehreren Mündern gleichzeitig.

»Der Melkert ein Auftragsmörder?«

»So sensibel und emotional, wie der ist ... der kann doch nicht kaltblütig jemanden umbringen«, sagte Hering und schüttelte den Kopf.

»Ich weiß nicht, ob der nicht doch kaltblütig ist oder sein kann, schließlich war er bei der Fremdenlegion. Da gehen doch eher die ganz Harten hin, oder nicht?« Obergfell blickte nachdenklich in die Runde.

»Davon kannst du ausgehen«, bestätigte Hecht. Fallschirmjäger bei der Legion, die haben gelernt zu töten, auch leise.«

Mit hochrotem Kopf stürmte Heckenlaible in den Einsatzraum zurück und wandte sich mit einem Foto an Hecht und Hering. »Hier, schaut mal. Dieser Melkert trägt eine schwarze Lederjacke.«

»Worauf willst du hinaus?« fragte Hecht.

»Die Lederrückstände unter Bambergers Fingernägeln passen nicht zu den Ledersitzen des Mercedes, in dem er ermordet wurde.«

»Also brauchen wir die Jacke«, stellte Hecht lapidar fest.

»Und noch was. Ihr habt mir doch wegen des Gewehrraubes ein Glas mit Melkerts Fingerabdrücken gegeben«, sagte Heckenlaible.

»Ja, und?«, fragte Hering.

»Jetzt haltet euch fest. Die stimmen mit Daumen und Zeigefinger auf dem Schnipsel überein, den ihr unter Bambergers Wagen gefunden habt.«

Alle schienen erleichtert. Obergfell und Funk hielten einander die Handflächen entgegen und klatschten sie ab.

»Aber welches Motiv hat er?«, dämpfte Hecht ihren Optimismus.

»Warum nimmt jemand wohl einen solchen Auftrag an! Wegen der Bezahlung natürlich. Wozu immer Melkert das Geld auch benötigen mag. Aber das kriegen wir auch noch raus«, gab Hering sich optimistisch.

Hecht realisierte es als Erster: »Tja Leute, ich glaube, wir haben ein Problem, ein großes sogar. Wenn unsere Annahmen zutreffen, dann«, seine Miene versteinerte, »dann hat der seinen Auftrag noch nicht erfüllt. Das heißt …«

»… der alte Bamberger ist in höchster Gefahr«, fuhr ihm Hering entsetzt ins Wort.

*

Der Mann in schwarzer Lederkluft schwang sich von seiner roten Harley, hielt die Hand gegen die Sonne. Sein unsicherer Blick schweifte nach Norden an den Hang. Er ging auf ein verschlossenes schmiedeeisernes Tor zu. Am Pfosten daneben prangte der schwarze Schriftzug »Familie Bamberger«. Aus seiner Jackentasche zog er eine aufgerollte, mit zwei Griffen versehene Klaviersaite. Langsam schlich er die Natursteinmauer entlang, die das Grundstück schützend umgab.

*

Darin waren sich Hecht und Hering einig, es wäre zu auffällig und riskant, vorab einen Streifenwagen zu Bamberger zu schicken. Außerdem waren die meisten Kräfte des Reviers ohnehin wegen der Anschläge und Demos verstärkt in Alfdorf und Lindach präsent. Hecht und Hering rannten die Treppe des Reviereingangs hinunter. Sie hatten Mühe, währenddessen die Holster mit ihren Waffen anzulegen. Vor dem Gebäude blieben sie stehen, nahmen den Stau in der Goethestraße wahr. Auch drüben in der Uferstraße ging es nicht weiter. Langsam ruckelnd bewegte sich ein schwerer Bagger von einem Tieflader. Beide schnauften, sahen sich an, dachten dasselbe.

»Ich nehme den Wagen, und Sie können ja ...«, sagte Hering und war schon in Richtung Tiefgarage verschwunden.

Im Überschwang der plötzlichen Vertrautheit, die gestern Abend beim Gespräch im »Mondschein« über die Probleme mit ihren Kindern entstanden war, hatte Hecht ihr erzählt, dass er mit dem Mofa seines Sohnes zu Arbeit fahren müsse. Aber genau dieses Mofa sollte Hecht jetzt und in der folgenden Stunde von großem Nutzen sein. Er spurtete zum Schulgelände neben dem Revier, nahm den schwarzmatten Helm aus dem Topcase des Mofas und setzte ihn auf, bevor er seine mehr als zwei Zentner auf den einzelnen Sitz wuchtete. Er steuerte in Richtung Bahnhof.

Geschickt lenkte er das Gefährt zwischen den im Stau stehenden Fahrzeugen hindurch. Ab und zu nötigte er einen Autofahrer mit wilder Gestik, seinen Wagen zurückzusetzen. Grinsend lugten die Insassen aus ihren Autos, als sie den großen, gewichtigen Mann auf diesem zierlichen Zweirad erblickten. Ihre Mienen änderten sich, als er plötzlich über Gehwege und Zebrastreifen fuhr, Grünanlagen querte und auch keine Rücksicht auf bepflanzte Beete nahm. Ein Hupkonzert begann. Einige zückten kopfschüttelnd ihr Handy. Er hatte alle Mühe, sich auf dem Gefährt zu halten.

Hering hatte es da trotz Blaulichts auf dem Dach schwerer, durch die hoffnungslos verstopften Straßen zu kommen. Zeit kostete sie die Blockade eines Lkws, der gerade mit einem Greifer Großbäume in frisch ausgehobene Gruben am Straßenrand setzte. Einige Wagen vor ihr versuchten, vorsichtig links und rechts auf die hohen Einfassungen des neuen Bahnhof-Boulevards zu fahren. Sie schlug mit dem Handballen auf das Lenkrad. »Verdammt!« Hoffentlich wird der Einhorn-Tunnel endlich dem Verkehr übergeben, damit wieder normale Straßenverhältnisse in der Stadt herrschen, dachte sie sich.

Um abzukürzen, kurvte Hecht am Ende der Uferstraße auf den Plattenwegen zwischen den gerade erst bepflanzten Blumenrabatten des Gartenschaugeländes hindurch. Die Stadtoberen und die Vorsitzenden der Altersgenossenvereine waren dort gerade dabei, eine Tafel mit der Aufschrift »AGV-Plätzle« zu enthüllen. Um nicht in die Menge zu fahren, musste Hecht hinter die Prominenz ausweichen und pflügte in Schlangenlinien durch die neu angelegten Blumenbeete.

Beifall der Schaulustigen setzte ein. Mit einer grünen Kunststoffkanne hatte der Erste Bürgermeister gerade die letzte gespendete Scharlachkirsche auf dem umgestalteten Platz angegossen.

Hecht blieb an dem Bäumchen hängen, ließ es nach dem Aufprall in starker Schieflage vor den staunenden Besuchern zurück und gab wieder Vollgas. Langsam mahlte sich das Gefährt aus dem weichen Boden. Erdreich spritzte vom rotierenden Hinterrad auf die Krawatte und das Manuskript des Redners. Nur noch ein »Unversch...« vernahm der Hauptkommissar, während er sich entfernte.

Hecht versuchte, mehr Gas zu geben, doch der Griff war am Anschlag. Er beugte sich nach vorn, knatterte an der neuen Josenbrücke vorbei, bog nach links ab und steuerte direkt auf den weit gespannten filigranen Fehrlesteg zu. Die Fahrt darüber bereitete ihm etliche Mühe. Das lag nicht nur daran, dass er einigen Fußgängern ausweichen musste, sondern auch am Schwanken des Hängesteges, das er durch seine schlingernde Fahrweise noch verstärkte. Eine ältere Dame sah das Unheil auf sich zukommen.

Mit einer für ihr Alter überraschend schnellen Drehung konnte sie sich gerade noch gegen das Geländer drücken.

»Tschuldiguuung«, rief Hecht. Doch das nützte nichts.

»Raudi«, schrie sie. Reflexartig versetzte sie ihm einen Schlag mit ihrer Handtasche. Zu seinem Glück streifte das schwere Stück nur seinen unteren Rücken.

*

Vor dem Grundstück der Bambergers blinkte das Gelblicht, das schwere, schmiedeeiserne Tor zur Auffahrt stand offen. Fast geräuschlos setzte es sich in Bewegung. Es war nur noch einen Steinwurf bis dorthin , doch es ging steil bergauf. Das Mofa wurde immer langsamer und er schaffte es nicht mehr, die Einfahrt war verschlossen. »Zifixaberauch!«, fluchte er, stellte den Firejet seitlich an die Mauer. Während er sich umsah, nahm er den Helm ab und legte ihn auf den Sitz. Dann drückte seine Hand auf den Klingelknopf, bis sich jemand meldete.

»Herr Kommissar, was …?«, ertönte eine weibliche Stimme aus der Sprechanlage.

Er ließ sie nicht ausreden. »Frau Hackstock, bitte machen Sie sofort auf.«

Der Öffner surrte, die Gartentür öffnete sich und Hecht spurtete die Auffahrt hoch bis zum Hauseingang.

Völlig außer Atem rannte er ins Haus und die Treppe zum oberen Stock hinauf. Er war erleichtert, als er den alten Bamberger auf sich zukommen sah. In seinem Gesicht meinte Hecht eine gewisse Besorgnis erkennen zu können.

Rosemarie Hackstock kam in den Salon, blieb wie angewurzelt stehen. Sie musterte die beiden Männer und spürte ihre Anspannung. »Kann ich Ihnen etwas bringen, Kaffee, Tee, Gebäck?«, fragte sie verlegen.

»Danke, Frau Hackstock, jetzt nicht«, sagte Bamberger und gab ihr zu verstehen, dass er mit Hecht allein sein wolle.

»Sehr wohl, Herr Bamberger.« Sie verließ den Raum, hielt aber die Klinke gedrückt, nachdem sie die Tür geschlossen hatte, um sie gleich darauf langsam und leise einen Spaltbreit aufzuschieben, lehnte sich dahinter an die Wand und lauschte dem Gespräch der beiden Männer.

»Wir haben Grund zu der Vermutung und Indizien dafür, dass der Tod Ihres Sohnes eine Verwechslung war.«

»Was soll das heißen?«

»Wir haben Anhaltspunkte für einen Auftragsmord, und nicht Ihr Sohn, sondern ...«

»Sondern?«

Hecht war unwohl, er druckste ein wenig herum. »Jemand, jemand anderes ist die Zielperson.«

»Das heißt, der Mörder hat seinen Auftrag noch nicht ausgeführt?« Bamberger erstarrte.

»Wir gehen davon aus, dass er es eigentlich auf Sie abgesehen hat.«

Bamberger schluckte.

»Sie sind in größter Gefahr.«

Die Hupe eines Wagens ertönte. Hecht sah aus dem Fenster in den Park hinunter, konnte aber zwischen dem dichten Buschwerk nichts erkennen. Währenddessen ging Bamberger zu einem hölzernen Sekretär hinüber und schaltete einen Monitor ein. Ein Schwarzweißbild zeigte den Torbereich. Neben dem silbernen Dienst-Mercedes stand Hering und gestikulierte in die Kamera. Er drückte eine Taste, das Tor begann, sich langsam zu öffnen.

Ein vorbeihuschender Schatten unterbrach die Sonnenstrahlen, die durch die Terrassentüren in den Raum fielen, und erregte Hechts Aufmerksamkeit. Er machte einen Satz ans Fenster. Am Ende der Terrasse, die sich an den Hang hinter dem Haus schmiegte, sah er einen Mann zwischen den Büschen verschwinden. Er erkannte ihn sofort: Melkert. Schlagartig wich Hecht zurück und stürzte sich auf den alten Bamberger, packte ihn am Arm und zog ihn durch die offene Tür, die zur Bibliothek hinüberführte.

»Aah, was soll denn das?«

Hecht bedeutete ihm, still zu sein.

»Sind Sie verrückt geworden?«

»Pssst!« Hecht klopfte mehrmals schnell mit seinem Zeigefinger auf die geschlossenen Lippen.

»Was ist denn?«

»Halten Sie endlich die Klappe«, entfuhr es Hecht, der wegen dieser harten Worte selbst über sich erstaunt war. Bamberger schaute ihn verdutzt an. Eine solch deutliche Ansprache war er nicht gewohnt. Aber es kam noch schlimmer. Der Hauptkommissar packte ihn an den Schultern und zwang ihn, ihm in die Augen zu schauen. »Sie verschließen jetzt die Türen hier von innen und rühren sich nicht von der Stelle«, befahl er.

Bamberger sah ihn fassungslos an.

»Haben Sie verstanden?«

Der alte Mann nickte. Angstvoll suchten seine Hände Halt auf den Armlehnen.

Hecht zog seine Walther P5 aus dem Holster und lud sie durch, indem er den Schlitten der Waffe zurückzog. Das laute, metallene Verschlussgeräusch schien den alten Mann in die Realität zurückzuholen. Er begann zu zittern, auf seine Stirn trat kalter Schweiß. Sein Gesicht hatte die Farbe einer frischen Scheibe Schafskäse angenommen.

Der silberne Dienstwagen bog gerade in die Zufahrt ein, als hinter einem Haselnussstrauch ein Mann in schwarzer Lederjacke hervorrannte. Er erschrak und stoppte so brüsk, dass er auf dem weißen Splittbelag ausrutschte und, heftig mit den Armen rudernd, auf den Rücken stürzte.

Hering konnte den Wagen gerade noch eine Armlänge vor ihm zum Stehen bringen. Er kam gleich wieder auf die Beine und versuchte, im engen Durchgang zwischen Fahrzeug und Buschwerk die Auffahrt hinunterzugelangen. Sie hatte sofort registriert, wer da eben vor ihr aufgetaucht war. Mit einem Ruck flog die Fahrertür auf und stoppte den Flüchtigen.

»Ooaahh!«, stöhnte Melkert vor Schmerz, als der Schlag der Tür ihn traf.

Hering bedauerte diese harte Maßnahme fast, blieb jedoch souverän und griff nach ihrer Waffe. Aber Melkert berappelte sich überraschend schnell. Zu Herings Erstaunen drückte er die Autotür wieder zu und flüchtete zwischen den Büschen an einem Gartenpavillon vorbei den Hang zum Tor hinunter.

Leicht schnaufend kam Hecht herbeigerannt.

»Da runter«, schrie Hering vom Fahrersitz aus und deutete in die Richtung, die der Flüchtige genommen hatte.

»Mir nach. Mit dem Wagen«, rief Hecht im Vorbeirennen.

Melkert gelang es gerade noch, sich durch den schmalen Spalt des sich langsam schließenden Tores zu quetschen. Hecht war dies nicht vergönnt. Mit beiden Händen ergriff er zwei der Eisenstangen und versuchte, es mit äußerster Kraft auf den letzten Zentimetern aufzuhalten. Vergeblich, das schwere Tor schob sich mit einem lauten Knacken in seine Arretierung. Er sah dem Verdächtigen nach, der sich auf der Straße immer weiter von ihnen entfernte.

»Verdammte Scheiße!« Auch das Seitentor für Fußgänger ließ sich trotz mehrmaligen Rüttelns und trotz seines flehenden Blickes und wilden Gestikulierens in die herangeschwenkte Kamera nicht öffnen. Offensichtlich hatte der alte Bamberger seine Anweisung, sich nicht von der Stelle zu rühren, strikt befolgt. Wütend schlug er mit den Fäusten gegen das Gitter und sah sich hektisch um.

Gleich neben dem Tor befand sich ein kleiner überdachter Platz, auf dem große Tonnen für Restmüll, Altpapier und Bioabfälle standen. Er schnappte sich die größte, die blaue für Papier. Auf ihren beiden Rollen zog er sie bis zur Mauer und kletterte darauf, um sich, beginnend mit dem rechten Bein, nach draußen zu schwingen. Es gelang ihm erst nach mehreren Versuchen, und dann saß er wie ein Reiter auf seinem Pferd auf der mit einem Ziegeldächlein versehenen Umfriedung und hielt sich seinen schmerzenden Rücken. Er sah hinunter. Es ging wohl drei Meter in die Tiefe. »Heilig's Bügeleisen!«

Kurz entschlossen rutschte er einige Meter hinüber zu einer Thuja, deren Spitze etwa die Höhe der Mauer erreichte. Dabei wurde seine Trekkinghose arg in Mitleidenschaft gezogen. Er schwang sein zweites Bein nach außen und saß zum Sprung bereit. Doch er zögerte, atmete tief ein und schloss die Augen. »Oh, Gott warum? Ich bin zu alt für so einen Scheiß.«

»Potatom, potatom«, ertönte der Anlasser der Harley und schreckte ihn aus seinen Gedanken. »Verdammt!«

Er peilte die Thuja an und stieß sich ab. Während des Sprunges kreuzte er seine Arme vor dem Kopf wie ein Fallschirmjäger vor einer bevorstehenden Baumlandung. Seine Landung war erstaunlicherweise weich und endete direkt neben seinem Mofa. Er lag auf dem Rücken, schlug erleichtert die Augen auf. Seine Hand tastete sich seitlich zum Trittbrett vor. Beim Aufstehen stützte er sich darauf ab, so dass der *Firejet* gefährlich schwankte.

Der sonore Motorradsound entfernte sich langsam. Reflexartig sprang er auf den Sitz des Mofas, setzte seinen Helm auf, startete und fuhr in Richtung des leiser werdenden Geräuschs. Er versuchte, alles aus dem Zweirad rauszuholen. Der Gasgriff war am Anschlag.

*

Leicht erhöht in einer Einfahrt in der Nähe der Bahngleise parkte ein Streifenwagen. Von dort aus hatte man eine gute Übersicht über die abzweigenden Straßen und Wege in Richtung Lindenfirst und Nepperberg. Lena Gärtner, die junge Beamtin hinter dem Steuer, beobachte aufmerksam die Umgebung, vor allem den Verkehr, der hier nicht allzu lebhaft war. Sie hatte sich fest vorgenommen, unbedingt den amokfahrenden Mofafahrer vom Gartenschaugelände zu erwischen, nach dem gerade über Funk eine Fahndung durchgegeben worden war. Während sie wartete, hatte sie Zeit, darüber nachzudenken, was ihr Bärenführer, so nannte man die Ausbilder auf dem Revier, mit ihrem übertriebenen Ehrgeiz meinte, und warum Nuding sie ab und zu bei ihren Handlungen bremste.

Eigentlich war sie froh, mit ihm zusammen auf dem Bock zu sitzen. Sie schätzte ihn und sie bewunderte immer wieder, dass er für die Probleme bei den täglichen Einsätzen genial einfache Lösungen fand. Auch wenn sie manchmal den Eindruck hatte, er ginge es in seinen letzten Dienstmonaten vor der Pensionierung gemütlicher an. Gerade jetzt döste er auf dem Beifahrersitz. Der Schichtdienst und die immer zahlreicheren Überstunden machten ihm mittlerweile zu schaffen. Während kurzer Pausen ab und zu für eine Weile seine Augen zu schließen, tat ihm gut. Lena akzeptierte dieses Power-Napping im Streifenwagen, wie sie es nannte.

Es mochten noch keine fünf Minuten her sein, seit sie auf Nudings Vorschlag diesen Beobachtungsposten bezogen hatten, als die rote Harley ihre Aufmerksamkeit erregte, von der sie aus einem früheren Funkspruch wusste, dass nach ihr ebenfalls gefahndet wurde. Sie fuhr Schlangenlinien und machte ruckartige Schlenker. Und ihr folgte ein schwarzgelbes Mofa. Das Kennzeichen konnte sie aus der Entfernung nicht lesen, aber die Beschreibung der Lackierung passte, und der Fahrer hatte auch solch einen Schutzhelm getragen. Kein Zweifel, das musste der Amokfahrer vom Landesgartenschau-Gelände sein.

Sie startete den Wagen und gab ihrem Kollegen mit dem Ellenbogen einen Stoß in die Seite, dass ihm die Schirmmütze nach vorn ins Gesicht rutschte. Er rappelte sich auf. »Was gibt's denn, Lena?«

»Da, dieses Mofa, der mattschwarze Helm.«

»Und au no das rote Motorrad. Ich werd verrückt«, freute sich Nuding.

»Die wollen da rechts hoch, zum Salvator«, sagte Lena Gärtner etwas aufgeregt und wollte ihnen folgen. »Die kriegen wir.«

»Langsam Mädle, das wird so nix«, der altgediente Beamte legte beruhigend seine Hand auf die ihre am Lenkrad.

»Aber?« Sie sah ihn verständnislos an.

»Fahr links nom, ohne Signal.« Er deutete in Richtung der neu ausgebauten Nepperbergstraße. »Ich will doch auf meine alte Tag net noch amal an Dienschtwaga schrotta«, gab er zu bedenken und sah sie verschmitzt an. Lena Gärtner konnte diese Anweisung nicht nachvollziehen – nicht im Moment.

»Was eiert der denn so rum?«, fragte Nuding, als sie unten am Fuß des Hanges in die Salvatorstraße einbogen und beobachteten, wie die rote Harley unkontrolliert den von knorrigen Buchen und Linden gesäumten Fußweg zum Wallfahrtskomplex St. Salvator hinaufschlingerte. Es war, als kämpfte der Fahrer auf dem Bike wie auf einem wild gewordenen Bullen.

Auch Hecht konnte sich nicht erklären, warum Melkert mit der Harley nicht in Gang kam und diese unberechenbaren Haken schlug. Er hoffte darauf, ihn auf der Treppenanlage mit den langgezogenen Stufen, die nach der vierten Kreuzwegstation begann, endlich zu erwischen.

Melkert bremste ab. Weiter unten sah er den schwarzbehelmten Mofafahrer den Berg hinaufzuckeln. Seine einzige Chance, ihm zu entkommen, bestand darin, nach oben zu den Gebäuden zu gelangen. Um die erste Treppenstufe zu überwinden, versuchte er, langsam darüber hinwegzufahren. Es gelang nicht, denn beide Reifen waren fast vollständig platt. Dann gab er Vollgas, der Hinterreifen schälte sich von der Felge. Die schwere Maschine kippte zur Seite und begrub den Fahrer mit einem metallischen Knirschen unter sich. »Jesus fällt zum ersten Mal unter dem Kreuz«, stand auf einer Steintafel.

Mühsam quälte sich Melkert unter der Harley hervor, deren polierter Benzintank in der Mittagssonne glänzte. Er rappelte sich auf, indem er sich auf dem Lenker abstützte. Sein Gesicht war von Schmerz verzerrt. Stark humpelnd lief er weiter den Nepperberg zum Salvator hinauf.

Hecht war Melkert gefolgt. Immer wieder nach oben blickend, während er mit dem Gelände kämpfte, hatte er dessen Sturz und anschließende Flucht bergan beobachtet. Bei der auf der Seite liegenden Harley hielt er an und schaute hoch. Auch er sah für sich keine Chance, mit dem Zweirad hochzukommen. Die vielen, wenn auch flachen Stufen, vor allem die extreme Steigung, würde nur eine Geländemaschine bewältigen können. Er stieg ab, lehnte das Mofa an eine dicke Blutbuche und nahm sich nicht die Zeit, seinen Helm abzusetzen. Mit Genugtuung stellte er fest, dass seine Chancen, Melkert zu erwischen, wieder besser wurden.

»Halt Polizei! Stehen bleiben!«, rief Hecht den Hang hinauf.

Melkert ließ sich davon nicht beeindrucken.

»Leck mich«, brummelte Hecht vor sich hin und folgte dem Flüchtigen entlang der offenen Kapellhäuschen. Für die lebensgroßen, das Leiden Christi darstellenden Figuren hatte er heute keinen Blick. Schon oft war er in seinen Dienstjahren diesen Weg allein gegangen, wenn er Probleme hatte. Tagsüber, unbemerkt von seinen Kollegen – und vor allem von seiner Familie. Es war für ihn eine ruhige Zufluchtsstätte, nur wenige Gehminuten von der geschäftigen Innenstadt entfernt. Besonders die oberen beiden, aus dem Felsen gehauenen Kapellen mit dem Relief der Ölbergszene, faszinierten ihn immer wieder. Aber daran dachte Hecht jetzt nicht. Fuß für Fuß setzte er auf die groben Pflastersteine, über die schon Zigtausende Gläubige gepilgert waren. Unter größter Anstrengung wuchtete er seinen schweren Körper den Berg hinauf in Richtung des Flaig'schen Häuschens, das von einem Gerüst umgeben war und vor dem sich Blöcke von Dämmmaterial aus Styropor stapelten, bereitgelegt für die vielen Ehrenamtlichen, die es zum neuen Pilgerdomizil »Salvatorklause« umbauen wollten.

Verkehrslärm und Zuggeräusche drangen aus der geschäftigen Innenstadt zu Melkert herauf. Sein Herz pochte bis zum Hals, mit der Hand massierte er sein Knie, ohne es wahrzunehmen. Panik lag in seinen flackernden Augen. Ihm war klar, dass er nur eine Chance hatte, er musste den dichten Wald weiter oben erreichen. Mit dem Ärmel wischte er über sein verschwitztes, angstverzerrtes Gesicht. Er sah zurück und entdeckte Hecht, der zwar keuchend, aber unerbittlich zu ihm aufschloss.

Melkert kämpfte sich zwischen den gestapelten Dämmplatten hindurch. Hinter ihnen suchte er kurz Deckung und beobachtete, wie auf halber Höhe des Weges Hering mit gezogener Waffe den Berg heraufgespurtet kam. Sie würde bald zu Hecht aufschließen, der nur noch zwei Steinwürfe entfernt war. Melkerts Blick wanderte die Aluminiumleiter entlang zum Gerüst hinauf. Umständlich begann er hinaufzusteigen. Sein verletzter Fuß versetzte ihm beim Erklimmen der einzelnen Sprossen stechende Schmerzen. Er musste sich zusammennehmen, um nicht bei jedem Auftreten laut aufzuschreien.

Wenige Meter vor dem Pilgerhäuschen hielt Hecht an. Keuchend und nach vorn gebeugt stand er da. Seine Hände waren auf den Oberschenkeln abgestützt, der Oberkörper wippte im Rhythmus der starken Atmung auf und ab. Diese extreme Anstrengung mit seinem Gewicht war er nicht gewohnt, er war kurz davor, sich zu übergeben. Dann sah er Melkert auf dem Gerüst. Jetzt hab ich ihn, freute er sich, von da kann er nicht weg. »Halt! … Polizei!«, brachte er heraus, mit Mühe und Not. »Kommen … kommen Sie runter da!«

Unbeeindruckt quälte sich Melkert Sprosse für Sprosse weiter.

»Des bringt doch nichts«, schrie Hecht und trat ein paar Schritte zur Seite. Verdammt! Das war ihm entgangen. Ganz oben an der Bergseite des Gerüstes führte ein Brettersteg an die Kante des dahinterliegenden Steilhanges. Er wusste sofort, was Melkert vorhatte. Von dort aus konnte er mühelos in den dichten Wald gelangen. Und Melkert befand sich schon auf den letzten Sprossen.

Mit schwerem Schritt und Melkert nicht aus den Augen lassend ging Hecht bis zu dem Dämmmaterial vor dem Gebäude. Mit beiden Händen riss er sich den Helm herunter. Seine Haare klebten in seinem Gesicht. Er musste sich erst sortieren und schüttelte seinen Kopf mehrmals so heftig, dass dicke Schweißtropfen herumwirbelten.

Melkert war jetzt fast angekommen.

Wie in Trance, den Blick nicht von Melkert nehmend, schloss Hecht den Kinnriemen des Helms, nahm ihn in die rechte Hand und begann, den Arm vor und zurück zu schwingen. Dabei wippte er leicht auf und ab. Noch einmal, er konzentrierte sich, dann flog die schwarze Kugel nach oben und traf Melkerts verletztes Knie.

Reflexartig fasste der an das schmerzende Gelenk, konnte sich aber mit einer Hand allein nicht mehr halten. Mit einem lang anhaltenden »Aaaaahh!« fiel sein Körper in die Tiefe.

Auf der Rückseite des Flaig'schen Häuschens fuhr ein Streifenwagen heran. Die angespannten Gesichter von Nuding und seiner jungen Kollegin waren schemenhaft hinter der eingestaubten Windschutzscheibe zu erkennen.

Heftig atmend kam Hering herangerannt. Hechts Aktion war ihr nicht entgangen. Entsetzt sah sie ihn an. »Hoffentlich ist dem ...« Der große Stapel Dämmmaterial vor dem Gerüst bewegte sich leicht, tastende Hände erschienen an der Oberfläche.

»Volltreffer, alle Neune«, bemerkte sie respektvoll, nachdem sie erleichtert festgestellt hatte, dass Melkert nicht viel passiert war. Dann bemerkten sie den Streifenwagen hinter dem Gebäude. »Für des, dass ich euch noch gar nicht gerufen hab, seid ihr ganz schön schnell heute«, rief Hecht mit einem Augenzwinkern Nuding und seiner Kollegin zu, die gleich zu Hering rannte, um ihr beim Ausgraben des Flüchtigen aus dem Styroporberg zu helfen.

»Da soll no oiner behaupta, dass des so lang dauert, bis a Streifawaga kommt«, erwiderte der altgediente Hauptmeister. »Mir henn an Einsatz kriagt. Irgend so oin Verrückter, so oin alter Dackel auf oim Mofa.«

Hecht sah ihn empört an. »Jetzt gell.«

»So hats geheißa, über Funk«, redete er sich heraus. »So oiner der Amok fährt, durch die neu angelegte Grünanlaga der Landesgartenschau.«

Hecht schluckte, drehte sich zur Seite.

»Ein grad frisch vom Erschta Bürgermeischter gepflanztes Bäumle soll er umgefahra haben.«

»Wo gehobelt wird, da fallen Späne«, murmelte Hecht vor sich hin.

»Dann soll der später, und no an anderer, mit einem Motorrad versucht haba, die Treppa zum Salvator naufzufahra. Da hab ich mi gfragt, wer geht au scho mit oim Mofa gewallfahra«, sagte Nuding.

»Hhm … ähm, ja … also … schön, dass ihr da seid«, brachte Hecht verlegen hervor, um die peinliche Sache zu beenden.

Der große Berg aus Dämmmaterial bewegte sich weiter. Erst ragte kurz ein Bein mit Motorradstiefeln zwischen den Styroporblöcken heraus, dann erschien ein rudernder Arm. Lena Gärtner fasste ihn und zog so lange daran, bis der stöhnende Körper zum Vorschein kam. Auch Hering griff ein und half dem verletzten Melkert auf die Beine. Dann versuchte sie vergeblich, den an ihren Ärmeln haftenden Styroporstaub abzuklopfen und schaute zu dem Streifenwagen. »Wie kommt ihr denn hier hoch?«, fragte sie verwundert.

»Na von do, von do hinta.«

»Wie?«

»Hinter dem Flaig'schen Haus, do führt seit zwei Wocha über den Pfander'schen Garten ein neuer, befahrbarer Schotterweg rauf. Ganz bequem.« Nuding genoss es, mit seiner Detailkenntnis punkten zu können.

In der Zwischenzeit hatte seine Kollegin Melkert an die Hauswand manövriert und nach Waffen abgetastet. Zufrieden stellte der Polizeihauptmeister fest, dass sie die Situation voll unter Kontrolle hatte. »Man muss de Junge Verantwortung traga lassa, au mal was alloi macha lassa.«

»Des hätte sich der alte Bamberger schon vor Jahren zu Herzen nehmen sollen«, sagte Hecht beiläufig.

Lena Gärtner hatte Melkerts Arme auf den Rücken gedreht. Als die Handschließen klickten, verzog er das Gesicht. Sie ließ sich nicht beirren und schob ihn vor sich her zu den Ermittlern hinüber. Nuding trat neben seine Kollegin und streckte seinen Daumen nach oben. »Eine saubere Feschtnahme, besser hät ichs au net könna.«

Die beiden blieben vor Hecht stehen. Der sagte erleichtert den in solchen Situationen üblichen Standardspruch: »Herr Finn Melkert, Sie sind vorläufig festgenommen wegen des dringenden Verdachts, Heinrich Bamberger junior ermordet zu haben.«

Mit der Gestik eines Chauffeurs öffnete Nuding die hintere Tür des Streifenwagens und nickte seiner Kollegin zufrieden zu. Sie bedeutete Melkert einzusteigen, legte die Hand auf seinen Kopf, drückte ihn vorsichtig unter das Wagendach und schob ihn auf die Rückbank.

»Heiligs Bügeleisen!«, entfuhr es Hecht und deutete auf das am Beginn des Kreuzweges liegende rote Motorrad.

»Was ist denn?«, fragte Hering.

»Komisch, dass der ausgerechnet bei seiner Festnahme ein Problem mit den Rädern hatte«, wunderte er sich.

»Tja, ist alles eine Sache der Vorbereitung«, sagte Hering und lächelte dabei.

»Wie jetzt?«

»Auf dem Weg zu den Bambergers bin ich an seinem Motorrad vorbeigekommen. Es stand hinten in der Straße. Da habe ich mich gleich an die Arbeit gemacht. Ohne Luft in den Reifen kommt selbst eine Harley nicht weit.«

*

»Sie müssen mir helfen, bitte!«, flehte Melkert Hecht und Hering an, als sie den kahlen, hell ausgeleuchteten Vernehmungsraum betraten. Der uniformierte Kollege schloss die Tür hinter ihnen und postierte sich daneben.

»Setzen Sie sich erst mal.« Hering deutete auf den einfachen Stahlrohrstuhl auf der anderen Seite des Resopaltisches. Die Vernehmung würde mit einer Videokamera aufgezeichnet werden, die auf einem Stativ neben der Tür stand. Hering und Hecht nahmen gegenüber dem Verdächtigen auf abgewetzten Stühlen Platz, die beim letzten Austausch des Mobiliars wohl vergessen worden waren.

Wie ein Häufchen Elend saß Melkert da. Seine Augen waren gerötet und verquollen. Ein panisches Flackern lag in ihnen.

»Wobei sollen wir helfen?«, war Herings erste, vorsichtige Frage.

»Hören Sie«, begann er, »es ist wichtig, es geht um das Leben meiner Kinder und meiner Frau.«

»Die Sie verlassen hat«, wollte sie bestätigt haben.

»Verlassen? Wie kommen Sie da drauf?«

»Nicht?«, wunderte sich die Kriminaloberrätin und sah dabei erstaunt zu Hecht hinüber. Der quittierte ihren Blick nur mit einem kurzen Achselzucken.

»Ich habe sie zu meinen Schwiegereltern geschickt, nach Rotterdam. Mit dem Taxi zum Bahnhof und dann mit dem Zug, damit sie immer unter Menschen sind und schwerer angreifbar. Bitte, versprechen Sie mir, dass Sie sich um sie kümmern. Ich tue alles, was Sie wollen.«

Die beiden Ermittler sahen ihn irritiert an.

»Die Auftraggeber für den Mord, die haben gedroht, meine Familie zu entführen, ihr was anzutun. Wenn die sie finden.«

»Wer sind die?«, fragte Hecht.

»Wir haben keine Zeit. Ich weiß nicht, ob die schon wissen, dass ...«, seine Worte gingen in einem Hustenanfall unter.

Hering merkte, dass sie erst mal das Problem mit seiner Familie angehen mussten, bevor sie etwas über den Mord aus ihm herausbekamen. »Wie sind denn die Namen der Schwiegereltern, Ihrer Frau und der Kinder?«, fragte sie mit beruhigender Stimme, als sich Melkert wieder gefangen hatte.

In sein Gesicht kehrte ein wenig Hoffnung zurück. »Peter und Helena Meis, Melissa Melkert, meine Frau, und Joshua und Cosima, meine Kinder.«

»Und die Adresse in Rotterdam?«

»Voorschoterlaan neunzehn.«

»Meine Mitarbeiter kümmern sich gleich darum. Europol und die niederländischen Kollegen werden verständigt. Die schicken jemanden zu Ihren Schwiegereltern nach Hause.« Hering drehte ihren Kopf zur Seite in Richtung des venezianischen Spiegels und fixierte ihn mit einem eindringlichen Blick. Dahinter standen Funk, Heckenlaible und Obergfell in einem schwach beleuchteten Nebenraum. Der Ton wurde mit einem Lautsprecher übertragen. Seit Beginn der Vernehmung hatte Funk bereits die wichtigsten Fakten in Stichworten notiert. Sie riss den Zettel vom Block und reichte ihn Obergfell. Der verließ eiligen Schrittes den Raum.

»Hoffentlich ist es nicht schon zu spät.« Die Angst war Melkert anzusehen.

»Gibt es eine Frist, in der Sie Ihren Auftrag erledigt haben müssen?«, wollte Hecht wissen.

»Bis heute, um Mitternacht.« Melkerts Kopf fiel kraftlos nach vorn. »Die verstehen keinen Spaß und werden ihr Ding durchziehen, wenn nicht …«, schluchzte er und hustete mehrmals heftig.

Hecht ließ ihm keine Zeit zu verschnaufen. »Also Herr Melkert, wer hat Sie beauftragt?«

»Der Kontaktmann einer Firma, der ich Geld schulde.«

»Wie heißt die Firma?«

»Odekerken. Die handeln mit Schmuck und Diamanten. Ich kann denen das Geld nicht so schnell zurückzahlen, wie sie auf einmal gefordert haben. Das war ursprünglich ganz anders vereinbart. Und dann haben sie mir plötzlich den Deal vorgeschlagen: Mord gegen Schuldenerlass.«

»Wie viel?«, fragte Hering kurz.

Melkert musste sich überwinden. »Über eine halbe Million Euro.«

»Und dafür haben Sie einen Menschen ermordet?«

»Ich musste, war gezwungen. Wie hätte ich ihnen denn ihr Geld zurückgeben sollen?«

»Wie konnten Sie derart hohe Schulden anhäufen?«, fragte Hecht.

»Ich war lange Zeit sehr gut im Geschäft, habe bei Odekerken Diamanten gekauft, hatte viele gute Kunden. Eine lukrative Sache. Die Zahlungen an Odekerken erfolgten immer erst, nachdem ich verkauft hatte. Aber ich konnte nicht genug bekommen, habe angefangen, das eingenommene Geld während der Zahlungsfrist für Börsenspekulationen zu nutzen. Was sollte schon schiefgehen? Ich bin immer höher eingestiegen. Dann kam ein gewaltiger Kurseinbruch, und ich hatte plötzlich hohe Verbindlichkeiten gegenüber Odekerken, die ich nicht mehr begleichen konnte.«

»Warum sind Sie nicht angezeigt worden?«

»Was hätte Odekerken davon gehabt? Sie haben lieber weiter mit mir Geschäfte gemacht. So sollte ich nach und nach den Schuldenberg abbauen auf ehrliche Art und Weise, ohne Spekulationen. Das war vereinbart, und daran haben sie sich gehalten, bis jetzt.«

»Und plötzlich wollten sie nicht mehr und haben gedroht, Sie in den Knast zu bringen?«, vermutete Hering.

»Meine ganze Existenz wäre vernichtet worden. Verstehen Sie das?« Er sah die beiden Ermittler abwechselnd an, doch sie zeigten keinerlei Regung. »Jahrelang wäre ich von meiner Familie getrennt gewesen, hätte meine Kinder nicht aufwachsen sehen. Dann machten sie mir den Vorschlag, die gesamten Schulden auf einmal zu tilgen, und ich wäre alle Sorgen los.«

»Also ein Auftragsmord durch einen unauffälligen Familienvater«, schlussfolgerte Hecht.

Melkerts Kopf kippte nach hinten. Er schloss die Augen.

»Hatten Sie denn keine Skrupel?«

Es dauerte einen Moment, bis er antwortete. »Ich dachte damals, ich hätte nach meinem Ausscheiden aus der Legion mit dem Töten abgeschlossen - endgültig.«

»Und Sie haben gezögert?«, fragte Hering.

»Zu lange. Dann haben sie, als ich schon hier in Gmünd war, auch noch gedroht, meiner Frau und meinen Kindern etwas anzutun, um Druck zu machen.« Die beiden Kriminalisten saßen ihm eine Weile schweigend gegenüber. Unruhig rutschte er auf seinem Stuhl hin und her, bevor er weitersprach. »Ich habe die Sache schließlich durchgezogen, als der V-Mann von afrikanischen Milizionären gesprochen hat, die sie auf meine Familie ansetzen wollten.«

»Und mit denen ist nicht zu spaßen«, sagte Hecht.

»Was die für Grausamkeiten unter der Zivilbevölkerung angerichtet haben«, er holte tief Atem, »das habe ich in meiner Dienstzeit in Afrika selbst erlebt.«

Hecht stand auf, ging um den Tisch herum, beugte sich zu ihm hinunter und stützte beide Hände darauf ab. »Herr Melkert, wer ist der V-Mann?« Seine Worte hatten eine deutliche Schärfe angenommen.

Melkert schüttelte den Kopf. »Keine Ahnung. Ich hatte keinen persönlichen Kontakt zu ihm.«

»Welche Informationen haben Sie von ihm erhalten?«, fragte Hering.

»Name, Vorname, die Adresse, Daten des Wagens, Infos über die Firma, ich habe alles auswendiggelernt. Ein Foto wollte der V-Mann über MMS nachliefern.«

»Und die Verbindung zu ihm?«, fragte Hecht.

»Lief nur über SMS. Und dann erfahre ich aus der Zeitung, dass ich den falschen … « Melkert ließ seinen Kopf in die auf den Tisch abgestützten Hände sinken. Nach einer Weile richtete er sich wieder auf. »Da kommen einem so Gedanken … sich vor den Zug … aber ich kann doch nicht meine Frau, meine Kinder …« Melkert sah die beiden Ermittler abwechselnd an. »Können Sie sich vorstellen, wie man sich da fühlt? Wenn man auf ganzer Linie versagt hat, wahnsinnig wird vor Angst, dass den Liebsten etwas angetan wird?«

»Sie haben schwere Schuld auf sich geladen und nichts erreicht«, fasste Hering zusammen. Sie schob das Glas Wasser auf dem Tisch weiter zu ihm hin. Er griff danach und nahm gierig einen großen Schluck.

Die Ermittler der Gmünder Kripo konnten im Moment nichts für seine Familie tun, sie wollten endlich eine Antwort auf eine wichtige Frage, die Hering ihm ohne jegliche Emotion stellte: »Die Verwechslung, wie konnte die passieren?«

»Das Foto«, Melkert fiel es schwer weiterzusprechen, »das ich ja auf das Smartphone hätte bekommen sollen …« Er machte eine lange Pause, saß steif da und starrte ins Leere. »Mir ist dieses Malheur passiert, mit meinem Smartphone.«

»Was war damit?«

»Da war ein kleines Mädchen mit dem Dreirad auf der Straße, als ein großer Traktor um die Kurve gekommen ist. Der hätte sie zu spät gesehen. Ich konnte sie gerade noch so wegreißen. Dabei ist mir das Telefon aus der Brusttasche gefallen, und der Traktor ist direkt mit den schweren Rädern drüber. Richtig zermalmt haben die das Ding. Selbst die SIM-Karte war nicht mehr zu gebrauchen.«

»Und der Kontakt zu Ihrem V-Mann?«, fragte Hecht.

»Ich habe versucht, ihn über Odekerken zu erreichen. Vergebens, die entsprechenden Leute in der Firma waren nicht zu erreichen. Klar, es war Freitag, früher Nachmittag, Wochenende. Das Foto der Zielperson hätte ich abends per MMS bekommen sollen.«

»Und dann?«

»Ich hatte die Infos im Kopf, die ich schon per SMS erhalten hatte.«

»Sie wussten also, wen Sie umbringen sollten, auch wo er wohnte, aber nicht, wie er aussah? Und dennoch haben Sie gehandelt?«

»Die Angst um meine Familie hat mir fast die Luft zum Atmen genommen. Ich musste mir was einfallen lassen, musste recherchieren. Die ausschlaggebende Info bekam ich in der Reifenwerkstatt. Zu der bin ich der jungen Firmenmitarbeiterin gefolgt, die den Wagen dort hingefahren hatte. Da zeigte ich Interesse für Oldtimer, speziell für den SL, kam mit dem Meister ins Gespräch. Er hat mir erzählt, dass der Wagen einem Firmenchef gehört. Und ich habe gesagt: Ach, dem Heinrich Bamberger? Er hat es bestätigt und gemeint, dass den Oldtimer in der Regel jemand aus der Firma bringt und er ihn dann traditionell immer persönlich abholen würde. Er hat sich dabei ein wenig darüber lustig gemacht.«

»Schon klar, für den Werkstattbesitzer waren beide Bambergers der Chef und beide hießen Heinrich«, sagte Hecht.

»Was ich zu dem Zeitpunkt nicht wusste«, sagte Melkert. »Dann kam abends ein Mann, stieg ein und fuhr weg. Den Rest, dass es der falsche war ...« Er redete nicht weiter.

Nach wenigen Augenblicken setzte Hecht die Befragung fort: »Was hatten Sie vor, als Sie vorhin bei Bamberger auf dem Grundstück waren?«

Melkert zögerte einen Moment, bis er antwortete. »Meinen Auftrag endlich ausführen.«

»Warum haben Sie diesen umständlichen Selbstmord inszeniert und nicht einfach kurzen Prozess gemacht?« Hecht strich mit der Handkante an seinem Hals entlang.

»Natürlich wäre das leichter gewesen. Genickbruch, ein Schlag mit der Handkante gegen den Kehlkopf. Möglichkeiten kenne ich genug. Der Auftraggeber hat aber verlangt, dass es wie ein Unfall oder Selbstmord aussieht. Das sei unauffälliger und ziehe keine polizeilichen Ermittlungen nach sich, war die Begründung.«

»Haben Sie jemals mit jemandem bei Bamberger zu tun gehabt?«, fragte Hering.

»Nein. Aber ich weiß, was in der Branche los ist. Wenige Unternehmen machen in großem Stil das Geschäft, wollen am Markt die Nase vorn haben. Doch dazu brauchen sie Firmen mit Spezialisten, die höchste Qualität liefern.«

»Und das ist zum Beispiel Schmuck Bamberger«, sagte Hering.

*

Heckenlaible saß immer noch mit Funk hinter der Scheibe im Nebenraum zum Vernehmungszimmer. Während Finn Melkerts Ausführungen hatte er auf seinem Laptop noch mal die Mails von Heiner Bamberger genauer unter die Lupe genommen. »Jetzt wird mir einiges klar«, sprach er langsam in Gedanken versunken vor sich hin.

Funk blickte von ihrem Notizblock auf und sah ihn fragend an. Heckenlaible aber ging nur an ihr vorbei hinaus, öffnete die Tür zum Vernehmungsraum und deutete Hecht und Hering an, nach nebenan zu kommen.

Als sie eintrafen, drehte Heckenlaible seinen Laptop auf der Tischplatte so herum, dass Hecht, Hering und Funk auf den Bildschirm schauen konnten. »Die unverständlichen, manchmal mehrdeutigen Botschaften in den Mails von Heiner Bamberger ergeben jetzt einen klaren Sinn. Es ist eindeutig. Hier eine Mail an den Geschäftsführer von Odekerken.« Er zeigte mit dem Finger auf den Monitor. »Ich werde Sie nach Erledigung des Auftrages am kommenden Wochenende unverzüglich auf diesem Wege informieren. Dann kann alles wie geplant weitergehen«, las er aus der E-Mail vor. »Und das heißt wohl, dass …«

»… dass Heiner Bamberger der Auftraggeber für den Mord an seinem Vater ist«, sagte Funk schnell.

»Und somit sein eigener Henker wurde«, fuhr Hecht fort.

»Dann müssen eben wir die Mail mit der Vollzugsmeldung von seinem Rechner an diese Adresse schicken, damit Melkerts Familie nichts passiert«, sagte Hering erleichtert.

*

Die Bohlen des hölzernen Riemenbodens im Schlafzimmer knarrten. An den Wänden hingen Familienbilder in Farbe und Schwarz-Weiß. Eine dunkelgrüne, mit auffälligen goldenen Ornamenten bestickte Tagesdecke lag auf dem Bett. Zügig bewegte sich jemand auf den linken Nachttisch zu und versuchte, die oberste Schublade zu öffnen. Sie war abgeschlossen. Eine Hand fuhr zur Rückseite des Möbelstückes und legte einen kleinen Metallhebel um. Mit einem ächzenden Geräusch ließ sich die Lade langsam herausziehen. Darin lag, auf ein rotes Samtdeckchen gebettet, ein silberfarbener Smith & Wesson Revolver, Kaliber 357 Magnum.

*

Gleich nach der Einsatznachbereitung hatten sich Hecht und Hering auf den Weg zu Bamberger senior und seinen Kindern gemacht. Sie hielten es für ihre Pflicht, Heinrich Bamberger persönlich den wahren Ablauf der Geschehnisse mitzuteilen und wollten noch ein paar offene Fragen klären.

»Kommen Sie, schnell, wir wissen nicht, was wir machen sollen«, stammelte Andreas Bamberger, als er Hecht und Hering ungeduldig vor der Haustür erwartete.

»Was ist denn passiert?«, fragte Hering besorgt.

»Seit der Beerdigung heute früh stimmt was nicht mit meinem Vater«, sprach er weiter, ohne auf sie einzugehen und eilte vor ihnen die Treppe zur Wohnung des alten Bamberger hinauf.

»Wie meinen Sie das?«, fragte Hering.

»Psychisch, kopfmäßig. Und jetzt ist Rosi bei ihm, aber ich weiß nicht, ob das gutgeht.«

Hering und Hecht warfen sich einen kurzen, zweifelnden Blick zu. Im Salon standen Johanna und Anke Bamberger vor der Tür zur Bibliothek. Anke konnte an dem klobigen Türgriff rütteln so viel sie wollte, die Tür blieb verschlossen.

»Vater! Rosi! Macht doch auf, bitte«, rief Johanna verzweifelt mit tränenerstickter Stimme.

Hinter der Tür war Gemurmel und dann wieder Stimmengewirr zu hören, das zunehmend lauter wurde. Nur einzelne Worte wie Schuld, Tod, Unglück und Leid waren im Salon zu verstehen. Hering glaubte sogar den Ausdruck »Scheißfirma« vernommen zu haben. Hauptsächlich redete Rosemarie Hackstock, sie schien dem alten Bamberger massive Vorwürfe zu machen. Ihre Stimme begann, sich zu überschlagen.

Anke Bamberger rüttelte weiter an der Klinke. Hecht trat neben sie und schlug mehrmals mit der Faust gegen die Tür. »Polizei! Öffnen Sie, bitte! Herr Bamberger? Frau Hackstock? Öffnen Sie die Tür!« Er sah zu Hering hinüber. Sie deutete mit dem Kopf zum offenen Kamin. Er überlegte einen Moment, dann verstand er und nahm den schweren Schürhaken, der neben anderen Kaminwerkzeugen an der Wand hing.

Plötzlich war aus der Bibliothek nichts mehr zu hören. Auch keiner der Anwesenden davor sagte etwas oder konnte sich die schlagartige Ruhe erklären. Alle lauschten gespannt. Hecht und Hering erkannten das metallische Knacken – es war das Spannen eines Abzugshahns. Sekunden später zerriss ein Schuss die Stille. Unmittelbar darauf folgte ein leises, dumpfes Poltergeräusch.

In den Gesichtern der jungen Leute lag das blanke Entsetzen. Reflexartig griff Hering nach ihrer Pistole. Hecht war der Erste, der die Situation realisierte, und begann, mit dem Schürhaken auf die schwere Holztür einzuschlagen. Er brauchte mehrere Versuche, bis das Türblatt zersplitterte und den Blick in den Raum nebenan freigab.

Ausgestreckt auf dem glänzenden Parkettboden lag Heinrich Bamberger. Sein feines weißes Hemd saugte sich langsam in der Herzgegend kreisförmig mit Blut voll. Noch immer hielt Rosemarie Hackstock den silbernen Revolver mit ausgestreckten Armen vor sich. Ihr stark gerötetes Gesicht blickte starr geradeaus, sie zitterte am ganzen Körper. Hecht ließ den Schürhaken zu

Boden fallen und griff vorsichtig nach ihrer Waffe. Es dauerte eine Weile, bis er es geschafft hatte, sie zur Seite zu drehen und aus ihren Händen zu lösen. Erst jetzt sah sie zu dem alten Mann hinunter.

Fassungslos und zu keiner Bewegung fähig standen die zwei Bamberger-Kinder wie gelähmt in der Tür und starrten betroffen auf das Szenario. Anke Bamberger hatte sich in die Diele zurückgezogen und war dort auf einem Sessel zusammengesackt. Hering hatte sich sofort um Heinrich Bamberger gekümmert, aber gleich an seinen weit geöffneten Augen und dem fehlenden Puls am Hals festgestellt, dass da nichts mehr zu machen war.

Hering deutete den beiden an, den Raum nicht zu betreten und griff zu ihrem Telefon. Hecht führte Rosemarie Hackstock langsam aus der Bibliothek. Mit Genugtuung sah sie den jungen Leuten in die Augen, als sie neben Hecht an ihnen vorbeiging.

*

Die belgische Polizei ermittelte bei der Firma Odekerken in Antwerpen. Die Inhaber gaben sich ahnungslos und behaupteten, nichts von einem Deal mit Finn Melkert über einen Schuldenerlass oder gar einen Mordauftrag zu wissen. Sie räumten zwar ein, Kontakt mit der Firma Bamberger zu haben, dementierten aber aktuelle Kaufabsichten von Schmuck Bamberger und ganz besonders die Verwicklung in einen Auftragsmord. Jetzt setzten sie ihre Hoffnungen auf den V-Mann. Um an ihn heranzukommen, hatte Europol zusammen mit belgischen und niederländischen Kollegen europaweite Ermittlungen aufgenommen.

Wenigstens eine gute Nachricht konnte die Gmünder Kripo an Melkert weitergeben. Von der Rotterdamer Polizei kam die Information, dass seine Familie unversehrt und in Sicherheit sei.

*

»Danke, Frau Tomberg, das ist lieb von Ihnen. Haben Sie es doch noch hinbekommen.« Erfreut wedelte Hering mit einer

Eintrittskarte für eine weitere Veranstaltung der Europäischen Kirchenmusik im Heilig-Kreuz-Münster. »Für morgen Abend, wie schön.«

»Wie, nur eine Karte?«, wunderte sich Hecht und schmunzelte. »Und ich dachte, Sie gehen immer mit Doktor Krautschneider ins Konzert.«

»Einmal«, sagte Hering mit erhobenem Zeigefinger. »Und das war nur reiner Zufall, dass ich ihn da getroffen habe.«

»Ach.« Zufrieden lächelte Hecht in sich hinein. Er versuchte, sich nichts anmerken zu lassen. »Außerdem wird der jetzt sowieso keine Zeit mehr haben.«

»Wieso das denn?«

»Hat sich ein Oldtimer-Motorrad gekauft, das will er herrichten.«

Als Hecht und Hering auf dem Weg zur Tür waren, klingelte das Telefon, Tomberg nahm das Gespräch entgegen. »Ja, Moment, sie ist noch da«, sagte die Polizeisekretärin. Hering drehte sich zu ihr um und sah sie fragend an. »Mach ich.« Mit einem Tastendruck schaltete die junge Frau den Lautsprecher ein.

»Gut, dass Sie noch nicht fort sind, Frau Hering«, ertönte Zyburas laute, aber erleichterte Stimme. »Ich bin noch in Berlin. Das mit dem alten Bamberger, ich weiß Bescheid … Ähm, ja, ich muss Ihnen gratulieren, das war saubere Arbeit.«

»Danke. Das war ich aber nicht allein, sondern der ganze Laden.«

»Ähm, ja, auch Glückwünsche zu Ihrem Ermittlungserfolg, ähm, dem ganzen Team. Großartig, wie Sie das …«

»Nun lassen Sie es mal gut sein«, unterbrach sie ihn.

»Ich habe eigentlich von Ihrer Ausarbeitung meiner Vorträge für den Europäischen Polizeikongress gesprochen. Ganz hervorragend, ein grandioser Erfolg. Und das ist vor allem Ihr Verdienst. Die Themen haben den Nerv der Kollegen getroffen. Sensationell, und das auf internationaler Ebene. Vor allem Ihr Kurzvortrag *Polizei in sozialen Netzwerken*, mit den Fahndungsmethoden bei Facebook. Oh Mann, ich kann Ihnen sagen …« Seine Stimme überschlug sich fast vor Freude. »Frau Hering, also ich muss … und die Präsentation *IT-Verfahren zur übergreifenden polizeilichen Lagebewältigung*!«

»Ist schon okay«, versuchte sie, seine Begeisterung zu bremsen.

»Gut, den Rest dann, wenn ich wieder im Lande bin … Halt, eins noch. Anke Bamberger hat mich vorhin angerufen.«

»Und?«

»Sie wird mit diesem Güngör den Laden weiterführen. Ach ja, bevor ich es vergesse, richten Sie dem Hecht aus, die Familie betrachtet die Sache mit der Indiskretion als erledigt.«

Hecht fasste sich mit beiden Händen an die Stirn, richtete den Kopf nach oben und schloss für einen Moment dankbar die Augen. Dann blies er entspannt seinen Atem hinaus. Nachdem Zybura das Gespräch beendet hatte, stellte er erstaunt fest: »Es ging also wirklich nur um seinen Ausflug in die Hauptstadt. Diese ganze Geheimnistuerei zwischen Ihnen, die hatte gar nichts mit der Polizeireform zu tun.«

»Genau«, sagte sie schnell. »Damit geht es erst nächste Woche weiter. Da startet das Anhörungsverfahren.«

»Und da darf jeder seine Wünsche äußern?«, fragte er.

»Drei.«

Hecht war erleichtert.

»In vier Monaten wissen wir Bescheid, wo wir in der neuen Organisation eingeplant sind und unser Arbeitsplatz sein wird«, informierte Hering.

»Von uns, der Kripo, da würden alle gern in Gmünd bleiben«, erwiderte Hecht.

»Eines steht fest, die Gmünder Kripo-Außenstelle wird aufgelöst. Nur ein Kriminaldauerdienst bleibt hier. Tja, die bittere Pille müssen wir Gmünder wohl schlucken«, sagte die Kripochefin mit bedauernder Miene.

Hecht stutzte. Hatte sie eben »wir« gesagt, wir Gmünder?

*

Die GTS-Leitung ganz zu verhindern, von diesem Gedanken hatte sich die Bürgerinitiative verabschiedet, seit das Land per Gesetz die Möglichkeit geschaffen hatte, die nicht verkaufsbereiten Grundstücksbesitzer zu enteignen. Und doch hatten sie einen Erfolg verbuchen können.

»Gestern nach der Demo hat Andreas Bamberger zusammen mit dem Ersten Bürgermeister und dem Ortsvorsteher von Lindach bei GTS erreicht, dass die Trasse verschoben wird – vom Ort weg«, berichtete Tomberg ihren Kollegen.

»Wird schön teuer für die«, sagte Funk.

Hecht hob den Zeigefinger. »In Lindach wirft noch mehr Unheil seinen Schatten voraus. Nahe am Ort ist eine oberirdische Hochspannungsleitung mit 380 Kilovolt geplant.«

»Die Masten sollen bis zu neunzig Meter hoch und die Leitungstrasse siebzig Meter breit werden«, sagte Heckenlaible.

»Da ist wohl Andreas Bambergers Engagement weiterhin gefordert«, sagte Hering.

Schon den ganzen Tag hielt Obergfell den obersten Knopf seines Designerhemdes geschlossen, was für ihn ungewöhnlich war und Tomberg äußerst verdächtig vorkam. Außerdem nutzte es auch nicht wirklich, denn sie hatte eine Verletzung an seinem Hals ausmachen können, die unter seinem Kragen hervorlugte. »Sssst.« Sie zog die Luft durch die Zähne ein. »Muss weh tun?«, zeigte sie Mitgefühl, als sie mit Funk und Obergfell allein im Vorzimmer war.

»Och nee, gar nicht so schlimm.« Er strich über das rotbläuliche, fingerlange Hämatom.

»Knutschfleck von Jenny?«, bohrte sie unnachgiebig weiter.

Funk lächelte, sah ihn an und drehte sich verschämt zur Seite. Nur ganz zart – in ihren Augen – hatte sie mit ihrem Fußrücken seinen Hals berührt.

Obergfell errötete schlagartig. Er wusste, dass die Sekretärin fast vor Neugier platzte und deshalb nicht locker lassen würde. »Nee, Kampfsporttraining mit Jenny«, gab er genervt von sich.

»Wer da gewonnen hat, das ist eindeutig«, stellte Tomberg lapidar fest und grinste sich eins.

»Das war nur, nur weil ...«, begann er sich zu rechtfertigen.

»Er war mir noch was schuldig, hat sich tapfer geschlagen«, rettete die junge Polizistin die Situation und zwinkerte ihm dabei zu.

Tomberg schüttelte verständnislos den Kopf. »Normalerweise geht man beim ersten Date schön was essen, und ihr, ihr schlagt euch.«

Hecht sah auf die Uhr, als er die Treppe in der Dienststelle hinunterhastete. Vielleicht würde er es heute noch zur Zulassungsstelle schaffen, um dort die Autos der Hechts von den ungeliebten AA- auf die langersehnten GD-Nummernschilder umzumelden. Es war ihm gleichgültig, wie hoch die Gebühren sein würden. In Lokalpatriotismus musste eben investiert werden, sagte er sich. Als Kennzeichen hatte er jeweils seine und Simones Initialen und das Geburtsjahr reservieren lassen.

»Wo rennst du denn hin?«, fragte Heckenlaible erstaunt, als er ihm begegnete. Diese Eile war er bei ihm so gar nicht gewohnt.

»Meine Autos ummelden.«

»Lohnt sich das überhaupt noch bei deinem VW-Bus, dem alten Karren?«, fragte Heckenlaible mit einem Augenzwinkern.

»Haha«, erwiderte Hecht mit gespielt saurer Miene.

Nach diesem kleinen Schlagabtausch war Heckenlaible bester Laune. Normalerweise war er es immer, der bei den Kabbeleien der beiden Freunde mehr einstecken musste.

*

Erleichtert ließ sich Hecht zwischen Simone und seiner Tochter auf der Bank unter dem Scheunendach nieder. Er machte einen erschöpften, aber zufriedenen Eindruck. Simone hingegen plagte das schlechte Gewissen, ob sie nicht durch ihre Fragerei zu dem Dilemma mit der Indiskretion beigetragen hatte.

»Willst du was trinken?«, fragte Marie-Luise ihren Vater und stand auf.

Hecht war erstaunt, wusste nicht, wie ihm geschah. »Ähm, ja, einen ...«

»...Vollkornsprudel. Kommt sofort«, erwiderte sie schnell und entfernte sich in die nebenanliegende Melkkammer.

»Was ist denn mit der los?«

»Warte es ab«, sagte Simone und rückte näher an ihn ran. Eine Weile saßen die beiden eng aneinander gelehnt und schauten auf die Streuobstwiesen, die sich den Hang zur Schwäbischen Alb zum Bernhardus hinauf ausdehnten.

Während sie von der Melkkammer zurückkam, ließ Marie-Luise das helle goldgelbe Hefeweizen gekonnt in ein angelaufenes Glas gurgeln. Sie stellte es vor ihren Vater auf den Tisch. »Zum Wohlsein.« Sie wusste, wie mit durstigen Kehlen umzugehen war, sie hatte vor ihrem Studium zwei Jahre lang an Wochenenden im Mondschein gekellnert. Hecht prostete ihr zu und nahm einen kräftigen Schluck.

»Dennis hat ein Engagement bekommen.«

»Prima«, freute er sich, nachdem er das halbleere Glas abgestellt und sich mit dem Handrücken den Schaum vom Mund gewischt hatte. Gespannt sah er sie an.

Seine Tochter spürte, dass seine Freude ehrlich war. »Eine Rolle in *Totale Sehnsucht – Die Leiden von Sophie*, einer neuen Daily-Soap.«

»Mit festem Einkommen?«, fragte Hecht sofort.

»Vertrag über drei Jahre.«

Hechts Gesicht erhellte sich.

»Komm her, Marie-Lu, meine Kleine, ähm, Große.« Hecht stand auf, streckte ihr seine Hände entgegen. Er nahm sie in den Arm, drückte sie ganz fest und hob sie an, so dass sich ihre Füße kurz vom Boden lösten. Die Lippen der jungen Frau begannen, Worte zu formulieren.

»Mit dem Artikel, also, dass ich dich da in so einen Schlamassel reingeritten habe, das tut mir wahnsinnig leid, Papa. Echt. Vergeben?«, hauchte sie und blinzelte ihn mit ihren braunen Augen an. Einen Moment lang glaubte er, Simone darin zu erkennen.

»Vergessen!«, murmelte er und freute sich über das Strahlen auf dem Gesicht seiner Tochter.

*

»Ach ja«, sagte Torben, »Hanna geht in die Klasse, in die ich auch komme.«

»Schön«, seine Mutter lächelte zufrieden. Er hatte dies in einer Art gesagt, die sie stark hoffen ließ, dass damit die Drohung vom Tisch war, wieder in den Norden zu ziehen. Nur durfte er sich nicht wieder zu unbedachten Aktionen von ihr verleiten lassen. Diesmal war es glimpflich ausgegangen. Seine Strafe war ziemlich mild ausgefallen: einen Tag lang Beete und Bäume gießen im Gartenschaugelände. »Hast du dich schon mit der Stadtverwaltung in Verbindung gesetzt, um zu fragen, wann du zum Bauhof kommen sollst?«

»Mach ich morgen.«

»Nimm das bitte ernst. Du hast ziemliches Glück gehabt. Nötigung, passiver Widerstand, oweiowei. Demonstrieren ist ja okay, in unserem Rechtsstaat ja auch ausdrücklich erlaubt.«

»Und im Grundgesetz verankert«, ergänzte Torben.

»Aber die Regeln müssen eingehalten werden«, belehrte ihn seine Mutter.

»Ist ja gut jetzt mit der Texterei, Mona. Wie findest du eigentlich Hanna?«, versuchte er abzulenken.

»Hhm, ja, nettes Mädchen.« Dann sprach sie vorsichtig ein Thema an, das ihr nach wie vor keine Ruhe ließ: »Was ist mit deiner Tätowierung?«

»Hat sich erledigt.«

Hering sah ihn mit großen Augen an, durfte sie glauben, was sie soeben gehört hatte.

»Hanna hasst Tattoos.«

Ja, sie konnte erleichtert sein, ließ es sich aber nicht anmerken. »Und klug ist sie auch noch.«

»Ich hab mit Eike telefoniert. Du sollst dich nicht so anstellen, hat er gemeint, und keinen solchen Aufstand machen wegen meines Tattoos.«

»Was hat denn der ...?«

»Er hat gesagt, du hättest seit einigen Jahren selbst eins.«

Hering war wie vom Blitz getroffen. Ihr Unterkiefer klappte herunter, die Luft blieb ihr weg. Torben deutete gleichzeitig mit beiden Daumen über die Schultern nach unten.

»Auf dem Rücken, da hab ich keins«, verteidigte sie sich.

»Ich meine auch viel tiefer, rechts.« Torben zeigte auf Hüfthöhe hinter sich.

Hering zog eine Schnute.

»Zeig mal her das Ding!« Torben machte eine auffordernde Handbewegung.

Hering zögerte kurz, dann zog sie ihre Hose ein Stück weit herunter. Drei kleine, im Kreis angeordnete, springende Delfine kamen zum Vorschein.

Herzlichen Dank

allen, die mich bei den Recherchen zu diesem Buch und sonst in irgendeiner Weise unterstützt haben. Vor allem an

Christine
Christof
Edwin
Florian
Herbert
Lore
Michi
Renate
Roland
Susanne
Werner

Krimimaloberrat Hermann Staudenmaier, den ehemaligen Leiter der aufgelösten Kriminalpolizei-Außenstelle Schwäbisch Gmünd,
Dr. Monika Boosen, Direktorin des Museums im Prediger, Schwäbisch Gmünd,
Vincent Kraus, Clubmanager Golfclub Hetzenhof, Lorch,
und vor allem an meine geduldige Lektorin Dr. Anette Kleszcz-Wagner.

Vom selben Autor

Gerd Zipper, Der Tunnel
221 Seiten, Paperback, Originalausgabe September 2012
ISBN 978-3-95475-001-6

Auf der Großbaustelle des Gmünder Einhorn-Tunnels wird eine Leiche gefunden. Der geheimnisvolle Tote wurde allerdings schon vor Jahren dort verscharrt. Um den Mord nach all der Zeit noch aufklären zu können, müssen Hauptkommissar Anton Hecht und seine neue Chefin, Kriminaloberrätin Mona Hering, gemeinsam in Schwäbisch Gmünd ermitteln. Doch der Schwabe und das auf die Ostalb versetzte kühle Nordlicht könnten gegensätzlicher nicht sein. Während die beiden sich langsam annähern, geschieht erneut ein abscheuliches Verbrechen. In einem anderen Teil derselben Baustelle wird eine junge Frau brutal erschlagen. Haben die beiden Opfer mehr gemeinsam als ein tristes Grab im Tunnel?

Inselkrimis bei Prolibris

Antje Friedrichs
Letzte Lesung Langeoog
Paperback, 184 Seiten, ISBN 978-3-935263-00-9

Antje Friedrichs
Die Langeoog-Lektion
Paperback, 232 Seiten, ISBN 978-3-935263-48-1

Martin Dodenhoeft
Finale auf Föhr
Paperback, 206 Seiten, ISBN 978-3-935263-56-6

Klara G. Mini
Badezeiten
Langeoog Krimi
Paperback, 222 Seiten, ISBN 978-3-935263-64-1

Volker Streiter
Mörderische Nachsaison
Amrum Krimi
Paperback, 214 Seiten, ISBN 978-3-935263-95-5

Volker Streiter
Grab ohne Meerblick
Amrum Krimi
Paperback, 261 Seiten, ISBN 978-3-95475-007-8

Birgit C. Wolgarten und Marie Claire Frey
Der Zorn des schwarzen Engels
Rügen Krimi
Paperback, 211 Seiten, ISBN 978-3-95475-078-8